Geen weg terug

Van George Pelecanos verscheen eveneens bij uitgeverij Anthos

De grote afrekening
Drama Stad
Harde revolutie
Tuinier van de nacht
King Suckerman

George Pelecanos

Geen weg terug

Vertaald door
Irene Ketman

Anthos|Amsterdam

ISBN 978 90 414 1325 3
Oorspronkelijke titel *The Turnaround*
Oorspronkelijke uitgever Little, Brown US
Omslagontwerp Roald Triebels, Amsterdam
Omslagillustratie © David Young-Wolff/Stone/Getty Images
Foto auteur Giovanni Giavannetti

Verspreiding voor België:
Veen Bosch & Keuning uitgevers n.v., Wommelgem

In memoriam

Onderkorporaal Philip A. Johnson
3rd Battalion, 2nd Marine Regiment
2nd Marine Division
2nd Marine Expeditionary Force

DEEL I

1

Hij noemde de zaak Pappas and Sons Coffee Shop. Zijn zoons waren pas acht en twee toen hij de zaak in 1964 opende, maar hij vermoedde dat een van de twee de zaak wel zou overnemen, wanneer hij oud werd. Zoals iedere vader die geen *malaka* was, wilde hij dat zijn zoons het in het leven beter zouden doen dan hij zelf. Hij wilde dat ze doorleerden. Maar ach, je wist nooit hoe de dingen liepen. Misschien was de ene geschikt voor een hogere beroepsopleiding of zelfs de universiteit en de andere niet. Of misschien leerden ze allebei wel door en namen ze de zaak samen over. Hoe dan ook, voor de zekerheid had hij ze alle twee op het bord gezet. Zo wisten de klanten wat voor soort man hij was. Het bord zei: dit is een vent die zijn gezin is toegewijd. John Pappas denkt aan de toekomst van zijn jongens.

Het bord was mooi. Zwart tegen een parelgrijze achtergrond. 'Pappas' stond er met twee keer zo grote blokletters op als 'and Sons'. En dan was er de afbeelding van een dampende kop koffie op een schotel. Op de zijkant van de kop had de maker van het bord een fraaie schrijfletter *P* gezet. Dit vond John zo prachtig, dat hij voor de zaak net zulke koppen had laten maken; zoals mensen die zich chic kleedden hun initialen op de manchetten van een mooi overhemd laten stikken.

John Pappas bezat zulke overhemden niet. Hij had een stel katoenen blauwe voor naar de kerk, maar verder waren zijn over-

hemden van die gewone witte, allemaal om ze niet naar de wasserij te hoeven sturen. Bovendien hield zijn vrouw Calliope niet
van strijken. Vijf met korte mouwen voor het voorjaar en de zomer en vijf met lange mouwen voor de herfst en de winter. Ze
hingen naast elkaar aan de waslijn die hij in de kelder van hun
split-levelwoning had gespannen. Eigenlijk wist hij zelf niet
waarom hij twee soorten had. In de zaak was het altijd warm,
vooral als hij aan de bakplaat stond, en zelfs 's winters rolde hij
zijn mouwen nog tot boven de elleboog op. Wit overhemd, kaki
broek, zwarte, waterdichte werkschoenen van Montgomery
Ward. Een sloof over de broek, pen in het borstzakje van het
overhemd. Zijn uniform.

Op zijn manier was hij met zijn grote neus knap. In het late
voorjaar van 1972 was hij achtenveertig geworden. Zijn zwarte
haar was boven op zijn hoofd in een hoge kuif en aan de zijkan-
ten naar achteren gekamd. Het viel iets over de oren, hij droeg
het een beetje lang, zoals de jeugd, en aan de slapen begon het te
grijzen. De laatste paar jaar gebruikte hij geen brillantine meer.
Zoals veel mannen die in de Tweede Wereldoorlog hadden ge-
vochten, had hij geen buikspier- of opdrukoefening meer gedaan sinds zijn ontslag uit militaire dienst, zevenentwintig jaar
geleden. Een marinier die de oorlog in de Stille Zuidzee had
meegemaakt, hoefde zijn man-zijn niet te bewijzen. Hij rookte -
een gewoonte, opgedaan bij het Korps, dat indertijd sigaretten
in zijn K-rantsoenen stopte - en was een beetje kortademig.
Maar door zijn werk kreeg hij veel beweging en dat hield hem behoorlijk in vorm. Zijn buik was bijna plat en vooral op zijn borstkas was hij trots.

Elke ochtend om vijf uur arriveerde hij in de zaak, twee uur
voor openingstijd. Dit betekende dat hij altijd om kwart over
vier opstond. Hij moest er zijn voor de ijsman en andere leveranciers en hij moest koffie zetten en wat voorbereidend werk ver-
richten. Hij had de leveranciers kunnen vragen om later te ko-

men, zodat hij een uurtje langer kon slapen, maar deze vroege uurtjes vond hij de fijnste van zijn hele werkdag. Om kwart over vier was hij altijd klaarwakker en gemotiveerd. Daar had hij geen wekker voor nodig. Zachtjes liep hij dan de trap af om zijn vrouw of zoons niet wakker te maken. Daarna reed hij in zijn Electra Deuce-and-a-Quarter 16th Street af, de koplampen aan, een hand met een sigaret uit het autoraam hangend, geen verkeer op de weg. En eenmaal in de zaak, de vredige periode met alleen de Motorola radio aan. Dan luisterde hij naar de vlotte babbel van de omroepers op WWDC, mannen van zijn leeftijd, die dezelfde levenservaring hadden als hij, niet die snelle praters op de rock-'n-rollzenders of de *mavres* op WOL of WOOK. Het moment voor de eerste van zijn vele bekers koffie, altijd in een meeneembeker; even een praatje maken met de bezorgers die binnendruppelden. Er bestond een gevoel van onderlinge verwantschap, omdat ze allemaal waren gaan houden van de tijd tussen nacht en zonsopgang.

Het was een broodjeszaak en geen coffeeshop, maar coffeeshop klonk beter, 'chiquer', zei Calliope. In het gezin noemde John de zaak gewoon de *magazi*. Hij stond aan N Street, onder Dupont Circle, vlak bij de kruising met Connecticut Avenue, naast een steeg. Binnen stonden twaalf krukken om een U-vormig buffet met een formicablad en aan het grote raam met zijn riante uitzicht op Connecticut en N stonden twee tafeltjes voor vier personen. De overheersende kleuren waren blauw en wit, zoals in veel zaken met een Griekse eigenaar. In totaal waren er twintig zitplaatsen. De drukte voor het ontbijt duurde even, die voor de lunch twee uur en er was veel dode tijd, waarin de vier werknemers, allemaal zwarten, kletsten, dolden, piekerden en rookten. En dan was er zijn oudste zoon Alex, als hij werkte. De dromer.

Er was geen keuken 'achterin'. De bakplaat, de broodjesplank, de gekoelde taartvitrine, de vrieskist met ijs, de fristap en de

11

koffieketels, zelfs de afwasmachine, het stond er allemaal achter het buffet in het volle zicht van de klanten. Hoewel de ruimte klein en het aantal zitplaatsen beperkt was, had Pappas een grote afhaal- en bezorgdienst opgebouwd en deze zorgde dagelijks voor een substantieel deel van de omzet. Per dag zette hij tussen de driehonderd en driehonderdvijfentwintig dollar om.

Vanaf drie uur 's middags sloeg hij de kassa niet meer aan en scheurde hij de rol af. Om vier uur werd de bakplaat uitgezet en schoongestoken. Na halfdrie kwamen er nog maar weinig klanten binnen, maar hij hield de zaak open tot vijf uur, zodat er schoongemaakt en besteld kon worden en hij iedereen van dienst kon zijn die binnenviel voor een broodje met koud beleg. Hij stond twaalf uur per dag op zijn benen, gerekend vanaf het moment dat hij arriveerde tot sluitingstijd.

En toch vond hij dat niet erg. Hij verlangde er nooit naar om iets anders voor de kost te doen. Wanneer de ochtend begon te gloren en hij bij de zaak kwam, zich bukte om de broden en broodjes op te pakken die voor de deur waren neergezet door de bezorger van Ottenbergs om daarna de sleutel in het slot van zijn voordeur te steken, dan schoot vaak door hem heen dat dit toch het beste moment van de dag was.

Ik ben mijn eigen baas. Dit is van mij.

Pappas and Sons.

Alex Pappas stond nog maar enkele minuten met zijn duim omhoog in de berm van University Boulevard in Wheaton, toen er een Volkswagen stationcar stopte om hem op te pikken. Alex draafde naar het portier aan de passagierskant en nam al lopend de chauffeur in zich op. Hij keek door het halfgeopende raampje en zag een jonge kerel met lang haar en een krulsnor. Rookte waarschijnlijk stuff, en daar zat Alex niet mee. Hij stapte in en plofte neer in de stoel.

'Hoi,' zei Alex. 'Bedankt voor de lift, man.'

'Graag gedaan,' zei de man, terwijl hij wegreed van de berm en de auto in zijn tweede versnelling zette op weg naar het centrum van Wheaton. 'Waar moet je heen?'

'Heel Connecticut af naar Dupont Circle. Ga jij zo ver?'

'Ik ga tot Calvert Street. Ik werk daar in het Sheraton Park.'

'Te gek,' zei Alex enthousiast. Daar vandaan was het nog maar tweeënhalve kilometer naar de Circle, helemaal heuvelafwaarts. Dat kon hij wel lopen. Het kwam zelden voor dat hij één lift helemaal tot in het centrum van Washington kreeg.

In een beugel onder het dashboardkastje hing een 8-trackcassettedeck. Rocking the Fillmore, Humble Pie-live zat erin en in de auto klonk het nummer 'Walk on Gilded Splinters', blikkerig door de goedkope geluidsboxjes die op de bodemplaat lagen. De draden liepen omhoog naar de speler en Alex lette erop dat zijn voeten er niet in verstrikt raakten. De auto rook naar marihuana. In de open asbak zag Alex vergeelde peuken van stickies en uitgedrukte sigaretten liggen.

'Je zit toch niet bij narcotica, hè?' zei de man toen hij Alex naar de asbak zag kijken.

'Ikke?' zei Alex grinnikend. 'Nee, man, ik ben in orde.'

Hoe kon hij nou een juut zijn? Hij was pas zestien. Maar iedereen wist dat als je een narcotica-agent vroeg of hij er één was, hij naar waarheid moest antwoorden. Anders werd een arrestatie door de rechter ongeldig verklaard. Althans, dat beweerden Alex' vrienden Pete en Billy. Deze gast was gewoon voorzichtig.

'Zin in een blow?'

'Best wel,' zei Alex, 'maar ik ben onderweg naar de zaak van mijn vader. Hij heeft een broodjeszaak in het centrum.'

'Schijt zeker in je broek dat pappie het zal merken.'

'Ja,' zei Alex. Het ging een vreemde niets aan dat hij nooit stoned werd, wanneer hij bij zijn vader in de zaak werkte. De coffeeshop was heilig, alsof het de gewijde grond van zijn vader was. Het zou onbehoorlijk zijn.

'Stoort het je als ik het doe?'

'Ga je gang.'

'Tof,' zei de kerel, terwijl hij zijn haar naar achteren schudde en uit de as en de peuken in de asbak het grootste stickie viste.

Het was een goede lift. Alex had thuis het Pie-album, kende de songs, hield van de gekke stem van Steve Marriot en van het gitaarspel van Marriot en Frampton. De man vroeg Alex of hij het raampje aan zijn kant omhoog wilde draaien, terwijl hij rookte. Maar het was niet zo heet buiten, dus dat was ook prima. Gelukkig onderging deze gast geen persoonlijkheidsverandering toen hij eenmaal high was. Hij bleef even aardig als daarvoor.

Als lifter had Alex meestal geluk. Hij was een mager joch met een vlassnorretje en krullend haar tot op zijn schouders. Een langharige tiener in jeans en een T-shirt met een borstzakje was niet ongewoon voor automobilisten, of ze nu jong waren of van middelbare leeftijd. Alex had geen gemeen gezicht of een lijf als een kleerkast. Hij had de bus naar de stad kunnen nemen, maar hij vond liften avontuurlijker. Allerlei verschillende mensen namen hem mee. Hippies, burgerluitjes, huisschilders, loodgieters, jongens en grietjes, zelfs mensen in de leeftijd van zijn ouders. Hij hoefde vrijwel nooit lang te wachten op een lift.

Die zomer had hij maar een paar slechte ervaringen gehad. Een keer bij Military Road, toen hij zijn tweede lift probeerde te krijgen, had een wagen vol knullen van St. John's hem opgepikt. De auto stonk naar wiet en van henzelf sloeg een bierwalm af. Een paar van die knullen begonnen hem meteen al belachelijk te maken. Toen hij vertelde dat hij op weg was naar de zaak van zijn vader, hadden zij het over zijn stomme baantje en zijn stomme ouwe. Toen zijn vader erbij gehaald werd, kreeg hij een kleur en eentje zei toen: 'Moet je hem zien, hij wordt boos.' Ze vroegen hem of hij al eens een meisje geneukt had. Ze vroegen hem of hij een vent geneukt had. De chauffeur was de ergste van het stel.

Hij zei dat ze in een zijstraat zouden gaan stoppen om te kijken of Alex tegen klappen kon. 'Laat me er bij dat stoplicht maar uit,' zei Alex hierop. Toen de chauffeur door rood reed, moest een aantal jongens erom lachen. 'Stoppen!' zei Alex resoluter nu. 'Komt in orde,' zei de chauffeur, 'en dan gaan we je in elkaar rammen.'

'En nu stop je en laat je hem eruit, Pat,' zei toen de jongen naast Alex. Het was een jongen die vriendelijk uit zijn ogen keek. De chauffeur gehoorzaamde en de anderen in de auto deden er het zwijgen toe. Alex bedankte de jongen, die kennelijk de leider, en de sterkste, van het groepje was, voordat hij uit de auto stapte, een Pontiac GTO met een nummerplaat waar 'The Boss' op stond. Alex wist zeker dat die sportwagen door de ouders van de jongen was gekocht.

Waar University in Kensington overging in Connecticut, begon de man met de krulsnor over een mantra die hij kende en dat als je die almaar weer in jezelf herhaalde, je geheid een goede dag zou hebben. Zei dat hij dat vaak deed wanneer hij aan het werk was in de wasserij van het Sheraton Park en dat hij er positieve gevoelens door kreeg.

'Nam-myo-ho-rengué-kyo,' zei de kerel toen hij Alex eruit zette op de Taft Bridge over Rock Creek Park. 'Onthouden, hè?'

'Zal ik doen,' zei Alex, terwijl hij het portier van de Volkswagen stationcar sloot. 'Bedankt, man. Bedankt voor de lift.' Alex draafde de brug over. Als hij tot aan de zaak bleef rennen, kwam hij niet te laat. Al rennend zei hij de mantra. Dat kon geen kwaad, net zomin als in God geloven. Hij hield het tempo erin toen hij de lange heuvel af ging, langs restaurants en bars. Hij rende Dupont Circle over, om de fontein in het midden heen, langs de overgebleven hippies die er zo langzamerhand onhip en ouderwets uitzagen, langs kantoorbedienden, secretaresses en juristen, en verder langs het Dupont Theater en langs Bialek's waar hij dikwijls zijn zeldzame lp's kocht en over de plankenvloeren liep om in de stapels boeken te snuffelen, waarbij hij zich afvroeg wie die mensen waren wier naam op de ruggen stond. Tegen de tijd dat hij op het 1300 blok van Connecticut het gebouw van de Machinist's Union bereikte, was hij de mantra vergeten. Hij stak de straat over en liep naar de coffeeshop.

Voor de zaak bevond zich een negentig centimeter hoog muurtje met op beide hoeken een altijd groene struik in een betonnen bak. Alex kon om dat muurtje heen lopen, zoals iedere volwassene deed, maar wanneer hij arriveerde, sprong hij er altijd overheen. Zo ook vandaag. Hij landde keurig netjes op de zolen van zijn hoge, zwarte Chucks. Toen hij door de grote ruit naar binnen keek, zag hij zijn vader achter het buffet staan, een pen achter het oor en de armen over elkaar geslagen. Hij bekeek Alex met een mengeling van ergernis en geamuseerdheid in zijn blik.

'Talking Loud and Saying Nothing, Part 1' was op de radio toen Alex de zaak binnenkwam. Het was even na elven. Alex hoefde niet op de Coca-Colaklok te kijken die boven de sigarettenautomaat aan de muur hing, om te weten hoe laat het was. Om elf uur mocht het personeel de soulzender aanzetten van zijn vader. Hij wist ook dat het wol was en niet wook, omdat Inez, die met haar 35 jaar de oudste van het personeel was, eerste keus had. En zij was gek op die zender. Inez – alcoholica, rookster van Viceroysigaretten, donkere huid, roodomrande ogen, ontkruld haar – stond tegen de broodjesplank geleund futloos te paffen. Ze was nog aan het bijkomen van het St. George whisky slempen de avond ervoor. Maar altijd weer, was ze zodra het druk werd helemaal op krachten.

'*Epitelos*,' zei John Pappas, toen Alex kwam binnenwaaien en onmiddellijk op een kruk met blauwe zitting neerstreek. Dat betekende zoiets als 'het werd tijd'.

'Wat nou, ik ben niet te laat.'

'Als jij tien minuten te laat niet te laat noemt.'

'Ik ben er toch?' zei Alex. 'Alles is nu in orde. Dus je hoeft je geen zorgen te maken, pap. De zaak is gered.'

'Jíj,' zei John Pappas. Demonstratiever zou hij nooit worden. Hij wapperde met zijn hand: donder op. Wees me niet tot last. Ik houd van je.

Alex had honger. Hij werd nooit vroeg genoeg wakker om thuis te kunnen ontbijten en hij arriveerde hier nooit op tijd voor de ontbijtronde. De bakplaat werd om halfelf aangezet voor de lunch en die was nu al te heet om er eieren op te kunnen bakken zonder ze te laten aanbranden. Alex moest zelf maar iets opscharrelen.

Hij liep om het buffet heen naar de opening aan de rechterkant. Hij zei Darryl 'Junior' Wilson gedag, wiens vader, Darryl senior, conciërge was van het kantoorgebouw boven hen. Junior stond achter een zwaar gordijn van transparant plastic, dat daar hing om het afwasgebeuren uit het zicht van de klanten te houden en ook om de daarmee gepaard gaande damp en warmte te stuiten. Hij was zeventien, lang en schraal van bouw, rustig en hij droeg bij voorkeur mooie petten, jeans met wijde pijpen en opgenaaide zakken en hoge gympen van het merk Flagg Brothers. Hij had altijd een sigaret achter zijn oor. Alex had hem er nog nooit een uit een pakje zien halen.

'Hoi, Junior,' zei Alex.

'Alles kits achter de rits, grote man?' Dit was Juniors gebruikelijke begroeting.

'Makkie, man, makkie,' zei Alex, zijn idee van flitsend praten.

'Mooi zo.' Juniors schouders schudden van het lachen om een binnenpretje. 'Mooi zo.'

Alex liep achter het gordijn om naar Darlene, die hamburgers stond voor te bakken op de plaat.

Op zijn nadering draaide ze zich snel om, met haar spatel recht omhoog. Ze nam hem op met een scheve glimlach. 'En, schatje?'

'Ha, Darlene,' zei Alex en hij vroeg zich af of ze de hapering in zijn stem hoorde.

Darlene was een schoolverlaatster van Eastern High. Zestien jaar, net zoals hij. Het vrouwelijk personeel droeg onelegante restaurantuniformen, van die hemdjurken. Maar de hare viel anders dan bij anderen. Darlene had weelderige heupen, grote borsten en stevig gevormde, bolronde billen. Ze had een afrokapsel en mooie bruine, lachende ogen.

Ze maakte hem nerveus. Hij kreeg een droge mond van haar. Hij hield zichzelf voor dat hij een vriendinnetje had en dat hij haar trouw was. Dus alles wat er mogelijkerwijs tussen Darlene en hem zou kunnen gebeuren, zou nooit gebeuren. In zijn achterhoofd wist hij dat dit lulkoek was, dat hij gewoon bang was. Bang omdat zij vast meer ervaring had dan hij. Bang omdat ze zwart was. Zwarte meisjes eisten bevredigd te worden. Ze waren als wilde katten wanneer ze heet werden. Dat zeiden Billy en Pete.

'Jij wilt zeker iets hebben, hè?'

'Ja.'

'Ga maar wat met je vader kletsen,' zei ze met een hoofdbeweging in de richting van de kassa. 'Ik maak wel iets lekkers voor je.'

'Dank je wel.'

'Ik krijg ook zin.' Darlene grinnikte. 'En ik zou best wel...'

Alex bloosde en liep, niet tot spreken in staat, weg. Hij kwam langs Inez, die bestellingen in zakken stopte om ze later op 'de plank' te zetten, de plek waar Alex altijd zijn marsorders in ontvangst nam. Inez begroette hem niet.

Verderop zei Alex gedag tegen Paulette, het buffetmeisje dat de klanten in de zaak bediende. Ze was vijfentwintig, overal zwaar, had grove trekken en was erg godsdienstig. Na de lunch eiste zij de radio op voor het gospeluur, wat iedereen verdroeg omdat ze zo lief was. Met haar hoge zo-zacht-als-muizengetrippelstemmetje was ze bijna onzichtbaar in de zaak.

Paulette vulde de Heinz-ketchupflessen met Townhouse ketchup, het goedkope huismerk van Safeway. Alex' vader ging iedere avond naar Safeway om dingen te halen die daar goedkoper waren dan bij zijn eigen leveranciers.

'Goeiemorgen, meneer Alex,' zei ze.

'Goeiemorgen, miss Paulette.'

Alex trof zijn vader bij het kasregister. Alleen John Pappas en zijn zoon kwamen aan de kassa. Op de voorkant ervan was een belastingschema voor Washington DC geplakt. De machine had twee rijen toetsen, een voor dollars en een voor centen. Als een rekening twintig dollar bedroeg, wat zelden gebeurde, dan moest de tiendollartoets twee keer aangeslagen worden. Aan de zijkant waren met sellotape velletjes papier geplakt, waarop Alex met de hand delen van songteksten had geschreven die hij poëtisch of diepzinnig vond. Een klant, een pijprokende jurist met een dikke reet en vooruitstekende tanden, veronderstelde dat Alex de teksten zelf geschreven had en hij schertste eens tegen John Pappas dat zijn zoon een goede buffetbediende was voor een schrijver. 'Over mijn zoon hoeft u zich geen zorgen te maken. Die komt er wel,' reageerde John Pappas hierop met een glimlach die geen glimlach was. Alex zou dit nooit vergeten van zijn vader, vond het fantastisch van hem.

John gaf zijn zoon enkele briefjes van één en van vijf en schoof rolletjes met kwartjes, dubbeltjes, stuivers en centen over het formica buffetblad. 'Hier is je wisselgeld, Alexander. Je hebt een paar vroege bestellingen.'

'Oké, maar eerst ga ik wat eten.'

'Zodra die bestellingen op de plank staan, ben jij weg. Ik wil niet dat je achterop raakt.'

'Darlene is net een broodje voor me aan het maken.'

'Geen gesodemieter!'

'Wat?'

'Ik heb ogen in mijn hoofd. Ik heb het je al eerder gezegd; word niet te dik met het personeel.'

'Ik praatte alleen maar met haar.'

'Als je maar luistert naar wat ik zeg.' John Pappas keek naar de plank boven de afwasmachine, waar Junior een spoelslang naar beneden trok om met de hand een pan schoon te maken. Inez duwde hem op dat moment opzij en zette enkele van een bon voorziene, bruine zakken op de plank. 'Je bestellingen staan er.'

'Kan ik niet eerst even eten?'

'Je eet maar onder het lopen.'

'Maar, pap...'

John Pappas wees met zijn duim naar de achterkant van de zaak. 'In de benen joh.'

Alex Pappas schrokte een broodje bacon-sla-tomaat naar binnen bij Juniors werkplek en daarna griste hij twee zakken van de plank. Op de voorkant ervan was een lichtgroene bon geniet. Op de bovenste regel stond in Inez' zwierige, duidelijke handschrift het bezorgadres en eronder de gespecificeerde bestelling met prijzen en btw en ten slotte het omcirkelde totaalbedrag. Alex vond het leuk om uitgaande van het subtotaal zelf de belasting uit te rekenen. Dat was niet makkelijk, aangezien de belasting in Washington DC altijd bestond uit een percentage van een heel getal en nog wat. Maar hij had een manier gevonden om het stapsgewijs te berekenen met vermenigvuldigen en optellen. Op school had hij altijd met rekenen geworsteld, maar percentages berekenen had hij geleerd door het werken met de kassa.

In de zaak werken was in vele opzichten nuttiger dan naar school gaan. Hij leerde rekenen in de praktijk brengen. Hij leerde met volwassenen omgaan. Hij ontmoette mensen die hij anders nooit ontmoet zou hebben. En het meeste leerde hij door naar zijn vader te kijken. Werken was wat mannen deden. Niet gokken, klaplopen of lummelen. Werken.

Alex nam de achterdeur naar de gang waarin zich een werkkast en een wc voor het personeel bevonden (zijn vader en hij gebruikten de wc's in het kantoorgebouw boven de zaak). Hij liep het trapje naar de achteruitgang op en stapte een steeg in. Het was een T-vormige steeg met drie uitgangen: N Street naar het noorden, Jefferson Place naar het zuiden en 19th Street naar het westen. Alex' eerste bestemming was het Brown Building, op nummer 1220 in 19th Street. Het was een vierkant gebouw waarin ambtenaren werkten en dat zijn naam dankte aan zijn kleur.

Hij verdiende goed. Beter dan welk ander één-dollar-zestig-per-uur-minimumloonbaantje dan ook dat hij op eigen houtje zou hebben kunnen krijgen. Zijn vader betaalde hem vijftien dollar per dag. En daarbij ving hij ook nog eens vijftien tot twintig aan fooien. Zijn vader gaf hem, net zoals ander personeel, elke week zijn loon, contant in een bruin envelopje. Alex betaalde geen belasting. Anders dan zijn vrienden had hij altijd geld op zak.

Na al deze zomers kende hij iedere steeg, iedere scheur in de trottoirs in de straten ten zuiden van Dupont Circle. Inmiddels werkte hij al vijf zomers als loopjongen voor zijn vader. Hij was ermee begonnen toen hij elf was. Alex' moeder had hem er te jong voor gevonden, maar zijn vader had erop gestaan. Zelf had hij ervan opgekeken dat hij, na een paar moeilijke dagen, het werk aankon. Zijn vader was nooit toegeeflijk jegens hem. Toen hij de eerste paar weken een paar keer geld tekortkwam, had zijn vader dat van zijn loon afgehouden. Nadien zorgde hij er wel voor dat hij oplette als hij de klanten wisselgeld teruggaf.

Als elfjarige was hij echt zo'n joch dat met zijn hoofd in de wolken liep. Hij liet zich makkelijk afleiden, bleef voor etalages op de Avenue staan en raakte dikwijls achter. Hij had geen benul van hoe het er in de stad aan toe ging of van de roofdieren die er rondliepen. Die eerste zomer, toen hij een bestelling moest afleveren bij de Circle, had een oudere man hem in zijn kont geknepen, en toen hij omkeek om te zien wie dat had gedaan knipoogde de man naar hem. Alex was stomverbaasd en vroeg zich af waarom die man hem op die manier had aangeraakt. Maar hij was wel zo slim om zijn vader niets over dit voorval te vertellen toen hij terugkwam in de zaak. Zijn vader zou die vent buiten opgespoord hebben en hem, daarvan was Alex overtuigd, half dood geslagen hebben.

In de buurt van de zaak waren veel grote advocatenkantoren gevestigd. Arnold and Porter en Steptoe and Johnson, om er maar een paar te noemen. De neerbuigende manier waarop sommigen van die juristen, vrouwen evengoed als mannen, tegen zijn vader spraken, beviel Alex niets. Wisten ze dan niet dat hij marinier was geweest en oorlogsveteraan? Wisten ze niet dat als hij daar zin in had, hij hen moeiteloos inmaakte? Sommigen van die types dachten duidelijk dat ze beter waren dan zijn vader, en daardoor had Alex heel lang een minderwaardigheidscomplex over zijn arbeidersafkomst. Maar er zaten ook veel aardige mensen tussen. Vaak zaten ze aan het buffet lang over hun koffie te doen, gewoon om een excuus te hebben om met zijn ouweheer te kunnen kletsen. John Pappas was meer dan alleen maar rustig, hij kon goed luisteren.

Deze advocatenkantoren hadden secretaresses en excentriekelingen in de postkamer nodig om ze draaiende te houden, en Alex raakte op goede voet met de meisjes en de vreemde snuiters – bebaarde kerels in shorts en Transformer-T-shirts – en ook met het garagepersoneel dat waakte over de auto's van hun werkgevers.

Op Jefferson Place, een smalle straat met rijen tot kantoren verbouwde woonhuizen, zaten kleinere firma's en organisaties die zich inzetten voor goede doelen, zoals de rechten van de indianen en hogere lonen voor druivenplukkers. Dure hippies, zo noemde zijn vader de mensen daar. Maar ze leken niet op de hippies die nog over waren bij de Circle. De mannen hier droegen overhemden en dassen. En de vrouwen die in deze straat werkten, leken op gelijke voet te staan met de mannen. Zonder beha's en met korte rokken, maar toch.

Verkeerde Alex de eerste jaren nog in zijn eigen droomwereldje, toen zijn hormonen eenmaal opspeelden, kreeg hij oog voor de jonge werkende vrouwen. Dit viel ongeveer samen met de tijd waarin rock-'n-roll en soul iets voor hem gingen betekenen. Vaag wist hij dat het op de een of andere manier allemaal verband hield met elkaar. Terwijl hij zijn bestellingen liep zong hij de liedjes die hij op de soulzenders hoorde; soms zong hij ze in lege liften en hij leerde al experimenterend welke de beste akoestiek hadden. 'Groove me'. 'In the Rain'. 'Oh Girl'. En hij deelde zijn routes zo in, dat hij bepaalde jonge vrouwen die hij leuk vond zou zien, want hij wist precies waar ze op zekere tijden van de dag hoogstwaarschijnlijk uithingen. De meesten van die meisjes zagen hem als een kind, maar soms lachte hij hen toe en dan werd dit beantwoord met een glimlach die iets anders zei: je bent jong, maar je hebt iets. Heb geduld, Alex. Dit komt eraan voor je. Nog even wachten.

Er was zoveel te ontdekken.

Twee broers liepen een flauwe helling op naar Nunzio's, een kleine buurtsuper. Ze hadden net een-tegen-een met elkaar gebasketbald op het veld van een recreatiecentrum dat grensde aan een zwarte methodistisch-anglicaanse kerk. De oudste van de twee, de achttienjarige James Monroe, hield een versleten basketbal onder zijn arm.

Zowel James als zijn jongere broer Raymond was lang en dun met een tengere tors, maar breed van schouders en gespierd van armen. Allebei hadden ze een afrokapsel. James, net klaar met de middelbare school, was knap en volgroeid en mat ruim een meter tachtig. Raymond, vijftien jaar, was even lang als zijn broer. Onder het lopen kamde Raymond zijn haar omhoog met een afrokam met als handgreep een Black-Powervuist.

'James,' zei Raymond, 'heb je Rodney z'n nieuwe stereo al gezien?'

'Gezien? Ik was erbij toen hij hem kocht.'

'Hij heeft joekels van Bozieboxen, man.'

'Bose, heet het. Je moet het laten klinken alsof het Frans is of zoiets.'

'Kan mij wat schelen hoe je het zegt, die speakers zijn te gek.'

'Ja, het zijn lekkere boxen.'

'Man, hij speelde die plaat voor me, die van die nieuwe groep. EWF?'

'Zo nieuw is die niet, hoor. Oom William heeft hun eerste twee platen.'

'Voor mij is die groep nieuw,' zei Raymond. 'Rodney zette dat ene nummer op. "Power"? Begint met een raar instrument…'

'Dat is een kalimba, Ray. Een Afrikaans instrument.'

'Daarna knalt de muziek eruit. Zit ook geen tekst in dat nummer. Toen Rodney z'n stereo opendraaide… Man, ik zweer je, ik tripte.'

'Je had die speakers moeten horen in de stereozaak waar we waren,' zei James. 'Die op Connecticut, weet je wel? Achterin hebben ze een luisterruimte, helemaal geluiddicht afgesloten met glas. World of Audio heet het. De verkoper, een witte knakker met lang haar, legt Wilson Pickett op de draaitafel. "Engine Number 9", die lange jam. Vast de enige plaat die hij draait wanneer hij een stereo-installatie aan zwarten wil slijten. Maar goed, je weet dat Rodney niet van die muziek houdt. Dus hij zegt tegen die gast: "Heb je geen rockplaten?"'

'Naaide die witte knakker op.'

'Precies. Dus de verkoper zet een Led Zeppelin op. Dat nummer met al dat vreemde gedoe in het midden, muziek die tussen de speakers heen en weer vliegt? Dat ding waarin de zanger "Gonna give you every inch of my love" zegt.'

'Ja, Led Zeppelin… ik vind die vent te gek.'

'Het is een groep, jojo. Niet één knakker.'

'Waarom moet je me altijd verbeteren?'

'Je had het moeten horen, Ray. We werden zowat dat kamertje uit geknald door die speakers. Man, Rodney wist niet hoe snel hij zijn portefeuille moest trekken. Een kwartier later stouwt de magazijnjongen twee Bozie 501's in Rodneys kofferbak.'

'Het was toch Bose?'

James gaf zijn broer een vriendelijke tik op zijn hoofd. 'Ik pest je maar wat, vent.'

'Ik wou dat ik zo'n stereo had.'

'Ja,' zei James Monroe. 'Rodney heeft de gaafste stereo van Heathrow Heights.'

Heathrow Heights was een klein wijkje dat zo'n zeventig huizen en flats telde. Het werd begrensd door een spoorbaan in het zuiden, een bos in het westen, open grasland in het noorden en een hoofdverkeersweg met winkels erlangs in het oosten. Het was een volledig zwarte buurt, indertijd gesticht door voormalige slaven uit het zuiden van Maryland, op land dat de regering bij akte aan hen had overgedragen.

Door zijn ligging – sommigen zeiden dat daar opzet achter had gezeten – was Heathrow Heights zowel als het ware ommuurd als afgesneden van de blanke middenklasse- en dure buurten die eromheen lagen. In Montgomery County bestonden diverse van oudsher zwarte buurten zoals deze, en de meeste ervan besloegen een groter gebied en hadden een grotere bevolking. Maar geen ervan was zo geïsoleerd en gesegregeerd als Heathrow. De mensen die er waren opgegroeid, bleven er meestal wonen. En als ze hun huis in eigendom hadden, gaven ze het door aan hun erven. De bewoners waren trots op hun afkomst en ze bleven doorgaans het liefst onder elkaar.

De levensomstandigheden waren echter verre van utopisch en er was sprake geweest van problemen en strijd. Hoewel de vroegste bewoners huiseigenaars waren geweest, waren er tijdens de Depressie veel panden verkocht aan grondspeculanten. In meerderheid waren deze huizen met grond opgekocht door plaatselijke blanke zakenmensen, die minimaal deugdelijke, goedkope huizen op de percelen bouwden en ze verhuurden. De meeste van die huizen hadden geen warm water of een inpandige wc. Houtfornuizen in de keukens zorgden voor verwarming.

Kinderen bezochten een school met één klaslokaal, na verloop van tijd werden dat er twee. Het gebouwtje stond op het terrein van de kerk. Lagereschoolkinderen werden daar onderwezen tot het einde van de rassensegregatie in 1954. De bewoners van Heathrow Heights deden hun inkopen bij Nunzio's, de kleine buurtsuper die van een Italiaanse immigrant was en later werd overgenomen door diens zoon Salvatore. Bijgevolg groeiden velen in de wijk op zonder veel contact met blanken te hebben.

Tot in de jaren vijftig liet het bestuur van de county de meeste wegen in de buurt ongeplaveid. Rond 1960 dienden buurtactivisten een petitie in bij dit bestuur, waarin ze eisten dat de huisbazen verplicht werden om hun bezit op te knappen. Ambtenaren gaven hier schoorvoetend gehoor aan. Een vrouwenvereniging in een van de aanpalende blanke buurten had zich achter de bewoners van Heathrow geschaard om hun verzoek aan het countybestuur kracht bij te zetten. In 1972 verkeerde de buurt nog steeds in deplorabele staat. Gammele, slecht gebouwde en 'gerenoveerde' huizen stonden er bouwvallig bij. In achtertuinen stonden roestende auto's op B-2 blokken tussen kapot speelgoed en afval.

De buurt vormde tijdens etentjes voer voor gesprek voor plaatselijke progressievelingen, iets waarover het hoofd maar eens werd geschud en men zich vluchtig bezorgd toonde tussen het opdienen van de rosbief en het inschenken van een tweede glas cabernet door. Voor sommige blanke tieners uit de midden- en de arbeidersklasse in de omgeving, die van hun vaders onzekerheid leerden, was Heathrow Heights een onderwerp van spot en verdachtmakingen en ze haalden er rotstreken uit. Ze noemden het 'Negro Heights'.

Voor James en Raymond Monroe en voor hun moeder, een deeltijdhulp in de huishouding, en hun vader, busmonteur bij DC Transit, was Heathrow thuis. In dit gezin droomde alleen James over zich opwerken en daar wegkomen.

James en Raymond kwamen twee jonge mannen tegen, Larry Wilson en Charles Baker. Ze zaten in de zomerhitte met ontbloot bovenlijf op de stoeprand voor Nunzio's. Larry rookte een Salem, die hij zo driftig pafte dat het vloei er frommelig van werd. Allebei dronken ze Carling Black Label-bier uit een blikje. Tussen hen in stond een bruine papieren zak.

Baker had een onverzorgde kop haar dat hier en daar klitte. Hij bekeek Raymond met geelbruine ogen waarin nu al geen enkele spat leven meer zat. Over Bakers gezicht liep een litteken, hem toegebracht door een jongen met een vouwmes, die terloops zijn man-zijn in twijfel had getrokken. Er waren mensen om hen heen komen staan om naar het gevecht te kijken en nog dagen erna gingen er praatjes over rond. Charles, met een hevig bloedend gezicht maar op het oog doodkalm, had toen zijn tegenstander tegen de grond gewerkt, diens wapen weggeschopt en zijn arm gebroken door hem over zijn knie te knakken. De menigte was uit elkaar gegaan, toen de gewonde Charles Baker lachend wegliep. De jongen lag stuiptrekkend en in shocktoestand op de grond.

'Wezen ballen?' vroeg Larry.

'Bij de basket,' zei James. Aangezien er maar één was in de buurt, hoefde hij niet uit te weiden.

'Wie heeft er gewonnen?' vroeg Larry.

'Ikke,' zei Raymond. 'Ik heb hem ingemaakt, was net Clyde.'

'Heb je hem laten winnen?' Larry knikte met zijn hoofd naar James.

'Nee, hij heeft eerlijk gewonnen,' antwoordde James.

Larry rookte zijn sigaret helemaal tot aan het filter op en smeet hem op de weg.

'Wat gaan jullie vandaag doen?' vroeg Raymond.

'Dit bier opdrinken voordat het te warm wordt,' zei Charles. 'Wat valt er verder te doen.'

Van hen was James de enige met werk, vierentwintig uur per week. Hij was pompbediende bij de Esso aan de hoofdverkeersweg. Hij hoopte van daaruit door te kunnen groeien naar iets beters. Hij was van plan een monteursopleiding te gaan volgen.

Volgens zijn vader had hij aanleg, want hij liet hem weleens aan de Impala van het gezin werken, riemen verwisselen, de waterpomp vervangen, dat soort dingen. James hoopte dat hij Raymond, wanneer die zestien werd, ook aan een baantje kon helpen bij het pompstation.

'Rodneys nieuwe stereo al gehoord?' Raymond keek bij deze vraag naar Charles en niet naar Larry. Raymond, die nog erg jong was, bewonderde Charles om zijn reputatie van gewelddadigheid en wilde bij hem in het gevlei komen.

'Eróver gehoord,' zei Charles. 'Moeilijk om er niet over te horen, zoals Rodney erover opschept.'

'Hij mag erover opscheppen,' zei James. 'Rod heeft dat geld zelf verdiend. Hij kan het uitgeven zoals hij wil.'

'Daarom hoeft hij er nog niet de godganse dag mee te patsen,' zei Larry.

'Doet alsof hij beter is dan wij,' zei Charles.

'Hij heeft wérk,' zei James om zijn vriend Rodney te verdedigen en om zijn broertje iets duidelijk te maken. 'Da's geen reden om hem af te kraken.'

'Wil jij beweren dat ik niet kan werken?' zei Charles.

'Bij mijn weten heb jij nog nooit gewerkt,' antwoordde James.

'Rot toch op!' zei Charles tegen de wereld in het algemeen, want hij keek langs de broers heen. Hij nam een slok uit zijn blikje.

'Ja hoor,' zei James vermoeid. 'Kom mee, Ray.'

James trok aan Raymonds riem, waarna ze het trapje naar Nunzio's op liepen. Op de houten voorveranda van de winkel bleven ze staan om een bejaarde buurtgenote te groeten, die haar bastaardterriërtje losmaakte van een dwarsbalk, die vaak gebruikt werd als paal om honden aan vast te leggen.

'Dag, miss Anna,' zei James.

'James,' zei ze, 'Raymond.'

Ze gingen de winkel binnen en liepen naar een koelbak waarin James wat Budding-lunchworstjes zag liggen. Ze kostten negenenzestig cent en hij nam twee pakjes uit de bak, een met rundvlees en een met ham. Raymond pakte een zak Wise-potatochips en twee flesjes Nehis, druiven voor hem en sinaasappel voor James. Op de voorveranda aten ze het vlees zo uit het pakje. Ze namen wat van de chips en dronken de zoete gazeuse. Ondertussen keken ze naar de straat, waar Larry en Charles inmiddels van de stoeprand waren opgestaan, maar daar nog steeds helemaal niets deden.

'Wat ga je zo dadelijk doen?' vroeg Raymond.

'Ik ga naar huis, me klaarmaken voor het werk. Ik heb vandaag middagdienst bij de pomp.'

'Rodney is thuis, hè?'

'Als het goed is wel. Hij is vandaag vrij.'

'Ik ga kijken of Charles en Larry zin hebben om mee naar Rodney te gaan, voor zijn stereo. Die hebben ze nog niet gezien. Misschien als Charles Rodney leert kennen, dat hij dan niet zo, eh... weet ik veel...'

'Charles zal nooit veranderen, wat hij ook leert kennen,' zei James. 'Ik wil niet dat je met hem omgaat.'

'Beter dan hier in mijn eentje rondhangen.'

'Je bent niet in je eentje. Ik ben er.'

'Niet altijd.'

Raymond had zich druk gemaakt om incidenten die zich onlangs in de buurt hadden voorgedaan. Er waren auto's met blanke jongens de wijk in gereden, die door hun open raampjes 'nikker' naar mensen schreeuwden om vervolgens met gierende banden, keihard terug te rijden naar de hoofdverkeersweg. Het afgelopen jaar was dit een paar keer voorgevallen, en in allerlei vormen gebeurde dit al generaties lang.

Hun moeder was enkele weken daarvoor op die manier uitgescholden, en de gedachte dat iemand hun moeder zo noemde, had James en Raymond diep geraakt.

De enige blanken die iets in hun wijk te zoeken hadden, waren meteropnemers, postbodes, verkopers van bijbels en encyclopedieën, politiemensen, borgstellers of deurwaarders. Wanneer het dronken blanke jongens waren die in hun opgelapte auto's de buurt in reden, wist je wat ze kwamen doen. Altijd kwamen ze stilletjes aan gereden, ze keerden bij het doodlopende stuk weg en maakten dan snelheid in de buurt van Nunzio's, waar meestal groepjes mensen stonden. Daar schreeuwden ze die dingen en smeerden 'm vervolgens. James vond het maar lafbekken, omdat ze nooit uit hun auto kwamen.

James gaf Raymond de rest van de chips. 'Doe maar wat je niet laten kunt. Bedenk alleen dat er van Charles en Larry niets terecht zal komen. Jij en ik, wíj zijn niet zo opgevoed.'

'Weet ik, James.'

'Vooruit dan maar. Let ook op de tijd.'

James bleef achter op de veranda van Nunzio's toen Raymond naar Larry en Charles liep, die daar nog steeds stonden te staan. Charles had de papieren zak met Carlings onder zijn arm. De drie kletsen wat. Charles knikte. Larry stak nog een sigaret op. Toen liep het groepje langzaam de straat uit en sloeg bij het kruispunt rechts af.

James hield zijn blik op zijn broer gericht. Toen Raymond uit het zicht verdween, gooide hij zijn lege gazeuseflesje in een afvalton en ging op huis aan.

Rodney Draper woonde bij zijn moeder in hun oude huis aan de andere van oost naar west lopende straat in Heathrow Heights. Ook deze straat liep dood bij het bos. Hij woonde in de kelder van het huis, een klein, vierkant bouwsel met asbest gevelbeplating. De kelder werd nat als het regende en vochtig als er regen op komst was. Het rook er altijd naar schimmel. Rodney had een tweepersoonsbed, een ladekast van spaanplaat en een wc-pot die open en bloot bij de boiler stond. Zijn oom, een klusjesman en scharrelaar, en hij hadden die zelf geïnstalleerd. Zijn moeder en zus woonden boven. Rodneys onderkomen was niet luxueus, maar zijn moeder vroeg hem geen huur, wat de meeste ouders wel deden zodra hun kinderen achttien werden.

Rodney was negentien. Hij had een iets gebogen neus met een knobbeltje op de brug. Hij was mager, had vooruitstekende boventanden, knokige polsen en grote voeten. Zijn bijnaam was de Haan. Hij werkte bij Record City, op het 700 blok van 13th Street. Hij was wild van muziek en dacht zijn hartstocht en werk te kunnen combineren. Het merendeel van wat hij verdiende gaf hij uit aan platen, die hij met een kleine personeelskorting kocht. De nieuwe stereo-installatie had hij op afbetaling aangeschaft; een doorlopend krediet, een contract met kleine lettertjes, waaraan hij nog jaren zou vastzitten.

Rodney pronkte met zijn stereo tegenover Larry, Charles en Raymond Monroe. Larry en Charles zaten op de rand van het bed bier te drinken. Ze toonden niet echt belangstelling voor Rodney, die de afzonderlijke elementen van de installatie een voor een verduidelijkte, zoals de blanke, langharige verkoper had gedaan.

'BSR-draaitafel met snaaraandrijving,' zei Rodney. 'Heeft een magnetic cartridge van Shure op de toonarm. Een Marantz-tuner-versterker, 200 watt, voedt deze knapen hier, de Bose 501's.'

'Lullo, dat kan ons allemaal geen reet schelen,' zei Larry. 'Zet 's wat muziek op.'

'Al dat gelul stelt geen ene fuck voor, als het geluid niks is,' zei Charles.

'Ik probeerde jullie gewoon iets bij te brengen,' zei Rodney. 'Als je goeie wijn drinkt, wil je dan niet lezen wat er op het etiket staat?'

'Black Label,' zei Larry. Hij hield zijn blikje bier omhoog en grijnsde dom naar Charles. 'Meer hoef ík niet te weten.'

'Ik vind je stereo echt mooi, Rodney,' zei Raymond, vriendelijk. 'Laat nou 's horen hoe die klinkt.'

Rodney legde Am*erica Eats Its Young*, het nieuwe album van Funkadelic, op de draaitafel en liet de naald op de derde track zakken, 'Everybody is Going to Make it This Time'. Dit nummer begon langzaam maar ontwikkelde allengs een gospelachtige heftigheid, en de hoofden van Larry en Charles gingen mee op het ritme. Larry bestudeerde de hoes, een dollarbiljet waarop het Vrijheidsbeeld was afgebeeld als een levend lijk met een bloederige mond, dat baby's vrat.

'Deze shit is te gek,' zei Larry.

'Paul Weldon heeft die hoes gemaakt,' zei Rodney.

'Wie?' zei Larry.

'Weldon is een kunstenaar. Zwarte kunstenaars doen van zich spreken in dit land, en niet alleen omdat ze platenhoezen ontwerpen. Hier in Heathrow woonde in 1920 en nog wat een vrouw van wie het werk in een galerie in het centrum hing.'

'Fuck, man, geef je nu ook al geschiedenisles?'

'Ik zeg alleen dat onze buurt een rijk verleden heeft.'

'Kan ons wat schelen,' zei Charles. 'Zet de muziek 's harder.'

'Lekker geluidje, hè?' zei Rodney.

'Heb weleens beter gehoord.' Charles was niet in staat om Rodney een compliment te geven. 'Mijn neef, die heeft een installatie, nou, daarmee vergeleken stelt deze helemaal niks voor.'

Later zaten Larry, Charles en Raymond bij de geel met wit geverfde afsluiting aan het eind van de straat, die daar van countywege was neergezet. Rodney had hun beleefd gevraagd om op te stappen, want er zou een meisje komen, een klant die hij in de platenzaak had leren kennen. Raymond verdacht Rodney ervan dat dit een smoesje was, omdat hij Larry en Charles gewoon weg wilde hebben.

Door de alcohol waren Larry en Charles agressiever geworden. Larry werd luidruchtiger en Charles juist stiller, een slecht teken. Raymond was op hun verzoek meegegaan en dronk een biertje. Hij had het voor driekwart op en voelde het effect. Hij had nooit meer dan één blikje gedronken en eigenlijk hield hij niet van de smaak. Maar hij voelde zich ouder wanneer hij met deze twee jongens meedronk. Wel lette hij goed op of hij iemand zag die misschien aan zijn ouders doorbriefte dat ze hem 's middags bier hadden zien drinken.

Ze praatten over meisjes met wie ze het wel zouden willen doen. Ze praatten over de nieuwe Mustang Mach 1. En Larry vroeg inmiddels voor de zoveelste keer of James en Raymond familie waren van Earl Monroe, waarop Raymond 'Niet dat ik weet' zei.

Er viel een stilte in het gesprek, waarin ze bier naar binnen goten. 'Heb gehoord dat er een paar weken terug een stel witten door de buurt reden,' zei Larry toen opeens.

'Witte mietjes,' zei Charles.

'Hoorde dat ze je moeder shit naar d'r hoofd gooiden,' zei Larry.

'Ze liep vanaf de bushalte naar huis,' zei Raymond. 'Ze riepen het niet speciaal naar háár. Ze kwam langs de supermarkt, net toen die knullen gingen schelden. Zo ging het.'

'Dus was het tegen haar,' zei Larry.

Aangezien het geen vraag was, reageerde Raymond niet. Zijn gezicht werd warm van schaamte.

'Als iemand mijn moeder dat flikte,' zei Charles, 'dan werden ze wakker in een graf.'

'Mijn vader zegt dat je sterk moet zijn en het van je af moet zetten,' zei Raymond.

'Poeh!' zei Larry.

'Als het mijn moeder was, zou ik erop afgaan en die teringlijders kapotschieten,' zei Charles.

'Tja,' zei Raymond, die af wilde van het onbehagen dat dit gesprek bij hem wekte, 'ík heb geen pistool.'

'Je broer wel,' zei Charles.

'Wat?' zei Raymond. 'Kom op, man, da's niet waar, dat weet je best.'

'Ik hoorde het van de man die het hem verkocht heeft,' zei Charles. 'Een revolver, zo een als die de politie draagt.'

'James heeft geen revolver,' zei Raymond.

'Dan lieg ik zeker,' zei Charles strak voor zich uit kijkend.

Larry grinnikte.

'Dat zeg ik niet,' zei Raymond. 'Wat ik wilde zeggen, was dat ik dat niet wist.'

Larry stak een sigaret op en smeet de lucifer op de weg.

'Hij heeft er een,' zei Charles, terwijl hij in zijn bierblikje keek en het schudde om te zien of er nog wat in zat. 'Neem dat nou maar van me aan.'

Wanneer James Monroe de pompen bediende bij de Esso, hing er altijd een schone, rode lap uit zijn kontzak. Zodra de benzine in de tank van een auto stroomde, waste hij de ruiten met de sponswisser aan zijn lange stok, die klaarstond in een emmer met verdund schoonmaakmiddel. Wanneer hij de voor- en achterruit gewist had, haalde hij die lap tevoorschijn om zachtjes eventuele vegen of waterspatjes weg te wrijven. Het deed er niet toe of hij dit al dan niet verplicht was te doen. Het gebaar liet de klant zien dat hij eer in zijn werk stelde en dat hij zich er iets aan gelegen liet liggen hoe hun auto eruitzag. Door dit ene dingetje, zijn finishing touch, kreeg hij weleens een fooitje; soms een kwartje en soms, rond de feestdagen, vijftig cent. Het kon hem niet schelen wanneer het maar een dubbeltje was of alleen een blik in iemands ogen, die zei 'deze vent houdt van zijn werk'. Respect, dat was waar het uiteindelijk om ging.

James was, voor zover hij wist, de eerste zwarte die bij dit tankstation werkte. Naar zijn mening had hij hiermee niet de rassenbarrière doorbroken, maar veeleer de traditie bij deze Esso. In het verleden had de eigenaar altijd blanke jongens uit de buurt en hun vrienden aangenomen. James was vasthoudend geweest. Hij was vele keren naar George Anthony, van wie de Esso was, gegaan om met hem te praten. Meneer Anthony, een gedrongen man met een baard en lachrimpeltjes rond de ogen, had hem niet meteen aangenomen. Maar op een dag had James' vasthoudendheid resultaat. Als terloops zei meneer Anthony toen: 'Goed, James. Morgenochtend om acht uur beginnen. Ik zal het met je proberen.' Toen meneer Anthony eenmaal had gezien wat James kon, hoe plichtsgetrouw hij was en altijd op tijd kwam opdagen, zich nooit ziek meldde, ook niet wanneer hij ziek wás, toen zei meneer Anthony: 'Weet je waarom ik je heb aangenomen, James? Je bleef me aldoor om werk vragen. Je gaf het niet op.'

James voldeed prima, maar meer dan deeltijdwerk zat er niet voor hem in. Meneer Anthony wilde rechtvaardig zijn tegenover alle jongens die hij in dienst had en hun allemaal gelijke kansen geven om wat te verdienen. James verdiende tweeënveertig dollar per week. Niet genoeg om te kunnen verhuizen of om op krediet een auto te kopen. Maar hij had een plan: hij wilde monteur worden, net zoals zijn vader Ernest Monroe. James dacht: misschien word ik zelf op een dag eigenaar van een tankstation, verdien ik groot geld. Voldoende om in de stad een huis voor mezelf te kopen en ook om mijn ouders te helpen om er een bij mij in de buurt te krijgen. Dat we ergens wonen waar geen reactionaire witte jongens mijn moeder uitschelden, wanneer ze na haar werk vanaf de bushalte naar huis loopt. Mijn moeder nikker noemen, nadat ze de hele dag op de been is geweest in haar schoonmakstersuniform. Een vrouw die nog nooit iemand veroordeeld heeft.

James werd razend bij de gedachte aan zijn moeder die zo werd uitgescholden. Pas geleden had hij iets gekocht, iets om te laten zien, mocht zoiets weer gebeuren. Gewoon om dat tuig angst aan te jagen, meer niet. Om hun gezichten te zien, wanneer zij voor de verandering door het stof moesten.

Hij vond het naar om deze woede te voelen. Hij zette het beeld van zijn moeder uit zijn gedachten.

Wat dat zelf een tankstation bezitten betrof, wist James dat hij droomde. Maar er was niets mee mis om vooruit te denken. Hij moest doelgericht zijn en toewerken naar wat hij wilde bereiken. Via Esso had hij zich ingeschreven voor een monteursopleiding. De onderneming had een trainingsprogramma voor haar werknemers, voor degenen van wie gedacht werd dat ze het aankonden. Meneer Anthony had hem gestimuleerd om zich ervoor in te schrijven en toegezegd dat hij de helft van het cursusgeld zou betalen. Aan auto's sleutelen was geen slechte manier om je brood te verdienen. Wanneer je iets repareerde, maakte je iemand blij. Een auto kwam kapot binnen en verliet de garage weer rijklaar. Je had iets volbracht.

Een carrière als automonteur zou hem onderscheiden van jongens zoals Larry en Charles, die naar zijn idee al verloren waren. Hij zou Raymond hier ook binnenhalen; hem leren werken, leren omgaan met mensen van buiten hun buurt, zoals hij, James, kon opschieten met de blanke klanten en blanke jongens die bij het tankstation werkten.

Raymond was onlangs een beetje in problemen gekomen, een winkeldiefstalletje bij Monkey Wards en, ernstiger, hij was gepakt nadat hij een steen door het raam had gegooid bij een huis in die dure buurt vlak bij Heathrow. Meneer Nicholson, de eigenaar van dat huis, had Ray minder betaald dan was afgesproken voor werkzaamheden in de tuin, met als argument dat Raymond zijn werk niet goed genoeg had gedaan. Raymond was op een avond teruggegaan om zijn gram te halen. Nicholson had de politie ingeschakeld en die kwam regelrecht naar hun huis. Raymond bekende zijn daad. Hij kreeg een aantekening, wat inhield dat hij niet werd gearresteerd of hoefde voor te komen, mits hij de schade betaalde. Maar wel had hij nu een strafblad.

Nog een keer zo'n geintje, zei de politie, dan had hij echt een probleem. Ernest had James toen opgedragen Ray op de rails te houden, op hem te letten en zijn gewelddadige impulsen in toom te houden. Hij was nog maar een jong joch, opgefokt door te veel energie, meer was het niet. Er zat woede in de jongen.

Zelf was James ook zo geweest toen hij jonger was. Hij zat toen vol rancune en wantrouwen, hoofdzakelijk jegens blanken. Dat gevoel was iets minder geworden, toen hij en de jongens uit zijn buurt met de bus naar de rijke kant van het district werden vervoerd om daar de blanke middenschool en vervolgens de blanke middelbare school te bezoeken. Hij ging helemaal niet met die blanke kinderen om, maar ze waren tenminste geen raadsel meer voor hem, zoals daarvoor. En de meeste blanke jongens met wie hij bij het tankstation werkte vond hij oké. Niet dat hij buiten werktijd met hen optrok, dat niet. Zij waren wat zij waren, en hij kwam uit Heathrow Heights. Maar op het werk waren ze allemaal jonge knullen, in donkerblauwe broek en lichtblauw overhemd met een ovalen applicatie met hun voornaam erop gestikt. Je kon de beste van hen zijn of je kon gemiddeld zijn. Hij, James, wilde de beste zijn. Hij wilde respect.

'Zegt u het eens, mevrouw,' zei James, terwijl hij op het open raampje van een wit-op-witte Cougar afliep, waarin een wat oudere, blonde vrouw aan het stuur zat.

'Volgooien,' zei ze zonder hem aan te kijken. 'Super.'

'Komt voor mekaar,' zei James en hij trok het mondstuk van de slang uit zijn houder in de pomp. 'Ik zal de ruiten ook even voor u doen.'

Het huis van de Monroes was op het eerste gezicht even bescheiden als de andere huizen in Heathrow Heights. Het had twee slaapkamers, een houten betimmering, een stormkelder en een voorveranda. Ernest Monroe was monteur en dus handig en hij zorgde ervoor dat het huis goed onderhouden bleef. Hij had zijn zoons een soepele verfkwastvoering geleerd, hoe ze een hamer moesten hanteren, hoe ze glashoeken maakten en stopverf moesten gebruiken bij het vervangen van gebroken ruiten; en er brak nogal eens een ruit, daar waar jongens en honkballen in de buurt waren. Ernest Monroe wist dat eens in de twee jaar een frisse laag verf het verschil was tussen een armoedig ogend huis en een dat de wereld liet zien dat daar een man met vast werk woonde; een man die omzag naar zijn bezit. Het kostte niet veel geld om die indruk te vestigen, alleen wat zweet. En op het resultaat kon je trots zijn.

Ernest werkte hard, maar hij verheugde zich ook op zijn vrije tijd. Na het eten bracht hij zijn avonden uitsluitend door in zijn leunstoel. Dan keek hij naar zijn op afbetaling gekochte Sylvania grootbeeld kleurentelevisie in haar televisiemeubel, dronk een paar biertjes en rookte Tiparillo-mentholsigaren. Zodra hij eenmaal in die stoel zat met de late editie van *The Washington Post* op zijn schoot, kwam hij niet meer in beweging, behalve voor loopjes naar de enige wc in het huis. Ernest keek naar zijn actieseries op CBS, las af en toe iets voor uit de krant, wanneer iets zijn aandacht trok of wanneer hij iets vermakelijk vond. Soms ontlokte hij hiermee een reactie van zijn vrouw Almeda of van zijn zoons, als die er ook waren en luisterden. Voor hem was dit amusement.

'Even allemaal koppen dicht,' zei Ernest. 'Ik wil de herkenningsmelodie horen.'

Mannix, zijn favoriete detectiveserie, begon zo dadelijk. Hij hield van hoe het altijd begon. Korte fragmenten van Joe Mannix die rende, zijn pistool trok, zich over motorkappen van auto's liet rollen en daaroverheen werd de muziek gespeeld.

'Da-dant-de-da, da-dant-de-da-daaaaa,' zongen James en Raymond in koor. Ze bescheurden zich en gaven elkaar een high five.

'Stil,' zei Ernest. 'Ik meen het!'

Ernest Monroe was een man van gemiddelde grootte met pezige onderarmen van het jarenlang moersleutels draaien. Zijn dikke snor en korte, verzorgde afro waren doorspikkeld met grijs. 's Avonds roken zijn handen naar sigarenrook en Lavazeep.

'Da-dant-de-da, da-dant-de-da-daaaaa,' zongen James en Raymond nu bijna fluisterend, en Ernest glimlachte breed. Toen de muziek begon, staakten de jongens hun spelletje en lieten hun vader naar de herkenningsmelodie luisteren.

'Lekker gewerkt vandaag, Jimmy?' vroeg Almeda, een magere vrouw – eens mooi, nu aantrekkelijk – in een mouwloze jasschort. Ze zat tussen haar zoons in op een versleten bank, die ze met naald en draad in goede staat had gehouden. Ze wuifde zich koelte toe met een nummer van *Jet Magazine*. Het huis had geen airconditioning en 's zomers bleef het er heet. 's Nachts koelde het er niet erg af.

'Best wel, ja,' antwoordde James.

'En maar pompen,' zei Raymond.

'Raymond,' zei zijn vader vermanend.

'En waar ben jij vanmiddag geweest?' vroeg Almeda aan Raymond. Ze negeerde nadrukkelijk zijn ongepaste opmerking.

'Gewoon hier in de buurt,' zei hij. Tot het avondeten had Raymond op Life Savers met mentholsmaak gekauwd, in de hoop dat zijn ouders geen bieradem zouden ruiken. Het was uren geleden dat hij het gedronken had, maar als onervaren drinker wist hij niet hoe lang alcoholstank te ruiken bleef.

Na de openingstitelrol kwam er meteen een reclameblok. In de krant viel Ernests oog op iets waarom hij een beetje moest lachen.

'Moeten jullie dit horen,' zei Ernest. 'Vandaag bezocht Congreslid Shirley Chisholm George Wallace in het ziekenhuis...'

'Ligt hij nog steeds in het Holy Cross?' vroeg James.

'Hij is geopereerd,' zei Almeda, 'omdat ze de kogelfragmenten uit zijn wervelkolom wilden halen.'

'Maar zien of ze die witte knakker weer aan het lopen krijgen,' zei Raymond.

'Dat is niet erg christelijk van je, Ray,' zei zijn moeder.

'Luister,' vervolgde Ernest. 'Die Shirley Chisholm komt het ziekenhuis uit gelopen, vraagt een verslaggever haar waarom ze bij die man op bezoek gaat. Betekent dit dat ze hem als hij zijn standpunten matigde zou steunen bij presidentsverkiezingen? En moet je haar reactie horen. "Jezus-christus!" was het enige dat ze zei.'

'Ik hoorde dat als Wallace zich weer verkiesbaar stelt, mensen uit medelijden op hem gaan stemmen,' zei James.

'Van wie dan?' vroeg Ernest.

De serie begon weer. De jongens grinnikten om de verhaallijn. Mannix was verblind door het kruit van een vlak bij zijn gezicht gelost schot. En vervolgens zat hij, nog steeds blind, de rest van het uur de man die dit op zijn geweten had achterna.

'Hoe kan hij die man nou vinden, als hij niet kan zien?' zei Raymond.

'Peggy gaat hem helpen,' zei Ernest, terwijl de sigarenrook uit zijn mondhoek ontsnapte.

'Je vader houdt van die Gail Fisher,' zei Almeda.

'Niet zoals ik van jou houd,' zei Ernest.

'Ik herinner me nog dat ze dat reclamefilmpje voor All deed, dat afwasmiddel.' Almeda vond het leuk om de carrière te volgen van zwarte acteurs en actrices, over wie ze las in haar tijdschriften.

'Daar speelde ze ook goed in,' zei Ernest. Ze praatten hoofdzakelijk door het programma heen. Dat was voorspelbaar en bovendien was het een herhaling van een aflevering die hun vader van de herfst al had gezien. Ernest voerde voor de zoveelste keer aan dat de acteur die Mannix speelde niet echt een blanke was, maar een soort Arabier. 'Roemeens of zoiets,' zei hij.

'Armeens,' zei Almeda. 'En dat zijn christenen. Orthodoxe christenen om precies te zijn. Geen moslims. Althans, die ik ken zijn dat niet.'

'Haal eens een koud biertje voor je vader, jongens,' zei Ernest. James stond op van de bank.

Almeda maakte het huis schoon van een Armeens gezin in Wheaton, bij Glenmont in de buurt. Dit was een van de twee dagbaantjes die ze had aangehouden na de rellen van 1968. Na de branden in april waren veel van de dienstbodes die zij kende met dat werk opgehouden. Almeda was parttime blijven werken, omdat haar gezin het geld nodig had. Ze had opgezegd bij de mensen die ze niet mocht en was gebleven bij de mensen die ze aardig vond. Hoewel ze minder uren werkte voelde ze dat niet eens zo erg in haar portemonnee. De twee resterende werkgevers, de Armenen en een protestants stel in Bethesda, hadden haar na de moord op dr. King opslag gegeven. Ze had er niet eens om gevraagd.

Ernest las voor uit de krant. 'Redd Foxx en Slappy White komen naar Shady Grove. Sinds het Howard Theater dichtgetimmerd is, worden alle goeie voorstellingen op het platteland gegeven. Wie gaat daar nou helemaal naartoe?'

James kwam terug met een blikje Papst en trok het lipje ervan af. Hij liet het ringetje in de opening vallen en gaf het bier aan zijn vader.

'Wil je dat ik stik?' zei Ernest. 'Gooi dat lipje de volgende keer weg, zeg.'

'Zo heb ik het anderen zien doen,' zei James, die pas een paar keer bier gedronken had.

'Dan zijn die gek. Ik heb geen zin om een stukje metaal in te slikken.'

'Ik kan een andere voor je pakken,' zei Raymond.

'Hoeft niet. Nu het open is, drink ik het op. Ik heb er verdikkeme voor betaald.'

'Nauwelijks,' zei Raymond.

'Let op je woorden, knul.'

Bij de Dart kostte zes blikjes Pabst maar een dollar zoveel. De Tiparillos die Ernest rookte, waren een dollar negenennegentig de vijftig bij dezelfde winkel. Ernest Monroe had zijn verslavingen, maar het waren goedkope. Almeda klaagde nooit over zijn roken en drinken. De man werkte hard en kwam elke avond thuis.

James en Ernest begonnen een gesprek over het verschil tussen grote en kleine motorblokken.

Raymond zei dat hij moe was, kuste zijn moeder op haar wang en legde even een hand op de schouder van zijn vader, die dit gebaar met een vriendelijke grom beantwoordde.

Raymond ging naar de achterste slaapkamer. James en hij hadden die altijd gedeeld. Er stonden twee eenpersoonsbedden, elk tegen een muur, parallel aan elkaar. Ze waren inmiddels allebei uit hun bed gegroeid en wanneer ze sliepen hingen hun voeten over de rand. Tegenover beide bedden stond een ladekast. Hun vader had ze ergens gevonden of voor een grijpstuiver tweedehands gekocht. Ernest had ze verstevigd met spijkers en ze extra versterkt met houtlijm en klemmen. Daarna had hij ze opnieuw gelakt, zodat ze er piekfijn uitzagen. Er stond een hangkast voor hun overhemden en hun broeken voor de kerk.

Aan de muur hing een teamfoto van de Washington Redskins uit 1971, die recentelijk voor het eerst in zesentwintig jaar de play-offs hadden bereikt. De baas van Nunzio's had Raymond die foto gegeven. Zelf had hij hem in het kader van een reclamecampagne van Coca-Cola gekregen en hij beweerde dat hij niet wist wat hij ermee moest. Raymond vermoedde dat de man gewoon aardig was geweest. Raymond was fan van Skins, maar toch hield hij het allermeeste van basketbal. Knicks, dat was zijn club. Hij was fan van Clyde Frazier en zijn broer James was helemaal weg van Earl Monroe. Sommige mensen noemden Earl

Monroe 'The Pearl' en er waren er ook die hem 'Black Jesus' noemden. James en zijn vrienden noemden hem gewoon 'Jesus', maar niet waar hun moeder bij was, want die vond dat godslastering.

James had een wit T-shirt en op de achterkant had hij met watervaste viltstift 'Monroe' geschreven en eronder Earls nummer, 15. Ook op de voorkant stond dat nummer geschreven.

Raymond Monroe had op dezelfde manier een T-shirt verfraaid. Bij hem stond Fraziers shirtnummer met de hand op de voor- en achterkant geschreven, samen met alleen de voornaam 'Clyde'.

Raymond raapte James' Earl Monroe-T-shirt op van de houten vloer en rook eraan om te zien of het schoon was. Het stonk niet erg naar hem, dus vouwde hij het op en liep ermee naar de ladekast van James. Hij trok de la met shirts open en legde het erin. Zijn hand bleef aarzelend boven op het stapeltje T-shirts liggen en hij keek achterom naar de openstaande deur. Hij hoorde geen voetstappen, alleen de geluiden van de televisie en de gedempte stemmen van James en hun vader, die nog steeds met elkaar praatten.

Hij schoof zijn hand onder het stapeltje, voelde daar niets. Hij sloot de la en trok die eronder open, waarin jeans en boxershorts lagen. Onder de boxers voelde Raymond staal. Een korte loop, een gekerfde cilinder en een kolf met ruitjespatroon.

Hij had het gevoel alsof er binnen in hem een lucifer was afgestreken. Door een revolver aan te raken kon een jongen op slag zijn kracht en man-zijn ontdekken.

Charles lulde meestal maar wat. Maar dit keer had hij de waarheid gesproken.

3

De controlestrook van Alex Pappas' kaartje voor het concert van de Rolling Stones hing op het prikbord in zijn slaapkamer. De Stones hadden enkele weken daarvoor, op 4 juli, opgetreden in het RFK-stadion en Alex en zijn vrienden, Billy Cachoris en Pete Whitten, waren erbij geweest. Alex had samen met andere fans uren in de rij gestaan bij het Ticketronpunt bij Sears in White Oak om zitplaatsen te scoren; maar het was het waard geweest. Alex dacht niet dat hij die dag ooit zou vergeten, zelfs niet als hij zo oud werd als zijn ouweheer.

Op het bord hingen ook kaartjes van wedstrijden van de Baltimore Bullets, waar hij met zijn vader naartoe was geweest, die het geen probleem had gevonden om hem met zijn vrienden naar het Baltimore Civic Center te rijden. Earl the Pearl, Alex' held, was halverwege het afgelopen seizoen terugverkocht aan de Knicks en met zijn vertrek was Alex' enthousiasme voor Bullets een klein beetje verdwenen. Juichen voor Dave Stallworth en Mike Riordan was niet hetzelfde als juichen voor Monroe.

Alex wachtte in zijn slaapkamer op een telefoontje van zijn vriendin. Hij draaide de plaat van die nieuwe groep Blue Oyster Cult op zijn installatie, een 80 watt Webcor, die bestond uit twee opgehangen geluidsboxen, een AM/FM-radio, een platenspeler met stofkap en een ingebouwd cassettedeck voor 8-tracksbanden. Hij had zijn fooiengeld gespaard en de installatie contant betaald bij de Dalmo in Wheaton. Bij het cassettedeck zaten enkele 8-tracksbanden, Manassas, Thick as a Brick en Broken Barricades, maar Alex hield meer van platen. Ze klonken beter dan banden en er zaten geen cyclische overschakelingen tussen de nummers. Plus dat hij het fijn vond om de krimpfolie van een nieuw aangeschaft album af te halen, de hoesteksten te lezen en de hoes zelf goed te bekijken terwijl hij naar de muziek luisterde.

Op dat moment bekeek hij de hoes van Blue Oyster Cult, terwijl 'Then Came the Last Days of May' draaide. De tekst ging over iets wat ten einde liep en het klonk zowel omineus als mysterieus, wat Alex verwarde en tegelijk spannend vond. Op de hoes stond een zwart-wittekening van een gebouw dat doorliep tot in de oneindigheid, met erboven een zwarte hemel met sterren en een maansikkel. En boven het gebouw zweefde een symbool dat eruitzag als een haakvormig kruis. De afbeeldingen waren verwarrend, zoals ook de muziek, die zwaar, duister, gevaarlijk en prachtig was. Dit was Alex' favoriete nieuwe groep. Ze stonden in het voorprogramma van Quicksilver Messenger Service in Constitution Hall, en Alex wilde erheen.

Het telefoontoestel op de grond rinkelde. Alex nam op. Aan de onvaste stem van Karen hoorde hij dat ze gehuild had.

'Wat is er?' vroeg Alex.

'Mijn stiefmoeder is zo'n kreng.'

'Wat heeft ze gedaan?'

'Ik mag vanavond niet uit van d'r,' zei Karen. 'Ze zegt dat ik op mijn zusje moet passen. Ze zegt dat ze dat vorige week al tegen me gezegd heeft. Maar dat is helemaal niet waar!'

Karens zusje was haar halfzusje. Het kind, een peuter, was voortgekomen uit de verbintenis tussen Karens vader en zijn nog jonge, tweede vrouw. De moeder van Karen was gestorven aan borstkanker. Karens vader was een zak. Bij hen thuis deugde er niets.

'Kun je straks niet wegglippen?'

'Alex, ze is pas twee. Ik kan haar niet alleen laten.'

'Voor een kwartiertje maar.'

'Alex!'

'Oké, oké, ik kom wel naar jou toe. Als die luitjes eenmaal weg zijn.'

'Wat gaan we doen?'

'Gewoon wat kletsen.' Ondertussen dacht Alex aan haar roze tepels en haar zwarte schaamhaar.

'Maar beter van niet,' zei Karen. 'Je weet wat er de vorige keer gebeurde.'

Haar ouders waren vroeg thuisgekomen en hadden hen verrast toen ze in Karens bed lagen te vrijen. Alex kwam haar slaapkamer uit met een stijve die duidelijk zichtbaar was onder de stof van zijn Levi's en verkocht een smoes over dat hij in haar kamer was geweest om te zien of hij haar stereo kon repareren. Haar vader had daar gestaan met een rode kop en niet in staat om een woord uit te brengen. Hij was een eersteklas knurft, die Karen lullig behandeld had vanaf het moment dat zijn nieuwe vrouw haar intrede deed in het gezin. Na dit incident had Alex hem gemeden.

'Waarschijnlijk heb je gelijk,' zei Alex. 'Ik ga wel uit met Billy en Pete.'

'Morgen misschien?' zei Karen.

'Ja, misschien,' antwoordde Alex.

Hij hing op en belde zijn vrienden. Pete mocht de Olds van zijn ouders die avond gebruiken en Billy wilde ook mee. Alex trok jeans aan met een brede riem, een overhemd met drukknopen en tweekleurige schoenen van het merk Jarman met zeven centimeter hoge hakken. Hij schakelde de stereo-installatie uit en verliet zijn kamer.

Zijn broer Matthew, veertien jaar, was ook in zijn slaapkamer. Matthew was bijna even lang als Alex. Hij schitterde op het footballveld, het honkbalveld en op school. Hij was op elk terrein beter dan Alex, behalve op het ene dat tussen jongens onderling telde. Met vechten won Alex het nog altijd van hem. Veel langer zou dit niet duren, maar vooralsnog kenmerkte dit hun relatie.

Alex bleef in de deuropening staan. Matthew lag op zijn bed een honkbal op te gooien en in zijn handschoen te vangen. Hij had dik golvend haar en een kokkerd van een neus zoals hun ouwe. Alex' haar golfde, zoals dat van hun moeder.

'Mietje!' zei Alex.

'Flikker!' zei Matthew.

'Ik ga op pad.'

'Ajuus.'

Alex liep de gang door, langs de slaapkamer van zijn ouders en hij bleef staan bij de badkamerdeur, die op een kier stond. De lucht die naar buiten kwam drijven, rook naar vuil water, sigaretten en scheten. Zijn vader was daar binnen en lag, zoals iedere avond na zijn werk, een halfuur lang te weken.

'Ik ga weg, pap,' zei Alex door de kier. 'Met Billy en Pete.'

'De drie genieën. Wat gaan jullie doen?'

'Ouwe vrouwtjes neerslaan en hun tasje jatten.'

'Ach jij.' Alex hoefde de badkamer niet binnen te stappen om het wegwerpgebaar te zien dat zijn vader nu met zijn hand maakte.

'Ik maak het niet te laat,' zei Alex, vooruitlopend op de volgende vraag.

'Wie rijdt er?'

'Pete heeft de auto van zijn vader mee.'

'Clowns,' mompelde zijn vader, waarna Alex de gang uit liep.

Zijn moeder, Calliope 'Callie' Pappas, zat in de keuken aan hun ovale eettafel te telefoneren en rookte ondertussen een Silva Thin Gold 100. Haar wenkbrauwen waren geëpileerd tot twee zwarte strepen en, zoals altijd, was ze zorgvuldig opgemaakt. Onlangs had ze zich laten blonderen bij *Vincent et Vincent*. Ze droeg een hemdjurk van Lord & Taylor en sandalen met dikke zolen. Ze was het in de Verenigde Staten geboren kind van Griekse immigranten, hield van mode, was geïnteresseerd in filmsterren en ze was in tal van opzichten minder Grieks dan haar echtgenoot. Hun huis was altijd schoon en het warme avondeten stond altijd stipt op tijd op tafel. John Pappas was het werkpaard en Callie hield de stal schoon.

'Ik ga weg, ma,' zei Alex.

Ze legde haar hand over het mondstuk van de hoorn en tipte as in de asbak. 'Wat ga je doen?'

'Niks,' zei Alex.

'Wie rijdt er?'

'Pete.'

'En je drinkt geen bier,' zei ze, terwijl er buiten werd geclaxonneerd. Ze wierp hem een kushandje toe en hij liep naar de deur.

Alex verliet het huis, een klein bakstenen optrekje met witte luiken in een straat met huizen die er net zo uitzagen.

Billy en Pete hadden twee sixpacks Schlitz gekocht bij de Country Boy in Wheaton. Toen Alex op de achterbank van de Olds ging zitten, hadden ze allebei een open blikje tussen hun dijen staan. Pete pakte een blikje bier uit de zak die bij zijn voeten stond en gaf dat aan Alex.

'We lopen een eind op je voor, Pappas,' zei Pete, mager, blond, lang en beweeglijk. Hij was een protestantse, blanke jongen in een etnische buurt in het zuidoosten van Montgomery County, waar de bevolking merendeels tot de arbeiders- en lagere middenklasse gerekend kon worden. De vaders van Alex' vrienden werkten in de dienstverlening en handel. Velen van hen waren veteraan uit de Tweede Wereldoorlog en hun zoons probeerden, vergeefs en zonder dat het onder woorden werd gebracht, even stoer te zijn als hun vader.

'Drink op, watje,' zei Billy, een jongen met brede schouders en een stevige borstkas. Hij had baardstoppels, ook al was hij pas zeventien.

Billy en Pete haalden Alex meestal als laatste op, zodat de voorbank voor hen was. Alex was duidelijk niet de aanvoerder van dit groepje. Hij was iets kleiner dan zij, fysiek minder stout-moedig en vaak het doelwit van hun grappen. Niet dat ze echt gemeen tegen hem waren, maar wel gedroegen ze zich vaak neerbuigend jegens hem. Alex aanvaardde dat, want zo was het al sinds de middenschool.

Alex trok het lipje van de Schlitz open en liet het in de opening van het blikje vallen. Hij dronk het bier, dat nog koud was van de koeling in de winkel die zij Country Kill noemden.

'Hebben jullie wiet bij je?'

'We staan droog,' zei Pete.

'We gaan morgen halen,' zei Billy. 'Doe je mee?'

'Hoeveel?'

'Veertig voor dertig gram.'

'Veertig?!'

'Man, het is lumbo,' zei Pete. 'Mijn dealer zegt dat het puik spul is.'

'Niet zoals dat Mexicaanse stro dat je van Ronnie Leibowitz koopt.'

'Hebro-witz,' zei Billy, en Pete moest lachen.

'Ik doe mee,' zei Alex. 'Maar stop even zodra we mijn straat uit zijn.'

Pete zette de Olds naast de stoeprand en liet hem stationair draaien.

Alex haalde een filmkokertje tevoorschijn waarin een heel klein beetje wiet zat. 'Vond ik in mijn kast. Het is een beetje oud...'

'Geef op.' Billy pakte het kokertje aan, keek erin en schudde het. 'Daarmee kunnen we niet eens een joint draaien.'

Pete drukte de aansteker op het dashboard in. Toen die weer

terugschoot, trok hij hem eruit en Billy strooide het beetje wiet op de roodgloeiende spiraal van de aansteker.

Om de beurt snoven ze de rook in die opsteeg van het gloeiende oppervlak. Meer dan hoofdpijn kreeg je er niet van, maar ze vonden de geur lekker.

'Waar gaan we heen?' vroeg Alex.

'Centrum,' zei Pete. Hij sloeg de hoek om naar Colesville Road en reed in zuidelijke richting naar het District.

Billy haalde een Marlboro uit een pakje dat hij achter de zonneklep had gestopt en stak op. De raampjes waren omlaag gedraaid en de warme avondlucht die de auto binnenstroomde verwoei hun haar. Alle drie droegen ze het lang.

De auto was een blauwe Oldsmobile Cutlass Supreme met een wit dak. Vanwege de kleuren, en omdat het geen 442 was, pestte Billy Pete vaak met de auto en zei dat het 'een kar was voor huisvrouwen en homo's'.

'Hé,' zei Billy, 'heeft je moeder hem soms uitgekozen, toen je vader op zijn werk was?'

'Hij is tenminste van onszelf,' zei Pete. De vader van Billy was verkoper in de Fordshowroom van Hill en Sanders in Wheaton. Hij kwam altijd met geleende auto's thuis. De vader van Pete was jurist bij de UAW. Hij had gestudeerd en Pete liet nooit na om dit zijn vrienden onder de neus te wrijven. Pete haalde goede cijfers en had onlangs een hoge score gehaald bij de *Scolastic Aptitude Test*. Billy en Alex konden matig leren en hadden geen speciale plannen voor na de middelbare school. De avond voor de SAT-toets waren zij stoned en dronken geworden.

Helemaal tot aan 16th Street bekvechtten de jongens over de radiozenders. Alex wilde naar WGTB luisteren, het progressieve FM-station van de campus van Georgetown University, maar Billy liet geen spaan van die keuze heel.

'Hij hoopt dat ze Vomit Rooster draaien,' zei Billy.

'Atomic Rooster,' zei Alex.

'Nights in White Satin' kwam op de radio, maar Billy draaide het nummer weg omdat ze niet stoned waren. Hij stemde af op een andere zender, waarop dat nummer van Lobo over de hond werd gedraaid. Daarna bleef hij lang genoeg bij een andere zender hangen om de woorden van de hit van Roberta Flack te veranderen in 'The first time even I sat on your face'. Billy vond een zender met gitaarmuziek en daar liet hij de radio op staan. Ze luisterden naar singles van T-Rex, Argent en Alice Cooper. En toen 'Day After Day' klonk, draaide Billy de radio helemaal open. Ze waren al bijna in Foggy Bottom, toen het nummer uit was. Pete vond ruimte om te parkeren.

Ze liepen naar een nachtclub waarvan Blackie Auger de eigenaar was. Ze waren te jong om te mogen drinken, maar alle drie hadden ze van oudere jongens in hun buurt oproepkaarten voor de dienstplicht gekocht. De portier bekeek hen eens goed, zag drie knullen in spijkerbroek, jongens uit een arbeidersbuitenwijk, en hij weigerde hun de toegang. Maar Alex praatte hen toch naar binnen. Hij zei dat hij Blackie, de legendarische Griekse restauranthouder en bareigenaar, kende. Alex kende Auger helemaal niet, en zijn ouders deden dat evenmin. Hij behoorde tot een volstrekt andere categorie Griekse Amerikanen en er was nooit enig contact tussen hen geweest. Alex' familie bezocht de 'immigrantenkerk' op 16th Street, terwijl Auger en anderen van zijn niveau parochiaan waren van de kathedraal op 36th Street en Massachusetts Avenue.

De portier liet hen door. Hij zwichtte voor de mogelijkheid dat het joch de waarheid sprak.

Zodra ze de club binnenstapten, wisten ze dat dit niet hun soort tent was. De aanwezige mannen waren in de twintig, droegen strakke, kamgaren pantalons met nauwe pijpen, overhemden van kunststof met grote kragen die openstonden zodat je hun medaillons, kruisen of gouden ankers kon zien. De vrouwen droegen jurken en keurden hen geen blik waardig. De paren op de dansvloer konden stijldansen. Alex, Billy en Pete konden pasjes die ze in het televisieprogramma *Soul Train* hadden zien doen, maar meer ook niet.

Hun bezoek aan de club was van korte duur. Een vent met een broekriemgesp in de vorm van een dollar, maakte een opmerking tegen Billy in de trant van dat ze in de verkeerde club waren. Waarop Billy, die net een Marlboro rookte, zei: 'Ja, maar hoe moest ik weten dit een nichtenkit was?' waarna hij de brandende sigaret tegen de borst van die gast schoot. De portier die hen had toegelaten kwam tussenbeide en gebood de jongens te vertrekken en 'nooit niet meer' terug te komen.

'Nooit niet meer,' zei Pete, eenmaal buiten op straat. 'Die nitwit gebruikte een dubbele ontkenning.'

Billy en Alex wisten niet wat Pete bedoelde, maar leidden eruit af dat Pete ermee wilde zeggen dat hij slimmer was dan de uitsmijter.

Het was eventjes gênant geweest om uit een tent gezet te worden, maar het zat ze niet lang dwars. Het was best lollig geweest om de vonken van die vent zijn borst te zien spatten en Billy's kakelende lach te horen toen die vent zijn vuisten balde maar verder niets deed. Het kon Billy allemaal geen reet schelen; zo was hij nu eenmaal.

Ze reden nog wat rond en dronken bier. Ze overwogen om naar de Silver Slipper te gaan, maar in die club hield men zich aan de minimumleeftijd waarop er drank geschonken mocht worden. Bovendien hadden ze daar naaktdanseressen voor wie naakt betekende dat ze hun kut niet lieten zien en die de tijd namen om hun tieten te ontbloten. Uiteindelijk kochten ze op de hoek van 9th en F Street kaartjes voor een film, *The Teachers*. Hij draaide in The Art, een verkeerde naam voor die tent, want het was gewoon een pornobioscoop. In de zaal, waar het naar tabak, zweet en natte kranten rook, gingen ze niet bij elkaar zitten. Anders zouden mensen weleens kunnen denken dat ze van het handje waren. Ze keken naar de film en naar de oudere mannen in de zaal, die zich kreunend afrukten. Alex kreeg een erectie, maar die leek in niets op de stijve die hij kreeg toen hij met Karen vrijde. Bij de gedachte aan haar voelde hij zich eenzaam en treurig om waar hij was. De andere jongens moesten ook iets dergelijks gevoeld hebben, want eensgezind wilden ze voordat de film was afgelopen vertrekken. Op weg naar de auto maakten ze grapjes over het feit dat alle meisjes in de film Uta heetten.

Ze reden naar Shaw. Inmiddels was het bier warm, maar ze dronken het toch. Op 14th en S Street kletsten ze over de keer dat ze op die straathoek een hoer hadden geregeld voor Petes zestiende verjaardag, wat een overgangsrite voor jongens was in het District of Columbia. Ze dolden met Pete over hoe hij al had gespoten zodra hij in haar was. In feite loosde hij zijn kwakkie op de smerige lakens van het bed in een piepklein kamertje op de tweede verdieping van een rijtjeshuis, voordat hij zijn pik erin had kunnen steken. Maar dát had hij zijn vrienden niet verteld. Het was al erg genoeg dat hij zijn maagdelijkheid had moeten verliezen bij een zwarte hoer, ene Shyleen. Billy en Alex waren de enigen die wisten dat hij daarvoor bij die hoer was geweest, en het verhaal zou verdwijnen met hun vriendschap. Over een jaar was hij hier weg, naar de universiteit en een nieuw leven. Het kon hem niet snel genoeg zover zijn.

'Weet je nog dat we d'r haar vijftien dollar gaven?' zei Billy. 'Zo op straat. En dat ze toen zei: "Stop weg dat geld, willen jullie soms dat ik 'gepakt word'?"'

Alex was erbij aanwezig geweest. Het meisje had 'opgepakt' en niet 'gepakt' gezegd.

'Wat verwacht je anders van een kroeskop?' zei Billy.

'Zo mag je niet over je meissie praten,' zei Pete.

Op U Street reden ze in noordelijke richting de lange heuvel op. Vanaf U helemaal tot Park Road was de buurt met zijn winkels en huizen afgebrand en vrijwel verwoest tijdens de rellen.

Wat er nog stond was dichtgetimmerd en geblakerd. Veel zaken die wel waren blijven staan, hadden hun deur gesloten en waren verhuisd.

'Man, wat een puinzooi hebben ze ervan gemaakt,' zei Pete.

'Ik vraag me af waar de mensen die hier woonden naartoe zijn gegaan,' zei Alex.

'Die zitten allemaal in Negro-Heights,' zei Billy.

'Hoe weet jij dat nou, ben je er soms geweest?' zei Pete.

'Ik niet, maar jouw vader wel,' reageerde Billy.

'Je hebt het er altijd maar over,' zei Pete. 'Wanneer houd je eens op om erover te kletsen en doe je het?'

Billy, Pete en Alex woonden op enkele kilometers afstand van Heathrow Heights, maar kenden de wijk alleen uit verhalen en waren nog nooit in contact gekomen met mensen die daar woonden. De zwarte jongeren uit Heathrow Heights werden met de bus naar een high school gebracht in een welvarender gedeelte van Montgomery County, waarvan de blanke leerlingen merendeels doorstroomden naar het tertiair onderwijs. De jongens die, zoals zij, de middelbare school in de volkswijk Silver Spring bezochten, hadden de naam een ongeregeld stelletje stuffrokers, vetkuiven en sportfanaten te zijn, waar misschien een enkel verborgen studiehoofd tussen zat.

'Wat?' zei Billy. 'Denk jij soms dat ik daar niet heen durf? Ik ben echt niet bang, hoor.'

Billy was bang. Daarvan was Alex overtuigd. Net zoals Billy's ouweheer zelf, meneer Cachoris, die nikkermoppen vertelde op de trap van hun kerk, waar iedereen zich verzamelde na de liturgie. Meneer Cachoris was ook bang voor zwarte mensen. Iets anders was het niet, angst die zich vertaalde in haat. Billy was geen slechte jongen, eigenlijk. Dat domme had hij geleerd van zijn vader. Bij Pete lag dat anders. Die moest altijd op iemand kunnen neerkijken. Hij, Alex, was geen studiebol, maar dit soort dingen wist hij wel.

'En jij, doctor King?' zei Billy, met een blik achterom naar Alex op de achterbank. 'Wil jij naar Negro Heights?'

'Ik wil gewoon naar huis.'

'Alex heeft een nikkervriendinnetje bij zijn vader in de zaak,' zei Billy. 'Hij vindt het niet leuk wanneer ik lelijke dingen zeg over zijn vriendjes.'

Billy en Pete gaven elkaar een high five en lachten.

Alex maakte zich klein op de achterbank. Zoals zo dikwijls aan het einde van zo'n avond, vroeg hij zich af waarom hij met deze jongens omging. 'Ik ben moe,' zei hij.

'Pappas wil slapie-slapie doen,' zei Pete.

Pete Whitten legde zijn hoofd in zijn nek om het laatste slokje bier soldaat te maken. Zijn lange blonde haar wapperde in de wind.

Tijdens de rit naar huis werden de jongens stil.

Raymond lag in zijn bed naar de krekels in de tuin te luisteren. Drie seizoenen per jaar lieten James en hij hun slaapkamerramen openstaan. Hun vader had verstelbare frames met horrengaas gemaakt die in het kozijn pasten en de schuiframen omhooghielden, die overigens niet meer van zichzelf openbleven omdat hun versleten touwen al lang geleden geknapt waren. Ernest Monroe kon bijna alles maken met zijn handen.

Raymond lag in zijn onderbroek boven op de lakens en was klaarwakker van opwinding over zijn vondst. Hij voelde zich ook een beetje schuldig omdat hij de ladekast van zijn broer had doorzocht. James was zonet de kamer in gekomen en was met de mededeling dat hij moe was op zijn bed neergeploft. Dat zou het moment geweest zijn om iets over de revolver te zeggen, maar Raymond voelde zich onzeker, wist niet hoe hij het gesprek beginnen moest. Hij had niet mogen doen wat hij had gedaan. Hij zou moeten opbiechten dat zijn belangstelling was gewekt door toedoen van Charles en Larry. En Raymond wist dat James hen niet zo zag zitten. Het was moeilijk om de juiste opening voor het gesprek te vinden en toen hij eenmaal voldoende moed verzameld had om erover te beginnen, zei de stilte in hun slaapkamer hem dat hij te lang had gewacht.

'Hé, James,' zei Raymond.

De krekels wreven hun pootjes tegen elkaar. Een hondje blafte in de achtertuin van het kleine huisje verderop in de straat waar miss Anna woonde.

'James,' zei Raymond zachtjes.

4

Drie tienerjongens reden langzaam door de straten in een Torino GT, terwijl ze bier dronken, wiet rookten en naar de radio luisterden. Het nummer 'Black and White' van Three Dog Night klonk uit de speaker in het dashboard. 'The world is black, the world is white/ Together we learn to read and write,' zong de vocalist en Billy zong mee. Alleen had hij de woorden veranderd in: 'Your daddy is black, your mama's white/ Your daddy likes his poontang tight.' De andere jongens hadden Billy deze variant over strakke kutten al vaak horen zingen, maar lachten alsof het nieuw voor hen was. Ze hadden net een dikke joint gerookt. Hoewel het bijna dertig graden was, hadden ze de raampjes dichtgedraaid om langer stoned te blijven door de lucht in de auto.

Billy zat aan het stuur van de Torino, een groen-op-groene tweedeurs met een 351 Clevelandmotor onder de kap; de nieuwste leenauto van zijn vader. Hij droeg een rode bandana om zijn dikke zwarte haar. Hij oogde als een stoere piraat.

'Trap 'm op zijn staart,' zei Alex vanaf de achterbank.

Billy gaf een dot gas. Onder hen gromde de dubbele uitlaat lekker, terwijl ze de lange helling namen van een van oost naar west lopende snelweg door een woonwijk. Ze naderden het kleine zakencentrum dat niet ver van hun eigen buurt lag.

'Mach I,' zei Billy vol ontzag. 'Moet je 'm horen brullen.'

'Het is een Torino,' zei Pete, die naast hem zat.

'Zelfde motor als de Mach,' zei Billy. 'Meer bedoelde ik er niet mee.'

'To-rie-no,' zong Pete.

'Ik heb tenminste een auto onder m'n kont,' zei Billy.

'Van je vader z'n werk, ja,' zei Pete. 'Net een huurwagen, dus.'

'Maar mooi dat ik erin rijd. Zonder mij zouden jullie moeten lopen.'

'Naar je moeder d'r huis,' zei Pete.

Billy's brede schouders schudden. Hij was goedlachs, zoals grote kerels vaak zijn, ook als een vriend een rotopmerking over hun moeder maakt.

'En ook naar je kleine zusje.' Pete stak een hand in de lucht met de palm naar Alex, zodat die er een mep op kon geven. Alex deed dat zo hard dat Petes schouderlange haar ervan in zijn gezicht zwiepte.

Pete maakte zijn Schlitz soldaat en smeet het blikje over de stoelleuning naar achteren. Het belandde met een dof geluid boven op de andere die ze die dag hadden leeggedronken en nu in een berg op de vloer lagen.

'Ik moet sigaretten hebben,' zei Billy.

'Stop bij de 7-Ereven,' zei Pete, alsof hij een Chinees was die als een Amerikaan probeerde te klinken.

Ze parkeerden en stapten uit de auto. Alle drie droegen ze een Levi's 501 met rechte, omgeslagen pijpen en een T-shirt met borstzakje. Pete had Adidas Superstars aan zijn voeten en Billy een paar lage Hanover-denimgympen. Alex had zijn Chucks aan. De jongens waren niet modieus, ze kleedden zich in de stijl die in hun arbeidersbuurt gangbaar was.

De winkel was geen 7-Eleven maar was dat een poosje wel geweest, vandaar dat de jongens hem nog steeds zo noemden. Inmiddels werd de zaak gedreven door een Aziatische familie en de koopwaar bestond voornamelijk uit bier en wijn. Toen de jongens binnenkwamen hoorden ze het nummer 'Precious and

Few' van Climax uit een goedkope stereo-installatie achter de toonbank. Een van de Aziaten zong zachtjes mee en hij sprak 'precious' uit als 'pwecious'. Toen Alex dit hoorde grinnikte hij. Wanneer hij high was vond hij zulke dingen grappig. Hij liep naar de snoepwaren en staarde naar het rek.

Pete en Billy voerden een kort gesprek dat eindigde met wat gelach. Daarna liep Pete naar een molen en paste een petje met op de voorkant een applicatie van Hooked-Bass. Ondertussen kocht Billy sigaretten, Hostess-kersentaartjes en bier. Er werd hem niet om zijn legitimatie gevraagd en dat gebeurde ook nergens. Billy oogde als een man.

Buiten verbrak Billy het cellofaan van een doosje Marlboro Reds, verwijderde de folie en haalde er een sigaret uit. Hij stak hem aan met een Zippo, eentje met op de voorkant een ingelegde roetmop. Billy had hem gepikt in de Cue Club, waar een vetkuif hem op een leuning had laten liggen.

'En, meisjes, waar hebben jullie nu zin in?' vroeg Pete.

Ze stonden bij de auto, pal in de zon. De hitte sloeg in golven van het trottoir af. Billy hield de zak met bier en kersentaartjes onder zijn arm.

'Ik wil dit bier opdrinken voordat het te heet wordt,' zei Billy.

'Ja, hè, hè,' zei Alex.

Pete keek naar de rokende Billy. Zelf rookte hij geen sigaretten. Zijn vader zei dat zijn vrienden uit onnozele gezinnen kwamen en dat ze er daarom domme gewoonten op na hielden. Dit ergerde Pete een beetje en dat liet hij ook horen, maar in zijn hart vond hij dat zijn vader gelijk had.

'Klaar om knetterstoned te worden?'

Alex schokschouderde een 'waarom niet?'. Wat moesten ze deze zaterdagmiddag anders doen dan in een nog grotere roes raken dan ze nu al waren.

Billy rookte zijn sigaret op. Hij schoot de peuk geforceerd nonchalant het parkeerterrein op.

den buiten de muren. De ogen van de jongens brandden, maar het kon ze niet schelen. Meisjes die het podium op wilden klimmen werden eraf gesmeten of gesleept door de beveiliging en haalden hun handen open aan spijkers die aan de rand van het podium naar buiten waren gekomen. Aan het eind van het concert, tijdens een wilde 'Jumping Jack Flash', werden de stadionlichten ontstoken en je zag een industriële rookwolk omhoog drijven naar de nachthemel. Alex was nog nooit zo gelukkig geweest. Zoiets als dit had hij nog nooit beleefd en hij betwijfelde of dit ooit door iets overtroffen zou kunnen worden.

'Het Gat zou van onderen ook een haltertopje moeten dragen,' zei Billy. 'Want ze vindt het lekker als je er zo makkelijk bij kunt.'

'Nou en offies,' beaamde Pete.

Billy en Pete klepten nog steeds over Jenny Maloney. Alex vroeg zich af hoe lang ze haar al hadden besproken. Was hij soms even van de wereld geweest?

'Ik weet dat jij er met je vingers in hebt gezeten,' jende Billy Pete.

'Man, met mijn hele arm,' zei Pete. 'In het trappenhuis van het HoJo hotel. Haar ouders gaven een feestje voor haar omdat ze zestien werd; die flauwekul. Terwijl zij de feestartikelen uitdeelden, stonden Jenny en ik te vozen op de overloop. En toen zet ze opeens d'r ene poot op de traptree, pakt mijn hand en stopt hem er zo in, min of meer. Ik had er geen glijmiddel bij nodig ook. Ik lieg niet...'

Terwijl Pete doorpraatte, hield Alex Pappas op met luisteren. Billy en Pete zaten altijd samen voorin en op een gegeven moment, wanneer ze lekker bezig waren, vergaten ze dat hij ook in de auto zat. Het kon hem niet schelen. De dingen die ze zeiden wanneer ze high waren, had hij allemaal al eens gehoord. Pete, tot aan zijn elleboog in Jenny Maloneys poes op het feestje voor haar zestiende verjaardag, in het trappenhuis van het HoJo hotel in Wheaton, terwijl haar ouders feesthoedjes uitdeelden in de afgehuurde zaal... ach man, dat verhaal kende hij inmiddels uit zijn hoofd.

Alex keek uit het autoraampje. De wereld buiten was enigszins uit het lood en bewoog. Hij knipperde met zijn ogen om het tollen te laten ophouden. Onder zijn T-shirt voelde hij het zweet langs zijn borst lopen.

Ze stonden voor het rode licht op de hoofdverkeersweg. Ze stonden op de middenbaan en konden dus alleen maar rechtdoor. Hij was 'daar', in Heathrow Heights, nog nooit geweest. En zijn vrienden, voor zover hij wist, evenmin. Hij vroeg zich vagelijk af waarom Billy op deze rijstrook stond. Toen herinnerde hij zich het gesprek tussen Billy en Pete van de avond ervoor, en hij dacht: nu gaat Billy ons laten zien dat hij niet bang is.

PGC speelde 'Rocket Man'. Door dit nummer moest hij aan zijn vriendinnetje Karen denken. Karen woonde in een straat die Lovejoy heette. Billy noemde die straat 'Lovejew', omdat het oude volk er ruim vertegenwoordigd was. In het voorjaar hadden Alex en Karen gespijbeld en waren toen in Karens auberginekleurige Valiant naar Great Falls gereden, waar ze in een rotspoel zwommen, warme Budweisers dronken en zonnebaadden op de rotsen. Op de terugweg liet Karen Alex rijden. 'Rocket Man' was op de radio en Karen zat naast hem een sigaret te roken, huiverend in het bovenstukje van haar bikini en haar vochtige jeans. Ze tikte as af in de asbak, terwijl ze het liedje meezong en hem zo nu en dan toelachte. Haar zwarte haar woei in slierten over haar gezicht. Karens kille vader en akelige stiefmoeder maakten dat hij haar wilde beschermen. Hij vroeg zich af of houden van iemand dit betekende en hij veronderstelde dat hij van Karen hield. Ik zou nu bij haar horen te zijn, ging door hem heen.

'Wat gaan we doen, als we daar dan zijn?' vroeg Pete.

'Ze wat opnaaien,' zei Billy. 'Een beetje rotzooi trappen.'

Alex wilde zeggen: 'Laat me er hier uit.' Maar als hij dat deed zouden zijn vrienden hem voor watje en flikker uitmaken.

Alex keek uit het raampje toen Billy optrok bij groen.

Ze staken de verkeersweg over en daar eenmaal overheen, reden ze over een glooiende weg langs de spoorbaan en voorbij een brug over het spoor. Daarna kwamen ze in een buurt met vervallen huizen en auto's die armoede uitstraalden. Voor hen op het trottoir, voor iets wat eruitzag als een kruidenierswinkel, stonden drie jonge zwarten. Twee hadden geen hemd aan en één droeg een wit T-shirt waarop met viltstift nummers geschreven waren. Het viel Alex op dat een van de jongens met ontbloot bovenlijf een litteken op zijn gezicht had.

Pete en Billy draaiden hun raampjes open.

'Ben je hier weleens geweest?' zei Pete. Zijn stem sloeg over van opwinding, hoorde Alex. Pete rommelde in de papieren zak die bij zijn voeten stond en hij haalde er een Hostess-kersentaartje uit. Hij trok de verpakking eraf.

'Neuh,' zei Billy en hij keek ondertussen naar de zwarte mannen, die hen nu uitdagend aankeken. Ze hadden strakke, magere lijven met brede schouders en stevig gespierde armen.

'Je weet toch wel hoe we hier weer uit moeten komen, hè?' zei Pete.

'Uit ríjden,' zei Billy en hij zette de radio uit. 'Ik zit achter het stuur. Doe jij nou maar wat jij moet doen.'

'Waarom rijd je zo langzaam?'

'Zodat je niet mist.'

'Rot op, man. Ik en missen.'

'Billy,' zei Alex. Zijn stem klonk zacht en Billy noch Pete draaide het hoofd om.

En nu was de Torino dáár, en de jongens kwamen langzaam op de auto af gelopen, toen die op hun hoogte stopte. Billy's gezicht stond strak. Hij leunde over naar de passagierskant en schreeuwde: 'Eet op, vuile nikkers!'

Pete gooide het kersentaartje het raam uit. Het schampte af

op de jongen met het litteken en het blote bovenlijf. Pete dook weg om diens vuist te ontwijken, toen die door het open raampje naar binnen schoot.

Billy gaf schel lachend plankgas. De Ford maakte met gierende banden een slinger, voordat hij weer recht op de weg lag.

Alex voelde het bloed uit zijn gezicht wegtrekken.

Achter zich hoorden ze het boos schreeuwen van de jongens. Ze passeerden meer huizen, een kruispunt en een oude kerk en helemaal aan het eind van de weg zagen ze een gestreept hek met daarachter, naast de spoorbaan, een dicht bos en kruipers vol in het zomers groen.

'We moeten hier keren,' zei Alex met verbazing in zijn stem.

'Dat mag je gvd wel zeggen,' zei Billy. 'Het loopt hier dood.'

Billy keerde de Ford met een driepunter. Hij knalde het pookje van de automaat in zijn achteruit, toen in zijn vooruit en reed daarna terug zoals ze gekomen waren.

De jongens stonden op de rijweg. Ze kwamen niet op hen af, schreeuwden ook niet meer. Het leek alsof die ene zonder hemd, die het taartje tegen zich aan gekregen had, stond te glimlachen.

Billy trok de bandana van zijn hoofd, zodat zijn zwarte haar los kwam te hangen. Op het kruispunt sloeg hij links af. De banden gierden, toen ze nog meer verwaarloosde huizen en een oud zwart vrouwtje met een hondje passeerden. Ze bereikten een T-splitsing. In stilte keken ze naar links en naar rechts. Rechts maakte de weg een U-bocht. Links eindigde de weg bij weer zo'n gestreept hek voor een bos. Alle drie dachten ze na over hun domheid en pech en spraken geen woord.

Billy keerde en reed terug naar de hoofdweg.

Op het kruispunt stopte hij en keek naar links. Twee van de jongens stonden iets uit elkaar midden op de rijbaan, zodat de Ford er niet door kon. De derde had stelling genomen op het trottoir. Op de voorveranda van de kruidenierswinkel was een wat oudere zwarte vrouw met een bril op verschenen.

Pete raakte de greep van het portier aan.

'Pete,' zei Billy waarschuwend.

'Bekijk het effe,' zei Pete. Hij opende het portier, sprong naar buiten, sloeg het portier achter zich dicht en sprintte weg. Hij rende naar het bos aan het einde van de straat. Je zag de zolen van zijn Adidasgympen toen hij zonder vaart te minderen linksaf de spoorbaan op schoot.

Alex voelde het als verraad toen hij Pete het bos in zag rennen, maar tegelijk benijdde hij hem. Alex wilde ook de benen nemen, maar dat kon hij niet. Niet alleen niet uit loyaliteit jegens Billy: hij vermoedde dat hij de spoorbaan niet zou halen. Hij was niet zo snel als Pete. Die knullen zouden hem inhalen, en het feit dat hij was gevlucht, zou het dan alleen maar erger maken. Misschien kon Billy ze hieruit kletsen. Billy kon gewoon zijn excuses aanbieden en die jongens daar op de weg zouden begrijpen dat ze enkel een stomme streek hadden uitgehaald.

'Ik kan de wagen van mijn vader hier niet laten staan,' zei Billy heel rustig. Hij trapte het gaspedaal in en reed door.

Ze is van mijn ouders hun leeftijd, dacht Alex, kijkend naar de vrouw met de bril op de veranda van de winkel. Zij maakt hier vast een einde aan. De moed zonk hem in de schoenen toen hij zag dat ze zich omdraaide en de winkel weer in liep.

Op vijftien meter afstand van de jongens stopte Billy de Torino en zette het pookje in zijn vrij. Hij stapte uit en liet het portier openstaan. Alex sloeg hem gade toen hij naar de jongens liep. Ze kwamen op de rijweg om hem heen staan. Hij hoorde Billy op gemoedelijke toon zeggen: 'Kunnen we dit niet oplossen?' Hij zag dat Billy zijn handen hief, alsof hij zich overgaf. Een van de twee jongens met het blote bovenlijf gaf een bliksemsnelle rechtse. Billy's hoofd knalde achterover. Hij wankelde en sloeg een hand voor zijn mond. Toen hij hem liet zakken zag die rood en Billy spuugde bloed en speeksel op de grond.

'Je hebt mijn tanden uit mijn bek geslagen,' zei Billy. 'Staan we nu quitte?'

Billy draaide zich om en wees naar Alex, die nog steeds op de achterbank van de Torino zat.

'Smeer 'm!' schreeuwde Billy, met bloed en angst op zijn gezicht.

Alex duwde de bestuurdersstoel naar voren en klom uit de auto. Zijn voeten raakten het asfalt nauwelijks en hij draaide zich om. Hij werd van achteren gegrepen en kreeg een zet naar voren, waardoor hij struikelde en op handen en knieën terecht kwam. Achter zich hoorde hij voetstappen en hij werd van zijn knieën getild door een harde trap in zijn kruis. Het sneed hem de adem af. Toen hij weer lucht kreeg, kotste hij bier en gal uit. Zwoegend haalde hij adem en voor zich op het asfalt zag hij zijn kots dampen. Hij liet zich op zijn zij rollen en sloot zijn ogen.

Toen Alex zijn ogen weer opendeed, zag hij een voet met grote vaart op zijn gezicht af komen en die voet raakte hem als een hamer.

'Schiet die klerelijer neer!'

'Néé!'

'Schiet hem af!'

'Néé, man, néé...'

'Toe nou!'

Weer werd Alex hard geraakt en nu werd er iets verbrijzeld. Hij had het gevoel alsof zijn ene oog was losgeraakt en geknapt.

Mijn gezicht is gebroken. Pap...

Er weerklonk een schot in de straten van Heathrow Heights.

DEEL II

5

Het heette nog altijd Pappas and Sons Coffee Shop, inmiddels al ruim veertig jaar. Het bord was vervangen door een exacte kopie van het origineel. De woorden in blokletters, een afbeelding van een kop en schotel, met een sierlijke P op het kopje waar damp uit opsteeg. 'Pappas' was twee keer zo groot geschreven als 'and Sons'. Er was gepoogd om het oude bord te restaureren, maar dat kon niet gered worden. De zwarte letters waren vervaagd, de parelgrijze achtergrond vergeeld door de tijd, en dat viel niet meer ongedaan te maken.

Binnen stond een man achter het buffet, achter zijn oor was een pen gestoken. Hij was van gemiddelde lengte en postuur. Hij liet zich duidelijk door een kapper knippen. Aan de slapen was het grijzende haar naar achteren gekamd, bovenop was het golvend en nog zwart. Hij had geen buikje en een goed ontwikkelde borstkas. Op beide lette hij door verantwoord te eten en door geregeld te sporten bij de YMCA. Voor een man van zijn leeftijd zag hij er goed uit. Aantrekkelijk, zou men kunnen zeggen, maar alleen van opzij gezien. Wat zijn gezicht verpestte was het oog. Het rechteroog stond aan de buitenhoek helemaal scheef en werd omrand door wormachtig littekenweefsel. Meer hadden de artsen er met twee hersteloperaties niet van kunnen maken. Het had erger gekund, in aanmerking genomen dat de oogkas verbrijzeld was. Meer dan wazig zag hij niet met dat oog, maar hij was eraan gewend geraakt en vertikte het om een bril of contactlenzen te dragen. Alleen als hij reed droeg hij een bril. Zijn boetedoening, zo beschouwde hij het. En zijn litteken was er de fysieke uitdrukking van.

Hij deed een schone sloof voor en knoopte die om zijn middel vast. Hij keek op de Coca-Colaklok aan de muur en constateerde tevreden dat de koffiekannen heet en vol waren. Alle bestellingen waren binnen en hij was een halfuur voor openingstijd al helemaal klaar. Het personeel zou ruimschoots voor zevenen komen binnendruppelen. Deze ploeg bezat verantwoordelijkheidsbesef. Je kon van hen op aan en ze waren bijna steevast op tijd.

Onder de klok, waar vroeger de sigarettenautomaat stond, stond nu een tafeltje voor twee. Geen asbakken op het buffet, geen sigarettenverkoop, geen *Daily News* of *Washington Stars* boven op de verkoopautomaat. Voor het overige zag de broodjeszaak er vrijwel hetzelfde uit als toen zijn vader hem in 1964 opende. De oorspronkelijke inrichting was veelal niet vervangen maar gerepareerd. De Motorola-radio, inmiddels onbruikbaar, stond nog steeds op de plank. De cilindervormige lampen, die John Pappas lang geleden op een zaterdagmiddag samen met zijn oudste zoon installeerde, hingen nog steeds boven het buffet.

Niet dat de zaak een aftandse indruk maakte. Er werden nieuwe tegels aangebracht in het verlaagde plafond, zodra ze maar lekkagevlekken vertoonden. Alex stond erop dat de vloer en de bladen van het buffet en de tafeltjes na sluitingstijd blinkend schoon werden gemaakt. En ieder jaar werden de muren opnieuw geschilderd. Blauw en wit, zoals de kleuren van de Griekse vlag. In wezen zag het interieur er dus uit zoals het er altijd had uitgezien. En vooral, het bleef er schoon; het kenmerk van een goede eettent. Als zijn vader hier nu binnenkwam zou hij opmerken dat de roestvrijstalen ijsmachine blonk, dat het pas schoongeveegde buffet glom, dat de plank waarop de broodjes werden klaargemaakt onberispelijk was, evenals het heldere glas van de taartvitrine en dat alle vettigheid van de bakplaat was afgestoken. Hij zou tevreden knikken. De blik in zijn donkerbruine ogen zou alleen zijn zoon weten te interpreteren. En hij zou zeggen: 'Bravo. En eh katharo.'

In de loop der jaren had Alex Pappas het menu vele keren veranderd, maar dat zou zijn vader ook gedaan hebben. Hij zou zich hebben aangepast. De Aziaten en Grieken met een opleiding, hadden saladebars en betaal-per-ons-etablissementen geopend, die het enkele jaren goed gedaan hadden om vervolgens vrijwel allemaal te verdwijnen. Ze waren het slachtoffer geworden van smakeloze producten, een slechte prijs-kwaliteitverhouding en te groot groeien. Toen dergelijke tenten populair werden, was Alex een beetje afgestapt van hamburger-met-frites en biefstuk-kaas. Hij had toen ook broodjes kipfilet, magere cornedbeef en pastrami, salades en stevige soepen op de kaart gezet. Hij serveerde ontbijten die in een restaurantje niet zouden hebben misstaan, eieren die waren bereid naar de wensen van de klant, magere worstjes, gehaktbrood gort-met-half-om-halfworst voor de ware DC'ers. Een kop koffie met gratis bijvullen bleef bij hem vijftig cent kosten en dit werd zijn handelsmerk. Alex serveerde de koffie in kopjes met de P, precies zoals het kopje op het bord aan de pui. Menselijk contact, de persoonlijke toets. Dat hield zijn zaak draaiende. Kom daar maar eens om bij Starbucks of de Lunch Stop of bij welke zaak met een *kenize*-eigenaar ook. Aziaten wisten hoe ze een zaak op rolletjes moesten laten lopen en het waren werkpaarden, maar al zou hun leven ervan afhangen, dan nog konden ze geen oogcontact maken met hun klanten. Alex kende de meesten van zijn klanten bij naam en wist waar ze van hielden. Bij velen van hen had hij de bestelling al op het bonnenblok geschreven nog voordat ze hun mond opendeden.

Wat hem de das omdeed, waren de ketens en hun klanten. De jonge mensen leken net robots. Ze liepen alleen binnen bij eettenten waarvan ze de naam kenden, omdat die ook gevestigd waren in de voorsteden en stadjes waar zij waren opgegroeid. Penera, Potbelly, Chipótle. En die waren nog lang zo erbarmelijk niet als de McDonald's en Taco Bells in deze wereld, waarover Alex het niet eens wilde hebben. Daar werd hondenstront geserveerd. Geen wonder dat Amerika dik was. Enzovoort, enzovoort.

Dus de clientèle van Pappas and Sons was aan de middelbare kant, wat op de langere termijn geen wenselijk iets was voor een zaak. Tot dan had Alex goed geboerd en zijn gezin een fatsoenlijk en comfortabel bestaan kunnen bieden. Maar de toekomst zag er niet rooskleurig uit. Tot nu toe was de huur, die weliswaar de inflatie had bijgehouden, schappelijk geweest. Dit was dankzij Leonard Steinberg geweest. Van hem had Alex' vader het oorspronkelijke huurcontract gekregen en de man mocht hem wel, aangezien beiden in de Tweede Wereldoorlog gediend hadden. Maar meneer Steinberg was overleden en de nieuwe huisbaas, een luidruchtige jonge man met doffe ogen, die bij een vastgoedbeheerkantoor werkte samen met andere jonge mannen precies zoals hij, had hem aangezegd dat de huur het komend jaar stevig opgetrokken zou worden. Alex ging dit echt niet doorberekenen in de prijzen, want daarmee joeg hij de klanten weg. Evenmin zou hij het salaris van zijn personeel verlagen. Zij hadden zich aan hun deel van de overeenkomst gehouden, dus hield hij zich aan het zijne. Die huurverhoging zou van zijn winst afgaan.

Gelukkig was er het geld van de levensverzekering van zijn vader, dat zijn moeder gelijkelijk had verdeeld tussen hem en zijn broer Matt. Alex had er geen cent van aangeraakt en het was aangegroeid tot een mooi bedrag. Ook had hij een bedrijfsgebouw in eigendom in het oosten van Montgomery County. Van de honger zou hij niet omkomen.

In juli 1975 kreeg zijn vader een hartaanval. Dit was een maand voordat Alex aan zijn tweede en laatste jaar zou beginnen aan het Montgomery Junior College, dat in het district ook wel Harvard on the Pike genoemd werd. Alex' plan was geweest om misschien naar de universiteit te gaan, misschien zelfs naar de Universiteit van Maryland, zodra hij zijn cijfers wat had opgevijzeld. Maar op het MJC was hij de mist in gegaan, hij deed het alleen goed bij Engels. Zijn sociale leven werd minder en hij nam zijn toevlucht tot muziek, films en het lezen van paperbacks; dingen die hij in zijn eentje kon doen.

Hij was begonnen met de geëikte hipsterboeken van die tijd: Heinlein, Tolkien, Herman Hesse en meer van dat werk. Daarna stapte hij over op detectives en pulp. Hij raakte verslingerd aan de Travis McGee-boeken van John D. MacDonald, ook al zag hij ze zelfs op zijn negentiende voor wat ze waren. Het was ultiem, breed uitgemeten mannenfantasieleesvoer. Geen baan, geen familiebanden, wonen op een woonboot, de vrijheid om je vijanden te doden, het gelegen komende sterven van geliefdes waardoor je aan de volgende stoeipoes kon beginnen... Maar goed, die boeken lazen als een trein en ze waren verslavend. Alex dacht al: wie weet kan ik op een dag zelf ook zo schrijven. Zie ik mijn naam op de rug van een boek. Goed vak, iets dat je in je eentje kunt doen.

Na 'het incident' was hij een poos in de directe nabijheid van zijn familie gebleven. Zijn ouders hadden hem goed opgevangen. Ze reageerden niet overdreven op het gebeuren, in elk geval niet in zijn aanwezigheid. Ook over zijn verwondingen maakten ze geen drukte. Het was iets wat hem was overkomen, niet iets waartoe hij het initiatief genomen had. Callie, in overeenstemming met haar aard, nam de touwtjes in handen en regelde de nasleep. Zij onderhield het contact met de pers, de school, de verzekeringsmaatschappij, de politie en het Openbaar Ministerie, zodat Alex' contact ermee tot een minimum werd beperkt. Zijn vader werd geslotener, koos er simpelweg voor om zijn emoties niet te uiten. Matthew, Alex' jongere broer, leek onaangedaan te blijven onder het gebeurde.

Met buitenstaanders lag het anders. In de buurt van mensen die geen familie waren, voelde Alex zich steeds slechter op zijn gemak. Hij registreerde hun reactie bij het zien van zijn gezicht, al waren ze beleefd en deden ze net alsof hun niets opviel. In zijn eentje voelde hij zich het prettigst. Hij vond het makkelijker om niets te hoeven uitleggen, of het verhaal voor de zoveelste keer te moeten vertellen, waarbij hij het, bijna als vanzelf, iets in zijn voordeel veranderde. Geen van hen drieën had iemand iets willen aandoen. Hij was alleen maar passagier geweest. Billy en Pete waren gewoon wat aan het klieren. Ze wilden 'een beetje rotzooi trappen', zoals de openbare aanklager het formuleerde.

Als Alex er logisch over nadacht moest hij erkennen dat schrijver of iets van dien aard worden, gelet op zijn achtergrond een zotte en onrealistische ambitie was. Hoe dan ook, de gezondheidssituatie van zijn vader haalde een streep door Alex' dromen. Hij ging dat semester niet terug naar college. Sterker nog, hij volgde daarna geen enkele opleiding meer.

Voor zijn hartaanval had John Pappas nooit een dag niet gewerkt. Sneeuwstormen weerhielden hem er niet van om naar de stad te rijden. Voor hem was ziekte, hoe ernstig ook, een frivoliteit. 'Als ik thuis ziek kan zijn, kan ik dat ook op mijn werk zijn,' placht hij te zeggen. Maar hieruit sprak niet alleen een onwankelbaar arbeidsethos. Bij ziekte was er voor hem noch zijn personeel een uitkering. Bleef de broodjeszaak gesloten en donker, dan kreeg niemand geld: hij niet, het personeel niet en de leveranciers evenmin. Bijgevolg ging de familie Pappas zelden op vakantie en deed ze dat wel, dan was het zonder John. 'Als een *magazi* zoals de mijne gesloten blijft, al is het maar voor een week,' zei hij, 'dan is het niet ondenkbaar dat die deur voorgoed dicht blijft.' En: 'Zal ik daar op zo'n strand gaan zitten, terwijl mijn klanten aan de overkant in andermans zaak eten? Hoe moet ik me dan ontspannen, vertel mij dat eens? Met zandkastelen bouwen?'

De arts noemde het een myocardiaal infarct en zei dat het 'ernstig' was. John Pappas zou het enkele maanden rustig aan moeten doen en niet kunnen werken. Vanaf zijn bed op de intensive care had zijn vader met beslagen slangetjes in zijn neus naar Alex opgekeken en zacht en moeizaam tegen hem gesproken. 'We zullen alles kwijtraken, tenzij jij het op je neemt, jongen. Ik vind het naar voor je.'

'Je hoeft het niet naar voor me te vinden, pap,' zei Alex, die de pest aan zichzelf had vanwege de tranen die in zijn ogen waren gesprongen. 'Zorg nou maar dat je beter wordt.'

'En wees goed voor het personeel,' zei zijn vader. 'Zíj houden de boel gaande. Doe ze nooit tekort, heb je me gehoord?'

'Ja, pap.'

Die avond hadden Alex en zijn moeder met elkaar gepraat. Ze zaten aan de keukentafel, zij met een brandende sigaret in haar hand en het pakje Silva Thins naast de blauwgroene asbak met inkepingen in de rand, die Alex als kind altijd deden denken aan een kasteel. Zijn moeder had geen make-up op gehad.

'Je kunt het, lieverd,' zei Calliope Pappas.

'Dat weet ik, ma.'

'Jij bent de enige die het kunt. Ik ken de zaak niet zoals jij. En je broer is te jong.'

Alex werkte inmiddels al acht zomers in de zaak en had spelenderwijs het klappen van de zweep geleerd. Hij zou de zaak voor zonsopgang in gereedheid moeten brengen, *caffe* zetten, bestellingen aannemen en de bakplaat aanzetten. Het personeel kende zijn werk. Zij zouden de rest doen. Hij wist hoe de kassa werkte en er was een leveranciersadministratie met rekeningen en dergelijke, dus hoe en wat er besteld moest worden viel snel te leren. Alex was niet bang. Daar was ook geen tíjd voor.

'Wat doe ik met het geld?' vroeg Alex.

'Elke middag om drie uur scheur je de kassarol af,' zei zijn moeder. 'De laatste twee uur zijn voor onszelf en niet voor de belasting. Stop ongeveer vijftig dollar in biljetten en munten in de metalen geldkist en berg die op in de ijskast, voordat je na sluitingstijd vertrekt. De rest van het geld neem je mee naar huis en geef je aan mij. En laat de 's avonds de kassala openstaan.' Calliope tikte haar sigaret af in de asbak. 'Volgens je vader weten inbrekers dan dat de kassa leeg is. Als ze door het raam kijken en die open la zien, denken ze: waarom zouden we hier inbreken?'

'Oké, ma,' zei Alex.

Zonder de aanwezigheid van hun vader was het stil in huis. Ze hadden zo'n klok aan de keukenmuur met een staaf-en-balslinger eraan, die tik-tak heen en weer ging. Daar zaten ze nu naar te luisteren.

Calliope doofde haar sigaret in de asbak en blies de laatste rook uit. 'Hier ga ik mee ophouden,' zei ze. 'Roken heeft je vader ziek gemaakt, weet je? Dat en hoe zijn moeder kookte. Al dat vet.'

'Ik moest maar eens gaan slapen.'

'Toe maar. Vergeet niet je wekker te zetten.'

Alex liep naar boven, langs de donkere badkamer waar zijn vader normaal op dit uur in de kuip lag te weken, te roken en winden te laten. In zijn kamer ging hij op zijn rug op bed liggen met zijn onderarm over zijn ogen. Uit de kamer van Matthew hoorde hij muziek komen.

Matthew had nooit in de broodjeszaak gewerkt. Hij sportte het hele jaar rond, haalde op school prachtige cijfers en had onlangs een hoge SAT-score gehaald. Matthew zou ongetwijfeld naar een goede universiteit in een andere staat gaan. De gezondheid van zijn vader zou zijn toekomst niet beïnvloeden. En wat Alex betrof, die voorvoelde terecht dat zijn leven voorgoed veranderd was.

De volgende dag werd hij wakker toen het nog donker was en

ging naar zijn werk. Het vertrouwen dat zijn ouders in hem stelden, bleek niet misplaatst. Aanvankelijk maakte hij vergissingen, merendeels op het vlak van de psychologie van het leidinggeven. Maar naarmate de weken verstreken voelde hij zich zelfverzekerder en ging hij zichzelf als de baas zien. Hij voelde zich een man. Hij was op zijn bestemming. Misschien had die jurist met zijn dikke reet gelijk gehad met zijn 'uw zoon is een goede buffetbediende voor een schrijver'. Alex verwijderde de op de kassa geplakte songteksten. Inmiddels stond het zot als ze daar hingen.

Zijn vader kwam thuis uit het ziekenhuis. Voor het eerst van zijn leven liet hij een baard staan. Een week voor de kerst stond hij bij zijn vrouw in de keuken, naast de tafel te wachten tot ze de lunch opdiende; een broodje tonijn en een kop kippensoep met vermicelli. Ze stond voor het elektrische fornuis met haar rug naar hem toe, toen ze 'Callie' hoorde zeggen. Toen ze zich omdraaide zag ze John Pappas daar staan met uitgestrekte hand en een gezicht dat de kleur van stopverf had. Hij braakte een golf bloed uit en viel als een ledenpop neer. 'Een hartverlamming,' noemde de dokter het. Nog voordat John Pappas de grond raakte, was hij hoogstwaarschijnlijk al dood.

Alex Pappas, eenenvijftig jaar, stond naar de Coca-Colaklok aan de muur te kijken, wat hij eigenlijk niet hoefde te doen om precies te weten hoe laat het was. Dat zag hij aan de verandering van het licht als de dageraad overging in de ochtend. De winkelruit was als het scherm waarop een film werd geprojecteerd die hij al tweeëndertig jaar doorlopend had gezien.

Hij was getrouwd. Had twee zonen verwekt. Hij werkte hier.

De *magazi* was wat hij had en wat hem had gered na het incident in Heathrow Heights. De zaak had hem in staat gesteld weer een band met mensen aan te gaan en gaf hem een wijkplaats en een doel. De zaak was zijn toevluchtsoord geweest na de dood van zijn jongste zoon Gus. Redding door werken. Daar geloofde hij in. Wat kon een mens anders doen?

Pappas and Sons.

Eén zoon dood, één zoon in leven. Maar Alex veranderde het bord niet.

6

Hij was fysiotherapeut bij het Walter Reed, het Militair Medisch Centrum aan Georgia Avenue. Hij heette Raymond Monroe, maar omdat zijn haar al peper-en-zout werd en omdat men hem als tamelijk oud beschouwde, noemden soldaten en een aantal van zijn collega's hem ook weleens 'paps'. Hij deed dit werk al vele jaren en inmiddels was hij twee jaar aan dit hospitaal verbonden. Monroe vond zelf dat hij zijn vak verstond. Het salaris was fatsoenlijk, het was een vaste baan en 's ochtends had hij doorgaans zin in de dag die voor hem lag. Net zoals zijn vader en zijn broer repareerde hij graag dingen.

In de loop der jaren had Monroe bij een aantal privéklinieken gewerkt en goed verdiend. Hij had nooit de zakelijkheid of ambitie bezeten om een eigen praktijk te beginnen. Toen zijn zoon Kenji, voortgekomen uit zijn huwelijk, vrijwillig in militaire dienst was gegaan, solliciteerde Monroe naar een baan bij het Walter Reed. Anders dan Monroe was het medisch personeel in het ziekenhuis merendeels in actieve dienst. Monroe had na de middelbare school vier jaar in het Amerikaanse leger gediend en dit had hem op weg geholpen. Hij had iets gehad aan zijn diensttijd, want met het uitkeringsgeld erna had hij eerst college kunnen bekostigen en daarna zijn opleiding tot fysiotherapeut aan de Universiteit van Maryland. Nu gaf hij terug. Bovendien voelde hij de behoefte om zijn zoon te steunen, al was het maar symbolisch.

Soldaat eerste klas Kenji Raymond Monroe was uitgezonden naar Afghanistan en gelegerd op de buitenpost Korengal. Hij diende in de 10th Mountain Division, 1st Battalion. 32nd Infantry Regiment, 3rd Brigade Combat Team uit Fort Drum in de staat New York. Monroe had die hele trits uit zijn hoofd geleerd, wat hem, misschien onlogisch, het veilige gevoel gaf dat de krijgsmacht een georganiseerd geheel was en toegerust om zijn zoon te beschermen. Hij behoorde niet tot het type ouder met een kind in het leger dat overenthousiast achter de vlag aan liep, een taptoebelsignaal op zijn mobiele telefoon had en meer van zulks. Met al die dingen had hij helemaal niets, maar toch was hij heel trots op zijn zoon.

Monroe had maar één kind verwekt. Zijn eerste vrouw, Kenji's moeder, was aan borstkanker overleden toen de jongen tien was. Zijn vrouw heette Tina en ze was een in en in goed mens geweest. Tina had hem afgeholpen van zijn angsten en neerslachtigheid – al die jaren dat hij die last met zich meedroeg, zich zorgen maakte om zijn broer, zijn bitterheid en wantrouwen onderdrukte, zijn onvolwassen, boze manier van de wereld bezien – en hem geholpen om een stabiel mens te worden. Haar dood had voor een terugslag gezorgd. Maar hij krabbelde weer overeind, omdat hij wist dat hij dit aan zijn zoon verplicht was. Monroe had, geholpen door zijn moeder, Kenji zelf opgevoed.

Nu had hij iets met een vrouw, een leuke, werkende moeder, die als maatschappelijk werkster aan het Walter Reed verbonden was. Dit was zijn eerste serieuze relatie na de dood van Tina. Kendall Robertson had een zoontje, Marcus. De vader van de jongen stond nergens in een fotolijstje bij haar thuis, waaruit Monroe opmaakte dat de man niet terug hoefde te komen. Kendell was vijfendertig, veertien jaar jonger dan hij, en de jongen was acht. Ze kenden elkaar via de kerk en tijdens hun eerste ontmoeting, bij de koffie, ontdekten ze dat ze bij dezelfde instelling werkten. Monroe bracht inmiddels enkele keren per week de nacht bij haar door, in haar rijtjeshuis in Park View. Marcus leek hem te accepteren. Het liep allemaal goed.

Monroe zat aan een tafeltje in Kendalls keuken toe te kijken hoe ze haar zoontje gereedmaakte voor school. Hij hield een beker afkoelende koffie in zijn hand, een Georgetown Hoyas-mok met een afbeelding van de bulldogmascotte erop.

'Heb je je spellingsopdracht?' zei Kendall.

'In mijn map,' zei Marcus. 'Je hebt het vel er gisteravond zelf in gestopt.'

'Dat is waar ook,' zei Kendall en ze ritste zijn schooltas dicht. Ze boog zich over hem heen, waarbij er een haarlok over haar gezicht viel. 'Denk erom dat je dat vel inlevert, hoor.'

'Doe ik toch altijd.'

'Jij vergeet het altijd. Als je niets inlevert, hoe moet je juf dan weten dat je het gemaakt hebt? Huiswerk telt mee voor je eindcijfer.'

'Ja, mam.'

'Ik breng hem nu naar de voorschoolse opvang,' zei Kendall, zich nu tot Monroe richtend. 'Rijd je met ons mee?'

'Ik drink mijn koffie op en de lees de sportpagina uit. Ik haal de dagopening nog wel. Ik pak gewoon bus 70.'

'De 79 is minder druk,' zei Kendall. Tijdens de spits reed de Metrobus om de tien minuten in beide richtingen op Georgia en had minder haltes dan bus 70. 'En hij is sneller.'

'Als ik er een zie, pak ik hem wel,' zei Monroe.

'Hebben de Wizards gewonnen?' vroeg Marcus. Hij was klein voor zijn leeftijd, pezig, hij had een sporthart en oren die te groot waren voor zijn hoofd.

Monroe knikte. 'Gilbert zag zijn kans en in de negenendertigste minuut werden de Mavs door zijn actie geklopt. Caron en Antawn richtten trouwens ook wat schade aan. We zouden eigenlijk een goede middenvelder met handjes moeten krijgen...'

'Zeg meneer Raymond eens gedag,' zei Kendall tegen Marcus.

'Dag, meneer Raymond.'

'Dag, Marcus. Veel plezier op school.'

Kendall liep naar Monroe en kuste hem op de mond. Hij rekte de kus heel even en liet haar toen gaan, om haar niet vulgair te laten lijken in de ogen van de jongen.

Monroe nam haar even in zich op. 'Je ziet er leuk uit.'

Ze droeg een broekpak dat ze in Wheaton had gekocht bij Hecht, een zaak die inmiddels was opgedoekt. Met de kortingsbonnen en de uitverkoopprijs had Kendall er bijna niets voor betaald. Om er goed uit te zien hoefde zij geen dure kleren te kopen. Ze was een knappe vrouw met grote bruine ogen en een volle mond. Fraaie rondingen en nergens te mager, en daar hield hij van.

'Bedankt,' zei ze, licht blozend. 'Bel me, hoor je? Misschien kunnen we samen lunchen.'

'Goed.'

Toen hij zijn koffie op en de krant uit had, verliet hij Kendalls huis en deed de deur op slot. Hij wandelde naar Georgia Avenue en liep die in noordelijke richting af. Hij kwam voorbij de D & B-markt, Murray's vlees en groenten, de autowerkplaats van een Spanjaard. Veel van de mensen die hij passeerde kleedden zich netjes en gingen met de bus of een taxi naar hun werk. De buurt was aan het veranderen. Hij verwachtte dat het niet lang zou duren of de meeste van deze zaken hadden plaatsgemaakt voor andersoortige. Cafés, bars die niet op seks of geweld draaiden, een theater waar je toneelstukken kon zien, een Starbucks of iets aanverwants. Het zat eraan te komen.

Nu nog stonden de gebruikelijke types voor de drankwinkel te wachten tot hij openging, om je eraan te herinneren wat voor een buurt dit was geweest. Monroe zei het groepje gedag, en een van de mannen riep iets naar hem. Monroe zag een dwerg. Hij droeg een ketting over een Celticsshirt met de naam van Len Bias erop en halfhoge Nikes in een kindermaat; helemaal in de stijl van die straat/retromode. De kleine man stond dikwijls op die hoek van Georgia Avenue. Ooit had Monroe hem gegroet en alleen een chagrijnige blik ten antwoord gekregen. Die kerel was van het boze soort, vermoedde Monroe, maar meteen daarna dacht hij: in zijn geval zou ik ook kwaad zijn.

Monroe liep door. Hij was al voorbij enkele haltes gekomen, voordat hij een bus zag. Hij woonde bij zijn moeder in Heathrow Heights en hij had een auto, maar wanneer hij in de stad overnachtte vond hij het soms leuk om de stad te ervaren. Lopen en op een bus stappen, het contact met mensen; daar genoot hij van.

Als Raymond Monroe vroeg genoeg op zijn werk was, begon hij de dag met de Dagopening, een soort samenkomst na de reveille op het terrein van het Walter Reed. De zaal waar de soldaten zich verzamelden leek op de aula van het American Legion. Hier mengden zwaargewonde patiënten zich onder hen die werden behandeld voor minder ernstige aandoeningen. Geamputeerden droegen de duidelijkste en permanentste sporen van hun verwondingen, evenals patiënten met brandwonden in de laatste fase van hun genezingsproces en de mannen en vrouwen met kale plekken waarop rijen hechtingen zichtbaar waren. Anderen leken uiterlijk in het geheel niet gewond, maar leden aan psychische aandoeningen. Velen die naar de Dagopening konden komen, zaten in de laatste fase van hun verblijf in het militair hospitaal en zouden weldra geplaatst worden op de lijst van tijdelijk dan wel permanent gepensioneerden.

Monroe was te laat voor de reveille, maar nog wel net op tijd in de zaal om een aantal jongens aan te kunnen schieten die hij had behandeld. Hij liep af op soldaat Jake Gross, die bij een opklaptafel stond in de buurt van een van de vele zaaldeuren en een nummer van het tijdschrift NASCAR doorbladerde. De tafel lag vol met vergelijkbaar leesvoer: autosporttijdschriften, pamfletten waarin gratis plaatsen in het nokje van het stadion werden aangeboden voor wedstrijden van de Wizards en de Washington Nationals, krab-eetfestijnen en gratis uitstapjes naar Six Flags en andere pretparken in de buurt. Dit aanbod weerspiegelde de geografische achtergrond, interesses en leeftijd van de meeste soldaten.

Gross, twintig jaar, zou het hospitaal binnenkort verlaten. Hij was op de lijst van permanent gepensioneerden gezet en zou naar huis gaan, in Indianapolis. Zijn gestalte en houding waren die van een militair, maar zijn gezicht was nog even sproetig en baardloos als dat van een jongen van zestien. Rechts had hij een kunstbeen. Zijn plastic knie was even blauw als het ei van een roodborstje en zijn scheenbeen bestond uit een metalen staaf die uitliep in een New Balance-sportschoen. Gross was ver gekomen sinds Monroe hem leerde kennen. Hij was natuurlijk een fitte, energieke jonge vent geweest, maar bij het hem weer mobiel krijgen was dat atletische prettig maar niet het allerbelangrijkste geweest. Hij bezat de benodigde wilskracht en moed. Gross liep op zijn nieuwe been even goed als ieder ander die Monroe had behandeld.

'Wat gaat er op de korte termijn gebeuren?' vroeg Monroe. 'Ben je er klaar voor om naar huis te gaan?'

'Nou en of,' antwoordde Gross.

'Ga je bij je ouders wonen?'

'Bij mijn vriendin. Haar vader heeft werk voor me geregeld bij de grote drukkerij, staat buiten Indy. Boekies, zeg maar.'

'Vertel je nou dat je bookmaker wordt?'

Gross bloosde. 'Nee, helemaal niet. Het is een drukkerij waar ze boeken drukken en binden. Ze hebben daar *De Da Vinci Code* gedrukt.'

'Nooit van gehoord,' zei Monroe.

'Zal wel. En het is geen fabriekswerk. Alles is daar gecomputeriseerd. Zo groot als een voetbalveld. U zou het moeten zien.'

'Als ik ooit die kant uit kom, zal ik me door je laten rondleiden.'

'Afgesproken,' zei Gross en hij stak Monroe zijn hand toe. 'Hartstikke bedankt voor alles, doc.'

'Ik ben geen dokter.'

'Ben ik er dan effe ingestonken.'

'Soldaat, mijn dag kan niet meer stuk.'

'Voordat ik afzwaai kom ik nog even gedagzeggen.'

'Doe dat,' zei Monroe.

Buiten de zaal zag Monroe sergeant-majoor O'Toole, een bedaarde Vietnamveteraan, die al met pensioen was gegaan, maar nu met soldaten werkte in het kader van het Wounded Warrior Program van de Strijdkrachten. Hij sprak met een jonge man in een rolstoel. Een stel van diens vrienden stond erbij op het trottoir. Een van hen stond op nieuwe benen. Monroe had de jongen in de rolstoel behandeld, soldaat William 'Dagwood' Collins. Die bijnaam dankte hij aan zijn lange, dunne gestalte. Collins was slachtoffer van een bermbom. Hij verloor hierbij het gebruik van beide benen en zou nooit meer lopen. Aanvankelijk had hij een dubbele amputatie geweigerd, wat hem voorbereid zou hebben op de volgende stap: het aanmeten van kunstbenen. Maar nu was Monroe ter ore gekomen dat hij van gedachten veranderd zou zijn. Monroe ving O'Tooles blik, zonder te blijven staan voor een praatje met hem of met Collins. Hij liep over de campus naar het eigenlijke hospitaal en nam de lift naar zijn verdieping.

Raymond Monroe werkte hoofdzakelijk in de ruimten van Ergotherapie en Fysiotherapie in het hospitaal. Door beide ruimten zwierf een 'therapeutische' hond, Lady. Ze dolde met speeltjes, besnuffelde naar haar uitgestrekte handen van vlees én van plastic, en ze liet zich aanhalen en aaien. Op de afdeling bevonden zich handhalters en apparaten voor krachttraining, loopbanden, matten, oefenballen en een veel gebruikt zwembad.

Veel van zijn werk verrichtte Raymond Monroe op de talrijke behandeltafels bij Ergotherapie, waar hij zijn patiënten liet rekken en hun beweeglijkheid en flexibiliteit vergrootte door herhaling. De heupen en schouders waren cruciale gebieden. De problemen die hij hier behandelde verschilden – kunstledematen, brandwonden en littekens terzijde gelaten – niet veel van die hij tegenkwam toen hij als fysiotherapeut verbonden was aan praktijken waar sportblessures behandeld werden. Hij herstelde de validiteit van mensen zo veel mogelijk.

Monroes eerste patiënt die ochtend was een jonge man, sergeant Joseph Anderson van de 1st Cavalry Division. Hij was zijn rechterhand kwijtgeraakt, ergens bij Mosul. Anderson had een wrang gevoel voor humor en een positieve instelling. Hij hield van classic rock, roodharige vrouwen, Mustangs van het bouwjaar 1966 en hij bezat een bewonderenswaardig zelfvertrouwen ondanks zijn zwaargehavende gezicht vol littekens.

'Ali Baba gooide een granaat in onze Humvee,' vertelde Anderson tijdens het eerste gesprek met Monroe. 'Ik raapte hem op en wilde hem uit beleefdheid teruggooien. Maar ik geloof dat ik daar een beetje laat mee was.'

'Het verhaal gaat, dat je er een paar van je mannen het leven mee hebt gered.'

'Ik zou anders dolgraag mijn hand terug hebben. En mijn knappe hoofd. Het liep met mij niet af zoals in stripboeken, *sir*.'

'Tegen mij hoef je geen sir te zeggen. Ik ben burger.'

'Ik heb thuis geleerd om "sir" te zeggen tegen mijn meerderen. Tenzij het dames zijn, dan zeg ik "mevrouw".'

'Waar was thuis?'

'Fort Worth, Texas. Zoals in blijf er met je poten van af.'

'Supporter van de Cowboys?'

'Bestaat er dan een ander team?'

'Dat zal ik je niet aanrekenen.'

'U bent zeker voor de Deadskins.'

'Nou moet je me niet gaan stangen.'

Anderson had een handprothese, waarop hij onlangs iets had getatoeëerd, en waarvan Monroe meende dat het een woord was, 'Zoso'. Op het vlees van de onderarm stonden drie symbolen in blauwe inkt. Die op zijn hand werd een voortzettingstatoeage genoemd. Veel soldaten hadden zoiets op hun prothese laten aanbrengen om hun tatoeage na een amputatie weer volledig te maken.

'Vindt u hem mooi, mijn nieuwe prent?' vroeg Anderson.

'Als jij hem mooi vindt, vind ik dat ook,' zei Monroe, die Andersons onderarm met zijn vingers kneedde, hard omdat hij wist dat de jongen dat aankon. 'Wat stelt het eigenlijk voor?'

'Het is een symbool. Ziet eruit als een woord, maar dat is het niet. Een glief wordt het genoemd. Vraag me niet waarom. Vier leden van de band kozen ieder een symbool uit en dat zetten ze op hun album. Vier bandleden, vier symbolen. *Led Zeppelin Four*, snappu? De allerbeste hardrockplaat die ooit gemaakt is.'

'Oké,' zei Monroe.

'Ik ben jaloers dat u al bestond toen zij speelden,' zei Anderson. 'Hebt u ze weleens live gezien?'

'Heb ze zeker gemist.'

'Zeg me dat u een Zepfan was, paps.'

'Niet echt, nee.' Op Monroes gezicht verscheen een zweem van een glimlach. 'In feite wist ik niet eens dat het een groep was. Ik verkeerde in de veronderstelling dat het één vent was. Mijn oudere broer corrigeerde me, zoals altijd.'

'Dat deed de mijne ook altijd.'

'Zo zijn grote broers nu eenmaal.'

Nadat hij na Anderson nog enkele patiënten had behandeld, nam Monroe lunchpauze met de bedoeling om naar Kendalls kantoortje te gaan.

Voorbij het zwembad, in een hal die naar een rij liften liep, zag hij een generaal en enkele lagere, frisgeboende officieren. Deze bezoekende uniformen kregen een rondleiding van een stel artsen. De groep week uiteen toen er een jonge man en een oudere vrouw de hal in kwamen.

De jongen was een soldaat uit Minnesota, die onlangs zijn nieuwe benen had gekregen. Hij droeg een tuig met daaraan een riem. Zijn moeder liep achter hem, terwijl hij voortwankelde op plastic knieën en in gympen bevestigde scheenbeenstaven. Bij elke voorzichtige stap draaiden zijn heupen wild mee. Zijn gezicht was roze van inspanning en concentratie. Zijn voorhoofd was nat van het zweet en hij beet op zijn onderlip. De moeder van de jongen hield de riem vast om hem steun te geven, precies zoals ze twintig jaar eerder ook had gedaan, bij hen thuis in Thief River Falls, toen hij elf maanden oud was en zijn eerste stapjes zette.

De generaal, de officieren en de artsen grijnsden slecht op hun gemak en applaudisseerden eensgezind voor de soldaat, toen deze tussen de groep door liep. Monroe kon zich er niet toe zetten om mee te doen. Hij gaf om de soldaten en mariniers die hij behandelde en had diep respect voor de talloze artsen, therapeuten, beroepsmilitairen en vrijwilligers die hun uiterste best deden om hen te helpen. Maar met deze officieren met hun gespannen lachjes, ging hij niet meedoen.

Terwijl de soldaat en zijn moeder passeerden, liep Monroe rustig naar de liften.

7

Alex Pappas had onlangs een satellietradio aangeschaft voor de broodjeszaak. Hij was het aanbod op de moderne kabel steeds bedroevender gaan vinden. Satellietradio bood een enorm gevarieerde keuze en voorzag daarmee in de behoeften van het personeel dat een verschillende culturele achtergrond en daardoor verschillende muzikale voorkeuren had en in die van de clientèle, die zich merendeels rond de middelbare leeftijd bevond.

Darlene had als oudste van het personeel onmiddellijk de nieuwe radio opgeëist. Van het personeel uit de tijd van zijn vader was alleen zij over. Inez stierf aan de gevolgen van een leverkwaal toen ze in de veertig was. Miss Paulette overleed kort daarop, als gevolg van diabetes en haar overgewicht. In de jaren tachtig was Junior Wilson aan de crack geraakt en verdwenen. Zijn vader, Darryl Wilson, nog steeds werkzaam als klusjesman in het gebouw boven, sprak niet meer over zijn zoon.

Darlene was inmiddels zo'n twintig kilo zwaarder dan op haar zestiende. Wanneer Alex naar haar keek, zag hij nog altijd haar prachtige ogen en glimlach, maar ook die twintig kilo. Hij suggereerde haar op een vriendelijke manier dat ze moest afvallen en stoppen met roken, maar ze sloot zich vriendelijk lachend af voor zijn hints.

Ze had het leven geschonken aan vier kinderen, van wie er één verwekt was door Junior Wilson, en ze had negen kleinkinderen.

Een werkloze, ongehuwde dochter en twee kleinkinderen woonden bij haar in haar rijtjeshuis in de wijk Trinidad in Noord-Oost. Haar ene zoon was inspecteur bij de gezondheidsdienst, de andere zat in Pennsylvania in de gevangenis vanwege een drugsdelict. De tweede dochter was ambtenaar, had een goed huwelijk en een huis in PG County. In de loop der jaren had Darlene diverse familieleden financieel gesteund en ze had dit alles weten te doen met haar baan bij Pappas. Alex had een basispensioenregeling en een ziektekostenverzekering voor haar afgesloten. Ze had voor honderd procent achter hem gestaan vanaf de dag dat hij de leiding van de zaak overnam. Ze had hem door de periode van zijn vaders ziekte en dood heen geholpen en ook daarna bleef ze onmisbaar voor de zaak.

Darlene liet haar bijzondere rechten op de radio gelden door af te stemmen op Soul Street, het gouwe ouwe R&B-station. Presentator was de legendarische Washingtonse dj Bobby Bennett, die velen zich herinnerden als The Mighty Burner. Wanneer Darlene in een genereuze bui was, liet ze de zenderkeuze over aan de hispanic personeelsleden die in de meerderheid waren. Tito Polanco, een energieke jongen uit de Dominicaanse Republiek, die erin slaagde om de bestellingen en het bordenwassen te combineren; Blanca Lopez, koude keuken en broodjes en Juana Valdez, de buffetbediende.

De enige eis die Alex aan het radiogebruik stelde, was dat hij tijdens drukte was afgestemd op instrumentaal. Zang irriteerde hem wanneer het druk was en het vergrootte alleen maar de chaos in de zaak. Alex' oudste zoon, John, had zijn vader de suggestie gedaan om tijdens drukte 'chill-out'-muziek te draaien. Hij noemde die muziek 'modern en complex', maar volgens Alex was deze ritmisch-instrumentale muziek niet anders dan lichtelijk hypnotiserend en onschuldig en, zo vermoedde hij, alleen maar complex als je high was. Maar John had gelijk. Het was de perfecte achtergrondmuziek voor tijdens de lunchdrukte.

'De muziek is erg belangrijk in een zaak als de onze,' zei Alex, toen hij de uitgave voor de aanschaf van de satellietradio probeerde te rechtvaardigen tegenover zijn vrouw Vicki, terwijl ze ervoor stonden bij de Radio Shack. 'Niet alleen voor de klanten maar ook voor het personeel.'

'Als jij hem wilt hebben, koop je hem,' zei Vicki, die zijn voorliefde voor moderne apparatuur kende. 'Je hoeft míj die radio niet te verkopen.'

'Het was maar een opmerking,' zei Alex.

De radio viel de klanten onmiddellijk op, en ze plaagden Alex dat hij de nieuwe eeuw zeven jaar na dato was binnengestapt. Het personeel dweepte met de nieuwigheid ervan. Ze kibbelden de godganse dag goedmoedig over de keuze van de zenders. Bovendien had Alex' boekhouder Bill Gruen gezegd dat de uitgave fiscaal aftrekbaar was. Het was een waardevolle aanschaf voor de zaak geweest en het zou de goedkeuring van zijn vader hebben weggedragen.

De lunchdrukte nam af. Er zaten nog wat klanten aan het buffet en die waren bijna klaar met eten. Alex kende hen allemaal, kende hun gezinssamenstelling, wist wat ze voor de kost deden. Een van hen, een jurist die Herman Director heette, at iedere dag een wit broodje met leverworst. Aangezien er verder zelden vraag naar was, kocht Alex die leverworst speciaal voor hem in. Voor Ted Planzos, een zware, besnorde klant, hield Alex karnemelk op voorraad. Evenals leverworst verdween karnemelk allengs van Amerika's culinaire radarscherm.

Alex zat op de hoge kruk achter de kassa. Hij had door het glas van de koelvitrine waarin de desserts stonden, gekeken naar welke taart en kwarktaart er over was en had bedacht welke hij, straks op weg naar huis, bij het hospitaal zou afgeven. Sinds hij dit deed, kocht hij extra in, meer dan hij ooit verkocht, zodat er aan het eind van de dag altijd iets overbleef. De soldaten waren dol op kwarktaart en op limoentaart. Ze hielden van machtig en zoet, wat niet verbazingwekkend was, aangezien het eigenlijk nog kinderen waren.

'Wat ben ik je schuldig?' zei Dimitri Mallios, een oude jurist en oude klant, die naar de kassa toe kwam en zijn bon over het buffet schoof.

'Zeven-twintig.' Alex bekeek de bon amper toen hij dit zei. Kalkoen-Emmentaler op een Kaiserbroodje, sla, tomaat en mayonaise, frites, kleine cola light. Mallios kwam twee keer per week, zat bij voorkeur op dezelfde kruk en bestelde iedere keer hetzelfde broodje en dezelfde bijgerechten. Juana schreef de bestelling op het blok zodra ze hem door de winkelruit om het door twee struiken geflankeerde muurtje heen zag lopen. Blanca belegde zijn broodje al, nog voordat hij zichzelf op de kruk parkeerde.

'Alles in orde?' zei Mallios, terwijl Alex het bedrag aansloeg, de biljetten in hun respectievelijke vakjes schoof en wisselgeld pakte.

'De zaken gaan goed,' zei Alex schouderophalend, 'maar de nieuwe eigenaars gaan de huur verhogen.'

'Jullie hadden mazzel met Lenny Steinberg,' zei Mallios. Sinds de oprichting van de zaak, was hij het die voor de Pappas' over het huurcontract onderhandelde. 'Wanneer die huurverhoging zich voordoet, springen we erin.'

'Oké, Dimitri.'

'Het gaat toch wel goed met je?' Mallios keek Alex nu ernstig aan. De vraag sloeg niet op de zaak maar op Alex' psychische gesteldheid.

'*Endahksi*,' zei Alex en hij maakte wegwerpgebaartje met zijn hand. 'Alles kits.'

Mallios knikte, liet een fooitje achter voor Juana en ging terug naar zijn werk.

Darlene kwam, spatel in de hand en zachtjes neuriënd, over de rubbermatten naar de kassa gelopen. Ze droeg een lichtroze hemdjurk en gympen waarvan ze de hiel had weggesneden.

'En, hoe ging het?' vroeg Alex.

'Broodje kippenborst liep als een tiet. Mensen vonden de mierikswortel lekker. Was Johns idee.'

'Hij zit vol ideeën.'

'Waar is John eigenlijk?'

'Ik heb hem gezegd dat hij de rest van de middag vrij kon nemen. Wiens idee was het om er ook bacon op te doen?'

'Het mijne. Bacon maakt alles lekker.'

'Maak je bestelling voor morgen in orde, en kijk ook even wat Blanca nodig heeft.'

'Blanca zekt, dieke cornbie,' zei Darlene met haar interpretatie van een Spaans accent.

'Zet een cornedbeef op de bestelling.'

Alex keek naar Tito, achter hem, in de buurt van de open spoelkeuken. Tito leunde op het buffet en was in gesprek met een aantrekkelijke vrouw met lange benen, in een kort rokje en bijpassend jasje. Ze had haar bril afgezet, wat betekende dat hij sjans had. Tito was een knappe jongen met sprekende ogen, die zich soepel en atletisch bewoog en een overmaat aan charme bezat. Hij probeerde het vaak aan te leggen met vrouwelijke klanten en al oogstte hij zelden succes, weinigen leken hem zijn pogingen kwalijk te nemen. Ze schenen het niet erg te vinden dat hij negentien was of dat hij zijn brood verdiende met borden wassen. Tito had het soort uitstraling waarvoor vrouwen vallen. Hij was zich dit terdege bewust. Hij ging graag naar zijn werk.

'Wat voert Tito uit?' vroeg Alex met een mengeling van irritatie en bewondering in zijn stem.

'Wil je zeggen dat je dat niet weet?'

'Het joch is een grote versierder.'

'Het is een jonge jongen,' zei Darlene. 'Weet je nog?'

'Ze is minstens tien jaar ouder dan hij.'

'Nou en? Dat heeft jou nooit weerhouden.'

'Zo kan ie wel weer.'

'Die secretaresse, die werkte op de 19th Street, toen jij van Tito's leeftijd was? Boven de Koreaanse eettent? Jij nog maar een broekie, en hoe oud was zij; tweeëndertig?'

'Dat was...'

'Leuk. En doe nou maar niet alsof dat niet zo was.'

Alex voelde een blos opkomen. 'Schiet jij nou maar op, Darlene.'

'Toe aan je lunch, schat van me?'

'Zodra deze klanten de deur uit zijn,' zei Alex.

Het middaglicht viel door het raam naar binnen, een zonnestraal verwarmde zijn hand. Alex hoefde niet op de Coca-Colaklok aan de muur te kijken. De aanraking van de zon vertelde hem hoe laat het was.

'Je hebt hem gezien,' zei sergeant-majoor O'Toole Raymond Monroe aankijkend. 'Na de Dagopening.'

'Toen ik jullie zag, stonden zijn vrienden eromheen.'

'En die vertrokken toen jij wegliep. Soldaat Collins zei tegen me dat hij mij alleen wilde spreken.'

'Wat zei hij?' vroeg Kendall Robertson.

'Hij is er klaar voor om het te laten doen,' zei O'Toole.

Ze zaten in Kendalls krappe kantoortje in Gebouw 2 van het eigenlijke hospitaal. Kendall, maatschappelijk werkster voor in het Walter Reed verblijvende gewonde soldaten en hun naasten, had Monroe op bezoek toen O'Toole op haar deur klopte. Gedrieën vulden ze het kamertje bijna helemaal. Er stonden niet alleen een bureau met een computer en een archiefkast, maar ook dozen chocolade, in plastic verpakte bloemen, knuffelbeesten die een Amerikaans miniatuurvlaggetje vasthielden en andere vergelijkbare cadeautjes van een fijn gevoel gevende, patriottische aard. Kendall deelde die uit op haar rondes.

'Waardoor is hij van gedachten veranderd?' vroeg Kendall.

'Ik denk omdat hij zag wat voor vorderingen zijn vrienden maken,' zei O'Toole. 'Die lopen inmiddels. Wat heet, sommigen van die knapen rénnen. Hij ziet zijn maten dollen en lekker roken en hij denkt: ik moet mijn leven weer oppakken en protheses krijgen.'

'Weet hij dat zeker?' vroeg Kendall.

'Zekerder dan hij is, kan een mens niet worden,' zei O'Toole.

'Vrijwillige amputatie is een moeilijke beslissing. Het is één ding als het na letsel uit noodzaak gebeurt. Maar om te zeggen: ik wil dat u mijn benen verwijdert...'

'Logistiek is het evenmin eenvoudig. Hij zal een formeel verzoek moeten indienen bij een groep artsen en officieren. Het is bijna een hoorzitting. Het duurt wel even voordat het allemaal in kannen en kruiken is. Ik moet er niet aan denken dat soldaat Collins terugkomt op zijn besluit terwijl de ambtelijke molens draaien.'

'Ik zal de bal aan het rollen brengen,' zei Kendall, 'als dat is wat hij wil. Ik zie hem vanmiddag sowieso op mijn ronde.'

'Bedankt, mevrouw Robertson.'

Kendall knikte. 'Sergeant-majoor.'

O'Toole verliet het kantoor. Toen de deur dichtging trok Monroe zijn wenkbrauwen op naar Kendall.

'Ja, ik weet het,' zei ze met een glimlach. 'Wanneer is het hier eens een makkelijk dagje?'

Monroe kwam uit zijn stoel.

Kendall volgde zijn voorbeeld en nestelde zich in zijn armen.

'Je doet het prima, schat.'

'Dat is wat ik hoor, in elk geval.'

'Ik geloof dat ik vandaag in mijn eentje lunch.'

'Ziet ernaar uit. Ik wil meteen met Collins beginnen.'

Hij kuste haar zacht. Ze gingen op in een lange omhelzing in de rust van het kamertje.

Alex Pappas had een bezoekerspas bemachtigd bij de AW-2-dienst, zodat hij zonder nodeloos gedoe door de poort van het Walter Reed kon. Omdat hij snel iets kwam afgeven, zette hij zijn jeep doorgaans op het gras bij de Fisher Houses. Deze grote bakstenen gebouwen fungeerden als gastenverblijf, waar ouders, broers, zussen, vriendinnen, vrienden en echtgenoten en echtgenotes logeerden, wanneer ze gewonde militairen bezochten tijdens hun behandeling en herstel.

- Alex pakte zijn taarten, die keurig in een inklapbaar kratje stonden, en liep ermee naar de achterkant van Fisher House II. Op een patio waren gietijzeren tafels neergezet; een rustig plekje waar soldaten en hun naasten wat ontspanning konden vinden, sigaretten konden roken of met hun mobiel konden bellen. Een achterdeur gaf toegang tot een enorme, supermoderne keuken voor de bewoners. Op ieder uur van de dag stond hier eten klaar, dikwijls ware feestmaaltijden.

'Hallo, Peggy,' zei Alex tegen een vrouw die net een granieten aanrecht had vrijgemaakt en dat nu schoonveegde.

Peggy Stawinski, een blondine van middelbare leeftijd, had een zoon die in Afghanistan diende. Ze werkte als vrijwilligster in beide Fisher Houses en ook in het Mologne House, een ouder en fraaier gebouw dat eveneens dienstdeed als gastenverblijf. 'Ha, Alex. Zet je spullen maar hier neer.'

Alex zette het kratje op het aanrecht en maakte het leeg. 'Heb vandaag wat lekkers. Alles is vanmorgen binnengekomen, dus het is vers.'

'Wat is dat nou?' Peggy wees naar een taart met roze en rode krullen erin.

'Marionbessenkwarktaart.'

'Doe niet zo mal!'

'Ze wilden zeker lollig zijn.'

'Wil je koffie? Ik heb net gezet.'

'Ik sta op het gras geparkeerd,' zei Alex. 'Ik moest maar eens op huis aan.'

'Bedankt. De taarten zien er heerlijk uit.'

'Mooi zo. Hoe loopt de bibliotheek?'

'We kunnen altijd meer boeken gebruiken.'

'Ik zal wat paperbacks meebrengen. Detectives. Ik heb er te veel rondslingeren. Mijn vrouw zit me op mijn nek om er eens wat op te ruimen.'

'Prima, Alex. Tot ziens.'

Hij kwam hier doordeweeks na zijn werk op weg naar huis, maar hij bleef nooit hangen om wat met de soldaten of hun familie te praten. Hij voerde aan dat hij geen tijd had om te blijven. Hij wilde niet bedankt worden. Hij stond op het gras geparkeerd. Hij moest gaan.

Raymond Monroe wandelde over het terrein van de instelling. Zijn dienst zat erop, maar hij wachtte op Kendall om met haar mee te kunnen rijden en zij was later klaar met werken dan hij. Vooral wanneer je in westelijke richting van het hospitaal wegliep, werd het terrein groen. Er stonden oude eiken, esdoorns en bloeiende kersenbomen en magnolia's. Er was aangekondigd dat het Walter Reedcomplex binnen tien jaar uit Washington DC zou verdwijnen. Recentelijk was de ambtenarij gaan aarzelen over die beslissing, maar dit uitstel van executie zou maar tijdelijk zijn. Vijftig hectare kostbare grond midden in de stad; het was onvermijdelijk dat de instelling opgedoekt zou worden.

Toen Monroe bij een van de Fisher Houses de hoek om kwam, botste hij bijna tegen een blanke man van zijn eigen leeftijd, die juist uit de achterdeur kwam. Monroe was gewend aan misvormdheid met alle gewonden, geamputeerden en patiënten met ernstige brandwonden die hij behandelde. Los van dat afschuwelijk scheefstaande rechteroog, had deze man iets wat hem meteen van zijn stuk bracht.

'Neem me niet kwalijk,' zei Monroe, en hij legde zijn hand op de arm van de man, toen hij voor hem opzij stapte.

'Neem míj niet kwalijk,' zei de man in het voorbijgaan.

Monroe bleef bij de achterdeur van het Fisher House staan en bekeek de man, terwijl die doorliep naar zijn auto, een op het gras geparkeerde Jeep Cherokee. Hij sloeg hem nog wat langer aandachtig gade. Door zijn hoofd flitsten gedachten aan de dagen erná, die verschrikkelijke momenten in de rechtszaal. Hij duwde de deur open en stapte naar binnen.

Peggy Stawinski stond in de keuken taarten uit te stallen op het lange aanrecht. 'Raymond. Vreemd dat jij toevallig langskomt, net nu ik dit lekkers neerzet.'

'Ik houd wel van iets lekkers, Peggy. Jij toch ook?'

'Houd daarmee op.'

Monroe kwam Peggy dikwijls even gedag zeggen. Alle twee hadden ze een zoon in oorlogsgebied.

'Ik wacht op mijn vriendin. Moet de tijd doden.' Monroe wilde iets van het aanrecht pakken, en Peggy gaf hem een zachte pets op zijn hand. 'Ziet er evengoed heerlijk uit.'

'Marionbessenkwarktaart.'

'Ha ha.'

'Kop koffie?'

'Nee, ik hoef niets.' Monroe streek met een vinger over zijn dunne zwarte snor. 'Zeg, die man die net wegging? Wit overhemd, werkbroek?'

'Hij heeft een broodjeszaak in het centrum, op de hoek van Connecticut en N. Brengt iedere avond taart langs, op weg naar huis.'

'Uit solidariteit of zo?'

'Zijn zoon is gesneuveld, in Irak.'

Monroe knikte.

'Hij heet Alex Pappas,' zei Peggy.

'Pappas.'

Alex Pappas, zo had die jongen geheten. Hij wist dat Pappas de Griekse versie van Smith of Jones was. Maar dat oog; dat maakte iedere twijfel overbodig. De jongen zou dat litteken zijn leven lang dragen, daarvoor had Charles Baker gezorgd.

'Ken je hem?' vroeg Peggy.

Monroe antwoordde niet. Hij dacht na.

8

Charles Baker zat bij Leo's, een buurtkroeg op Georgia Avenue dicht bij een keurige zijstraat in Shepherd Park. Voor hem op de bar stond een glas tapbier, waar hij al een poos over deed. Hij las een krant en wachtte op zijn lift.

Baker las *The Washington Post* van voren naar achteren. Dit deed hij dagelijks. In zijn jeugd had hij geen boek of krant opengeslagen, maar in de gevangenis deed hij de leeskoorts op en nadien was hij die niet meer kwijtgeraakt.

PERSONEELSADVERTENTIES was het enige gedeelte dat hij steevast oversloeg. Met zijn geschiedenis bestond er geen enkele reden om te solliciteren naar een baan met een pensioenregeling, een ziektekostenverzekering of toekomst. Met dat circus was hij klaar. Opgaan voor een gesprek, werkgevers die terecht aanvoelden dat hij niet 'geschikt' was voor de baan. Het litteken van het stanleymes op zijn gezicht sprak hierbij ook niet in zijn voordeel; hij droeg de stank van zijn leven permanent op zich mee. Wanneer hij met zijn werkervaring over de brug moest komen, noemde hij zijn veroordelingen wegens zware misdrijven en dat hij gezeten had. Hij was verplicht dat te doen, maar bovendien vond hij het leuk om brave burgers in verlegenheid te brengen.

'De eerlijkheid gebiedt me je te zeggen, dat er veel mensen op deze baan hebben gesolliciteerd' (*mensen zonder strafblad*). 'Veel van hen zijn hoog opgeleid' (*anders dan jij zijn ze verder gekomen dan de brugklas*). 'Je maakt een goede indruk' (*Ik ben bang voor je*). 'We zullen je bellen' (*nooit*).

Soms had Baker zin om hard te gaan lachen als hij in zo'n kantoortje zat. Maar dat deed hij niet. Hij was een brave jongen. Aan de buitenkant.

En trouwens, hij had een baan. In deeltijd. Zijn reclasseringsambtenaar had die voor hem geregeld. Een baantje dat om ondersteken draaide, vuile luiers, vuilniszakken en stokdweilen, maar goed, hij was voorwaardelijk vrij en moest er dus voor zorgen dat hij aan het werk was. Hij zat in de huishoudelijke dienst van een verpleeghuis in Penn-Branch, op Branch Avenue in Zuid-Oost. Hij had iets geregeld met de knakker met wie hij werkte, een type uit een of ander Afrikaans land. Wanneer hij, Baker, niet was komen opdagen en zijn mevrouwtje van de reclassering kwam onverwachts langs, dan zou de Afrikaan hem dekken en haar verzekeren dat Baker altijd op zijn werk verscheen. De Afrikaan zag liever dat zijn broer, die hij net uit het moederland had laten overkomen, Bakers uren draaide.

In het verpleeghuis had Baker La Trice Brown leren kennen. En via La Trice had hij haar zoon Deon en zijn vriend Cody opgedaan. Indirect was werken in dat teringhol gunstig voor hem geweest.

'Hoe heet het nummer en wie zong het? En ga nou niet zeggen Lou Rawls.'

'Effe wachten. Ik denk na.'

Op de andere hoek van de bar zaten twee witte kerels van middelbare leeftijd aan hun vierde wodka. Ze hadden luid zitten praten over de vrouwen die ze zogenaamd gepakt hadden, sporten die ze nooit beoefend hadden en auto's die ze ooit zouden willen hebben. En nu waren ze aan het bekvechten over het nummer dat de jukebox speelde. Het was een pop-soulnummer met veel strijkers. De vocalist had een glad stemgeluid dat rustig begon en steeds dramatischer werd. Op het hoogtepunt leek het wel alsof de man zich stond af te rukken bij de microfoon. Baker kende het nummer, maar wist niet hoe het heette.

'"Hang On In There, Baby". Johnny Bristol.'

'Welk jaar?'

'Vierenzeventig?'

'Nee, vijfenzeventig.'

'Ik zat er maar een k-haartje naast.'

'Welk label?'

'MGM.'

'Hoe weet jij dat nou?'

'Ik kocht die single bij Variety Records toen ik een tiener was. Ik zie de leeuw nog zo voor me.'

'Je weet wat die tekst betekent, hè?'

'Zoiets als, laat je niet door anderen op je kop zitten.'

'Nee, oetlul. Het betekent, hang je harde worst in me en laat hem niet slap worden.'

'In jou?'

'Zeik niet, je weet wat ik bedoel.'

'Maar het wordt gezongen door een vent.'

'Oké, dan zegt hij tegen een griet dat ze het rustig aan moet doen, zich effe in moet houden. Niet te snel moet klaarkomen.'

'Wie kan het wat schelen of ze komt?'

'Daar zeg je me wat.'

Baker keek niet naar de halve zolen en besteedde evenmin aandacht aan ze. Hij was nu bezig met de economiekatern, en las een van de vaste rubrieken 'Spotlight On', waarin aandacht werd besteed aan succesvolle mensen uit Washington. Leeftijd, bezochte universiteit, getrouwd met, kinderen, laatst gelezen boek; dat soort onzin. In deze rubriek had Baker, aanvankelijk geestelijk, opnieuw kennisgemaakt met zíjn man: de man die het helemaal had gemaakt. Niet zomaar een jurist, nee, partner bij een advocatenkantoor. En maar patsen over zijn 'betrokkenheid' bij de jeugd in arme buurten in de binnenstad; hoe hij een charitatieve stichting had opgericht die zijn familienaam droeg. Hij stortte 'substantiële bedragen' in dat fonds voor beurzen aan 'Afro-Amerikaanse' studenten, die tertiair onderwijs gingen volgen maar 'een helpende hand' nodig hadden. Baker vroeg zich af of de man politieke ambities had of zijn omgeving alleen maar wilde laten zien dat hij deugde. In zekere zin speelde iedereen een spelletje.

De barkeeper, een zwaargebouwde man met een grote neus, vroeg hem of hij nog wat wilde bestellen. Baker legde zijn hand over het glas en zei dat hij dik tevreden was. De barkeeper droop af en vroeg de stumpers op de andere hoek of zij nog iets wilden drinken. Ze zeiden 'ja' en vervolgden hun gesprek.

'Zeg, ben jij weleens in het Wardman Park geweest?'

'Ja, toen het nog Sheraton Park heette.'

'Ik heb daar op zaterdagavond iets. Een huwelijksreceptie, in de Cotillionzaal.'

'O?'

'Ik ben er in geen jaren geweest. Maar ik heb daar een geschiedenis, zal ik maar zeggen.'

'Wat voor een geschiedenis?'

'Iets seksueels.'

'Daar gaan we weer.'

'Ik zweer het je. Ik scoorde daar mijn eerste ervaring, toen ik vijftien was.'

'Waar? Op de mannen-wc?'

De barkeeper schonk hun drankjes in.

Baker dacht aan de foto van de man, die hij in de krant had gezien. Hij herinnerde zich de jongen tijdens het proces. Blond, een zachte stem, zo vol berouw. De geluksvogel die was weggerend. Hij leek in niets meer op die jongen. Grijs haar, goedgekleed, gedistingeerd. Zou het geen verrassing voor hem zijn om zijn oude vriend Charles te ontmoeten?

'Hé, vriend, wil je een biertje van ons drinken?'

Baker draaide zijn hoofd om. Het was een van die witte knakkers; een kort ventje met een afrokapsel. Baker mocht dan vele jaren in en uit de maatschappij geweest zijn, toch wist hij stellig dat blanken die ouderwetse mode al lang geleden vaarwel hadden gezegd.

'Ik sta op het punt om op te stappen,' zei Baker op vriendelijke toon. 'Maar evengoed, bedankt.'

In zijn vorige leven had hij wellicht het voorpand van zijn jasje opzijgeschoven om die kleine opdonder de kolf van een pistool te laten zien, die uit zijn broekband stak. Een visuele reactie op diens vriendelijke aanbod, door hem heel even iets te laten zien dat 'ik heb geen dorst' zei. Dat was de oude Charles Baker. Niet dat hij het af en toe niet lekker vond om mensen schrik aan te jagen. Maar mooi dat hij niet automatisch de bak weer indraaide vanwege vuurwapenbezit.

Er was een tijd dat hij altijd gewapend rondliep en de eventuele gevolgen hem geen barst konden schelen. Dat was toen hij met een vrouw hokte in een van de hoge veertigste straten in Nannie Helen Burroughs in Noord-Oost. 's Morgens stond hij op, stak een pistool in zijn zak en ging de deur uit om te werken. Liep net zo lang door de straten tot hij iemand tegenkwam die er zwak uitzag: oudere vrouwen en mannen die hij te grazen kon nemen om hen vervolgens leeg te schudden. Hij beschouwde zichzelf als een prachtig, sterk dier, als zo'n jachtluipaard dat over de vlakte zwierf. Werken in het wild, doen wat jagers doen.

Dat was voor zijn allerlaatste keer in de bak. In de federale gevangenis in Pennsylvania. Tegen het eind van die laatste, lange straftijd was hij de grens naar oud overgegaan. Natuurlijk hield hij niet op met krachttraining en bleef hij in zijn cel opdrukoefeningen doen. Hij bleef mannen recht in de ogen kijken en liep met opgeheven hoofd. Maar het viel niet te ontkennen dat hij ouder werd en dat maakte hem iets bedaarder. Bij zijn vrijlating was zijn plan geen plan, zoals de vele keren daarvoor. Dit keer echter maakte het ontbreken van een vastomlijnd toekomstplan hem bang. Hij besefte dat hij in het leven niet langer kon vertrouwen op zijn lichaamskracht en onbevreesdheid. In een braaf burgerbestaan zag hij niets, maar blind voor zijn spiegelbeeld was hij niet en hij besefte dat zijn strategie moest veranderen. Hij zou manager worden. Zijn sluwheid en charme gebruiken om anderen te laten doen waarvoor hij zelf te oud was geworden.

Hij moest jonge gastjes vinden en aan het werk zetten. Het was niet moeilijk om jonkies te strikken. Hoewel zijn reputatie was verdwenen met iedereen die dood was of vastzat; iedereen die hem in de geelbruine, doffe ogen keek zag dat hij oké was. Niet op de sentimentele manier waarop grijzende ouwe kerels of afgeleefde rappers de opastatus toebedeeld kregen. Oké.

Bakers mobiele telefoon, een wegwerptoestel, ging.

'Ja, waar zit je?' zei Baker.

'Sta bijna voor de deur,' zei de witte jongen, Cody.

Baker klapte het toestel dicht.

Voor Leo's stopte een zwarte Mercury Marauder. Charles Baker gooide biergeld en een schamele fooi op de bar en liep naar buiten, het laatste beetje daglicht in. Hij stak het trottoir over, ontweek zo'n geitenwollensok die met een hond het kantoor van de Humane Society uit kwam en nam plaats op de ruime achterbank van de auto.

Deon Brown zat aan het stuur van de Mercury. Cody Kruger op de passagiersstoel. Deon keek in de achteruitkijkspiegel en Baker bekeek zijn ogen aandachtig. Deon had zijn pil ingenomen. Prima.

'Rijden, joh,' zei Baker.

Deon trok op, keerde de Marauder midden op Georgia en reed in zuidelijke richting.

La Trice Brown bezat een rijtjeshuis van twee verdiepingen in Manor Park, een middenklassenbuurt ten oosten van Georgia, vlak bij het politiebureau district 4. Ze stond boven in haar slaapkamer naast het raam dat uitzag op Peabody Street. Ze keek naar beneden, waar haar zoon Deon, zijn vriend Cody en Charles Baker uit de auto stapten die aan de stoeprand geparkeerd stond. Terwijl ze naar Charles keek hoorde ze weer die stem in haar hoofd. Het was haar eigen, smekende stem, die 'laat hem alsjeblieft niet vervelend worden' zei.

La Trice werkte als administratieve kracht op het ministerie van Arbeid. Ze kwam uit een hechte familie uit Zuid-Oost. Ze werkte al bijna twintig jaar bij de overheid, ging geregeld naar de kerk, rookte geen sigaretten of marihuana, dronk met mate en was een goede moeder geweest voor Deon en diens oudere zus, La Juanda, inmiddels getrouwd en het huis uit. Er viel niets op haar aan te merken, behalve één ding: ze sloeg altijd mannen die niet deugden aan de haak. Veel vrouwen voelden zich in hun jeugd aangetrokken tot wilde mannen. De meesten ontgroeiden dit en werden wijzer, zo niet La Trice Brown.

Deons vader was dood, in zijn gezicht geschoten, vele jaren geleden tijdens een feest ergens aan huis in Baltimore; god mocht weten waarom. La Juanda's vader was een vergissing die twee maanden had geduurd. Een oplichter die ze bij het busstation had geloosd, zoals je vuile kleren dumpt bij een opvangcentrum voor daklozen. Charles Baker was La Trices jongste vergissing.

Het moest gezegd, toen ze elkaar leerden kennen had hij een goede man geleken, ridderlijk zelfs. La Trices grootmoeder, L'Annette, leed aan de ziekte van Alzheimer in een vergevorderd stadium en aan ouderdom, en ze was voorgoed opgenomen in het verpleeghuis in Penn Branch. Wanneer La Trice haar bezocht, maakte ze weleens een praatje met meneer Baker, een van de schoonmakers daar. Hoewel je voelde dat hij ook een harde kant had, was hij altijd beleefd en informeerde vaak naar haar grootmoeder. En hij zei een keer tegen haar dat hij ervoor zou zorgen dat 'omaatje' niets tekortkwam wanneer hij dienst had.

Hij was tien jaar ouder dan zij, maar aantrekkelijk met zijn kaalgeschoren hoofd en groenachtige ogen, die haar deden denken aan die filmster in de rol van pooier met het gouden hart. Voor haar bedierf het litteken op zijn gezicht zijn uiterlijk niet, het gaf hem juist karakter. Hij had haar eerlijk verteld dat hij in zijn leven een paar slechte beslissingen genomen had en momenteel voorwaardelijk vrij was. Zij had hierop geantwoord dat ze in verlossing geloofde en in tweede kansen. Dat was zij weer: blind.

La Trice had haar oma een flesje goede parfum voor haar verjaardag gegeven. Op een dag, toen ze bij haar in de kamer zat, zag ze dat het niet op de ladekast stond waar miss L'Annette de dingen bewaarde die haar dierbaar waren. Ze maakte er een opmerking over tegen meneer Baker en hij zei dat hij eens navraag zou doen. Toen La Trice de volgende keer op bezoek kwam stond het flesje weer op de kast. In de gang trof ze meneer Baker, die daar met emmer en stokdweil in de weer was.

'Had u daar iets mee van doen?' vroeg La Trice.

'Ik heb het afgehandeld, ja,' zei meneer Baker. 'Een van de verpleegsters, een Haïtiaanse griet, dacht slim te zijn. Die pakt voortaan niets meer van omaatjes.'

'Hoe hebt u het flesje teruggekregen?'

'Ik heb haar op een nette manier haar fout doen inzien.'

Meneer Baker kwam dicht op haar staan, torende hoog boven haar uit, machtig. Zij was een klein ding en hij was zo lang.

'Bedankt, Charles.'

'Dat is voor het eerst dat je me bij mijn voornaam noemt.'

'Zullen we een keer samen koffie gaan drinken?'

'Dat zou ik heel fijn vinden, La Trice.'

Indertijd had hij zo'n goede man geleken. La Trice hoorde de voordeur dichtslaan toen hij haar huis binnenkwam en ze voelde zich verstijven.

De jongens gingen in de tv-kamer met de X-box spelen. Cody woonde in een huurflat in de buurt, waar Deon en hij hun handel – marihuana – bewaarden, wogen en verpakten. In die flat lag ook Cody's revolver. Deon woonde nog bij zijn moeder thuis. Deels om een oogje op zijn moeder te houden en deels omdat hij het verstandiger vond, gelet op Cody's roekeloze aard.

Baker zei dat hij zo weer terugkwam. Hij wilde even met Deons moeder spreken.

Baker liep de trap op. La Trice gedroeg zich de laatste tijd vreemd. Was brutaal, raakte geïrriteerd wanneer hij over zijn toekomstplannen sprak, alsof ze zijn lulverhalen een keer te veel gehoord had. Het ergste was dat ze soms terugdeinsde onder zijn aanraking. Raakte je je seksuele macht over een vrouw eenmaal kwijt, dan was het gedaan met de relatie. Je kreeg die macht alleen tijdelijk terug, nooit meer helemaal. Niet dat hij iets om haar gaf. Maar hij had de hulp nodig van haar zoon en diens vriend. Hij zou ervoor moeten zorgen dat die meid haar emoties de baas bleef tot hij de jongens had opgebruikt.

La Trice stond in de hoek van haar slaapkamer toen hij binnenkwam. Ze was erg klein met borsten die te groot waren, als er al zoiets bestond, wanneer haar bustehouder op de grond viel. Ze zag er goed uit wanneer ze lachte, maar dat deed ze niet vaak meer. En wanneer ze piekerde leek ze met haar uitpuilende ogen en getuite lippen net een hond uit een tekenfilm. Hij was haar spuugzat.

'Hoe gaat-ie, vriendin?' zei Baker op aangename toon.

'Ik kom net van mijn werk. En jij?'

'Ik heb werk gezócht.'

'Moest jij vandaag dan niet werken?'

'Heb me ziek gemeld.'

'Een voorwaarde van jouw parool is dat je betaald werk hebt. Je hebt die baan in het verpleeghuis nodig.'

'Nodig mag je schrappen. Ik ben die tent beu. Mens, ik word doodziek van die stank daar.'

Het beviel hem evenmin dat hij met al die buitenlanders moest werken. Zoals die Haïtiaanse verpleegster. Hij wist dat zij die parfum gestolen had bij La Trices grootmoeder. Was ook niet de eerste bewoner van wie dat meisje stal. Pikte altijd van degenen die het allemaal niet meer zo goed wisten. Toen hij de Haïtiaanse aansprak over de diefstal, ontkende ze het. Dus duwde hij haar een lege kamer in en zette haar met zijn onderarm tegen haar keel klem tegen de muur. Nam toen door de stof van haar uniform een tepel tussen zijn duim en wijsvinger en kneep hard, tot er een traan langs haar wang drupte. De volgende dag leverde ze die fles parfum bij hem in. Zijn hoffelijke daad maakte hem een held in de ogen van La Trice.

'En ik heb uit dat verpleeghuis immers gekregen wat ik wilde,' zei Baker. 'Ik maakte kennis met een lieve oude dame, miss L'Annette. En ik leerde jou kennen.'

Baker herinnerde zich de tijd dat zulke woorden La Trices slipje nat maakten. Maar nu keek ze gewoon de andere kant op.

'Komt allemaal wel goed, meid,' zei Baker. Hij stapte naar haar toe en tilde haar kin omhoog. Hij boog zich voorover en kuste haar roerloze lippen.

Ze wilde dat hij wegging. Ze hield niet van hem. De invloed die hij op haar zoon had beviel haar niets. Ze haalden allerlei rottigheid uit, Charles en Deon en Cody. Wat het ook was, deugen kon het niet.

'Ik ga weg,' zei Baker.

'Waar ga je heen?'

'Naar de flat, met de jongens. Tenzij je wilt dat ik hier bij jou blijf.'

'Nee,' zei La Trice. 'Ik vind het best.'

Charles liep naar beneden, en zei tegen de jongens dat het tijd was om te gaan.

9

Deon Brown had op Coolidge High in DC gezeten. Cody Kruger op Wheaton High in Maryland. Deon had met lage cijfers zijn einddiploma gehaald. Cody was zonder diploma van school gegaan. Ze kenden elkaar van hun werk bij een van de vele sportschoenenzaken in de Westfield Mall, die door mensen van zekere leeftijd nog steeds Wheaton Plaza werd genoemd. Het was niet het soort winkel waar het personeel verplicht een scheidsrechtersshirt droeg. Dat zouden ze geen van tweeën aangetrokken hebben.

Toen Deon Cody voor de eerste keer zag, liep er een open snee over zijn rechterwenkbrauw en zaten er schaafwondjes op zijn slaap. Cody legde uit dat hij onverwachts een opdoffer had gekregen van 'een jongen die me leeg wilde schudden', maar dat hij zijn aanvaller had 'afgestraft' en dat de sporen hiervan 'geen ene reet voorstelden'. Deon had Cody nog nooit zien vechten. Toch praatte Cody onophoudelijk over geweld, zoals andere jongens het over seks hadden. Vrouwen leken trouwens ook niet op hem te vallen. Hij had wijd uit elkaar staande ogen, een grauwe gelaatskleur, spleten tussen zijn tanden en acne, klonterig als kots, op zijn wangen.

Ze werden vrienden. Deon was altijd een beetje een eenling geweest en Cody ook, ondanks al zijn gebral. Ze hielden allebei van wiet, computerspelletjes en dezelfde muziek. Allebei vonden ze TCB goed, 3D, Reaction, CCB, Backyard en andere lokale discobands. Ook hielden ze van rap, mits het gecombineerd werd met disco, zoals die ene vent deed, Wale. Ze wisten wie Tony Montana was, maar van Nelson Mandela hadden ze nog nooit gehoord. Ze kochten merkkleding en minachtten de merken die gemeengoed en helemaal 'uit' waren. Ze droegen liever Helly Hansen dan North Face en liever Nike Dunks dan Timberlands. Allebei waren ze verslingerd aan sportschoenen. De personeelskorting was de reden dat ze in de zaak werkten.

Cody noemde alle hispanics 'Mexicanen' en hij beschouwde hen als zijn vijanden en als de dieven van Amerikaanse banen. Cody droeg zijn haar heel erg kort en liet het uitsluitend bij zwarte kapperszaken knippen. Cody imiteerde de spraak van zwarte jongens, maar naar Deons idee overdreef hij dit niet, zoals andere blanke jongens. Cody was gewoon zo.

Na een toevallige ontmoeting met een oude kennis die dealer was geworden, begonnen Deon en Cody kleine hoeveelheden wiet te verkopen aan anderen die in het winkelcentrum werkten. Er bestond een natuurlijke markt voor en ze konden het discreet doen, via het netwerk; alle blowende jongeren die werkzaam waren in de kiosken, straatmodewinkels, sportkledingzaken en schoenenwinkels. Ze kochten telkens een pond in en rookten zelf gratis. Op het terrein van Westfield dealden ze nooit. Dat gebeurde, na een kort ritje, op een van de vele parkeerterreinen in de buurt van CVS en de surpluszaak of op het braakliggende terrein achter de Wheaton Triangle. Toen ze winst begonnen te maken, deed Deon een aanbetaling op een gebruikte Marauder, een auto die hij al heel lang begeerde. Cody huurde de flat vlak bij het politiebureau van district 4. Ze kochten groter in bij hun leverancier en zetten dit zonder problemen om. Ze gaven de winst even snel uit als die binnenkwam.

Plasmatelevisie, diverse iPods, op afbetaling gekochte meubels van Marlo, een revolver. Voor Cody was dit het leven dat hij zich voor zichzelf had voorgesteld. Deon was daar minder zeker van. Hij was bij vlagen depressief en dikwijls, zelfs al zat hij onder de Paxil, zag hij de positieve kanten niet. Als je dit allemaal had, waar kon je dan nog naar uitzien? Meneer Charles, die in hun leven was gekomen sinds het begin van hun handeltje, zei: 'Naar meer.'

Toen Baker, Cody en Deon uit het huis van La Trice kwamen, stapten ze in de Mercury. Deons Marauder was opgepimpt met een Kook-uitlaat, Flowmaster-sportuitlaatdempers met zwaar verchroomde uiteinden, en hoge banden met velgen van Motto. De ruiten waren zo donker als wettelijk was toegestaan en dit plus de andere extra's trokken de aandacht van de politie. Baker wist ook dat een zwarte en een blanke jongen die samen in een auto gezien werden als verdacht werden beschouwd en eerder aangehouden zouden worden dan als de inzittenden van hetzelfde ras waren. Om die reden stond hij erop dat er in de Marauder nooit ofte nimmer handel werd vervoerd. Voor hun werk gebruikten de jongens Cody's Honda, een betrouwbare en betrekkelijk onopvallende auto.

Ze reden naar Cody's flat in Longfellow Street. Het was er altijd een rommeltje en het rook er naar vuile kleren en naar etensresten op borden in de gootsteen. Het tapijt lag bezaaid met kauwgomwikkels en papierstrookjes waarop X-boxcodes stonden.

De jongens zaten op de bank de laatste versie van NBA Live te spelen, terwijl Baker aan een ouderwets bureau zat en Cody's computer aanzette. De jongens gebruikten de desktop om naar porno te kijken, meisjes beoordelingscijfers te geven op My Space, de allerlaatste standen van sportwedstrijden te bekijken en eBay af te zoeken op het aanbod van *vintage* en nieuwe modellen sportschoenen. Baker gebruikte de computer voor zaken.

De kiem voor zijn idee was ontstaan op de dag dat hij de rubriek had gezien in de economiekatern van de krant. Daarna, toen hij naar een televisieserie had gekeken die zich half op straat en half in de rechtszaal afspeelde, naar een aflevering die draaide om chantage naar aanleiding van een tientallen jaren daarvoor gepleegd misdrijf, begon hij te zien hoe hij zijn voordeel kon doen met een vergelijkbaar, maar beter doordacht plan.

Baker had 'Heathrow Heights' en 'moord' in de zoekmachine getypt en was op een site beland die tegen betaling toegang bood tot een database met documentatie over strafprocessen op federaal en op staatsniveau, ook als die vele jaren geleden waren gevoerd. Met de creditcard van La Trice bestelde hij voor nog geen vijf dollar delen van transcripties van het proces. In de oude krantenartikelen die hij had geprint van microfiches bij de openbare leeszaal, werden de minderjarige betrokkenen niet bij naam genoemd. Maar in de via internet verkregen documenten stonden wel de namen van alle betrokkenen. Daarna was het een peulenschil.

'Ik wil geen Woods, joh,' zei Cody, toen Deon een sigaar open pulkte en de tabak eruit haalde. 'Laten we een *vanilla Dutch* doen.'

Deon stoorde zich niet aan Cody. Hij pakte wiet van een berg die op de tafel lag en deed een gezonde hoeveelheid in de huls van de Backwood. Hij rolde hem opnieuw en likte de dikke joint dicht.

'Zeikerd,' mopperde Cody, maar toen Deon de joint aanstak en die aan hem doorgaf, nam hij een enorme hijs.

Baker werkte door. Voor een klein bedrag waren er allerlei zoekmachines die mensen voor je konden opsporen. Je beperkte het bereik door leeftijd en geografische omgeving in te voeren. Al snel had hij het adres en de contactinformatie van Peter Whitten te pakken. Die andere, Alex Pappas, was een beetje moeilijker te achterhalen. In Washington DC waren er een paar met die naam, maar degene die hij uiteindelijk eruit pikte was van ongeveer de goede leeftijd. Hij woonde nog steeds in de buurt waarin hij was opgegroeid. Moest de jongen zijn die hij in elkaar gestampt had.

Met de tekstverwerker typte Baker een zorgvuldig geformuleerde, anonieme brief, die hij overnam van een met de hand geschreven, gecorrigeerd epistel met in de marges leestekens en woorden. Daarna typte hij een naam voor op de enveloppe die hij in de bubble-jet printer stopte.

In de kamer hing een wolk marihuanarook. Cody en Deon giebelden toen Cody opschepte over hoe goed hij was op het virtuele basketbalveld.

Baker vond het niet erg als ze stoned waren. High waren ze makkelijker te hanteren.

'Zeg nog eens wat ik jullie over de code heb gezegd,' zei Baker.

'Die van de X-box?' Cody wendde zijn blik niet af van het beeldscherm en zijn vingers waren druk bezig op de controller.

'De code voor als jullie terugkomen in de flat,' zei Baker geduldig. 'Ik heb jullie gezegd hoe jullie dan op een bepaalde manier moeten aankloppen.'

'We hebben sleutels,' zei Cody. 'Waarom moeten we ook op de deur kloppen?'

'En als iemand je sleutels afpakt? Of als de politie hierheen komt mét jullie? Met die code weet ik dat jullie het zijn.'

'Klop-klop-pauze-klop,' zei Deon.

'Prima,' zei Baker. 'Klaar om aan jullie stutten te trekken?'

'Wacht effe,' zei Cody Kruger, terwijl hij lichaamstaal gebruikte om zijn spelers op het scherm zijn bevelen te laten uitvoeren. 'Zo direct ram ik dat kreng erin.'

'Had je gedroomd,' zei Deon.

'Kijk naar jezelf. Jij bakt er niks van.'

'Straks kunnen jullie spelen,' zei Baker. 'Nu is er werk aan de winkel.'

Alex Pappas had een ingelijste foto van zijn vader in de keuken hangen. John Pappas stond in de broodjeszaak aan de bakplaat, zijn sloof om, een spatel in de hand en met een blije lach op zijn gezicht. De bakplaat lag vol met rijen ontdooiende hamburger-schijven, die hij aan het voorbakken was. Dat deed hij dagelijks voordat de lunchdrukte begon.

'Waarom lacht hij?' vroeg Johnny Pappas, Alex' oudste zoon, toen hij nog een kind was. 'Hij staat alleen maar hamburgers te bakken! Heeft niet een miljoen gewonnen of zo.'

'Jij snapt er niets van,' antwoordde Alex dan.

De foto was een manier om zijn vader levend te houden voor de kleinzoons, die hem nooit hadden gekend. Alex had hem naast de koelkast gehangen, zodat ze hem vaak zouden zien.

'Pa,' zei Johnny Pappas, terwijl hij de keuken in kwam, 'laat je hem even open voor me?'

Alex had net een blok kasserikaas in de dubbele koelkast ge-legd en moest de deur nog dichtdoen. Hij hield hem open, ter-wijl zijn zoon met zijn arm over de zijne heen een plastic fles cranberry-frambozensap pakte. Johnny dronk zo uit de fles.

'Je drinkt als een beest,' zei Alex.

'Ik wil geen glas hoeven afwassen.'

'Wanneer heb jij hier voor het laatst ook maar iets afgewas-sen?'

'Da's waar,' zei Johnny.

Johnny zette de fles terug, zijn slordige haren streken langs Alex' gezicht en hij veegde zijn mond af aan zijn mouw.

Alex sloot de koelkast en ging bij Vicki aan de keukentafel zit-ten. Er lagen wat afhaalmenu's voor haar uitgespreid. Ze gingen die avond eten bestellen, maar Alex had als voorafje kaas, kala-mataolijven en crackers neergezet. Johnny kwam bij hen aan ta-fel zitten.

Op een klein televisietoestel, dat op het werkblad stond, was een spelletjesprogramma aan de gang. De familie Pappas had een aardige woonkamer met een grootbeeldtelevisie, maar Vicki en Alex zaten 's avonds hoofdzakelijk in de keuken naar het tv'tje met zijn scherm van dertig centimeter te kijken. Vanaf de geboorte van de jongens was de keuken de belangrijkste ruimte in huis geweest.

'Hoe hebben we gedraaid vandaag?' vroeg Johnny.

'Ik heb vandaag zo'n twee tot drie miljoen omgezet,' antwoordde Alex.

'Is dat alles?'

'We hebben goed gedraaid.'

'Pap, ik heb eens lopen denken...'

'Denken, wat heb ik je daar nou altijd over gezegd?'

'Ik dacht, als we nu eens wat specialiteiten toevoegden aan het menu. Het aanbod iets veranderen.'

'O, daar gaan we weer.'

'Concurreren met de Paneras van deze wereld, gaat niet. Als je ze probeert bij te houden met broodjes, leg jíj het af.'

'Joh, zo'n zaak hebben we niet. Ik heb een bakplaat en een broodjesbuffet. Ik heb geen grote keuken.'

'Je hebt er niet meer ruimte of apparatuur voor nodig. Ik kan op één pit gourmetsoepen maken. Misschien ook wat schaaldieren sauteren, wanneer het er het seizoen voor is. Voor het ontbijt kunnen we *huevos rancheros* aanbieden en bijgerechten, appelworstjes bijvoorbeeld. Dunne plakjes verse avocado als garnering, dat soort dingen.'

'Ik snap het. Johnny, je mag dan weten hoe je al dat luxespul klaarmaakt, maar jij bent er niet aldoor. Wie gaat het doen? En wat als het niet loopt?'

'Darlene zou het heerlijk vinden om nieuwe broodjes en recepten te leren maken. Denk je niet dat zij zich ook doodverveelt met altijd maar weer hetzelfde?'

'Ze staat daar om te werken, niet voor de lol.'

'Als we het proberen en het slaat niet aan, dan gaan we weer doen wat we altijd deden. Ik zeg toch niet dat je het oude menu in de prullenbak moet gooien. Ik zeg alleen: laten we eens iets anders doen. Een heel nieuw type klant binnenhalen.'

Alex gromde en sloeg zijn armen over elkaar.

Johnny had een bachelor in marketing en hij was onlangs afgestudeerd aan een culinair instituut in de stad. Een poosje was hij leerling-kok geweest in een nouvelle-cuisinerestaurant vlak bij de George Washington University. Nu werkte hij bij zijn vader in de broodjeszaak, tijdens de ontbijt- en lunchdrukte. Voor beiden was dit dikwijls een gespannen toestand. Vicki, die vond dat haar zoon de praktische ervaring van een zaak drijven moest opdoen, had dit experiment voorgesteld.

'Vandaag zag ik in een winkel een leuk schoolbord staan, een met een met de hand beschilderde lijst,' zei Johnny. 'Ik vind dat we het moeten kopen. Ik kan het boven de wandtelefoon hangen en er de specialiteiten van de dag op schrijven.'

'Allemachtig!'

'Pap, laat het me nou proberen. Eén nieuwe soep, één nieuw broodje. Laten we gewoon kijken of het loopt.'

'Avrio?'

'Ja, morgen.'

'Oké. Maar nu even voor de verandering dit. Morgen kom je op tijd.'

Johnny glimlachte.

'Lieverd, eet je vanavond met ons mee?' vroeg Vicki, over de rand van haar bij de drogist gekochte leesbril kijkend, die op het puntje van haar neus stond.

'Hangt ervan af wat jullie eten,' zei Johnny.

'*Eneh apoh soy,*' zei Alex met een hoofdgebaar naar Johnny. Het betekende dat zijn zoon verwend was.

'Ik moet gewoon niks van die ketentroep hebben.'

'Dacht je ík wel soms?' zei Alex.

'El Rancho?' zei Vicki.

'Ranzig,' zei Johnny.

'Ik wil geen Mex,' zei Alex. 'Mijn maag...'

'Mie Wah?' zei Vicki.

'Me wat?' zei Alex.

'Doe niet zo vulgair, pap.'

'Doe ik niet. Ik heb alleen geen trek in Chinees.'

'Cancun Especial?'

'Kalkoen speciaal?' zei Alex.

'Hij wilde toch geen Mexicaans,' zei Johnny.

'We zullen toch iets moeten eten,' zei Vicki.

'Laten we gewoon bij Ledo's een pizza bestellen,' zei Alex, een beslissing waar ze al die tijd naartoe hadden gewerkt.

'Ik zal een salade maken,' zei Vicki. 'Bel jij ze even, Alex?'

'Als Johnny de pizza afhaalt.'

'Ik ben al weg.'

Ze keken hem na, een lange, magere, aantrekkelijke jongeman van vijfentwintig jaar in strakke jeans en een leren jasje dat een maat te klein oogde.

'Hoe noem je die look?' vroeg Alex. 'Metroseksueel of zoiets?'

'Hou nou 's op, jij.'

'Het is maar een vraag.'

'Johnny is gewoon een hippe jonge knul, meer niet.' Vicki las veel tijdschriften, die ze meenam uit de supermarkt. 'Hij lijkt wel wat op een van de jongens uit die band, The Strokes.'

Alex ving haar blik. 'Ik heb iets dat je kunt strelen.'

'Toe, Alex!'

'Het is alweer een tijdje geleden, wil ik maar zeggen.'

'Moet dat nou?'

'Gun een man zijn dromen.'

'Bestel die pizza nou even, schat.'

'Ja, ja.'

Hij liep naar de telefoon en bestelde een grote pizza met ansjovis en champignons. Vicki legde de sla, komkommer, uien en wortelen naast de snijplank en zodra Alex de telefoon neerlegde, zei ze: 'Schat?'

'Ja?'

'We moeten iets aan het pand doen.'

'Ja.'

Alex en Vicki bezaten een bedrijfspand met een vloeroppervlak van 156 vierkante meter, een bakstenen gebouw. Ooit was het een onderstation van het elektriciteitsbedrijf Pepco geweest en het stond aan Piney Branch Road in Takoma Park. Het had een zakelijke bestemming en de afgelopen vijf jaar was het verhuurd geweest aan een Pers, die het als showroom gebruikte voor zijn tapijten en vloermaterialen. Toen het de man zijn onderneming verging zoals de telefoon met snoer, had hij het pand ontruimd. In tegenstelling tot Alex, maakte Vicki zich zorgen om de kasstroom. Zij hield hun boeken bij, deed hun belastingen en beheerde hun investeringen. Alex bezat talent om een bedrijf te leiden, maar financiële zaken interesseerden hem niet.

'Ik zal een huurder zoeken,' zei Alex.

'Dat hoor ik je al zeggen sinds die Iraniër eruit is. Zes maanden inmiddels.'

'Het gebouw is betaald.'

'Maar we dragen er wel onroerendezaakbelasting voor af.'

'Oké.'

'Ik wijs je er alleen maar op, Alex.'

'Hé, niet gaan stampvoeten, jij! Heb je me gehoord, kanjer?'

Vicki grijnsde, zonder haar blik van de snijplank af te wenden, waar ze een krop ijsbergsla doormidden sneed.

Ze was vrij klein, had nog altijd een goed figuur, zij het met een klein buikje. Maar dat gaf niet. Haar zwartgeverfde haren waren geknipt in de *Friends*-stijl die het Aniston-meisje beroemd had gemaakt maar inmiddels helemaal uit de mode was. Zelfs Alex wist dat. Maar het kapsel stond zijn vrouw goed. Hij raakte nog altijd opgewonden wanneer hij haar 's avonds naar hun bed zag lopen. De manier waarop ze hem verlegen haar rug toedraaide, wanneer ze haar beha afdeed.

Vicki was enkele jaren verouderd in het ene jaar sinds Gus gesneuveld was, maar Alex zat niet met die nieuwe lijnen in haar gezicht. Voor hem had het verdriet de klok ook vooruitgezet. Hij wist dat Vicki en hij tot het einde bij elkaar zouden blijven. Dat kon ook niet anders na alles wat ze samen hadden doorgemaakt en overleefd.

Hij leerde haar kennen toen ze net van de middelbare school was en werd opgeleid op de boekhouding van het Machinist's Union Building op Connecticut Avenue 1300. De gezelligste meisjes in de buurt ten zuiden van Dupont Circle werkten in de kantoren van het Machinist's. Alex was in de twintig, een jonge zakenman, eigenaar van de cafetaria, een goede partij. Zij was een vaste ochtendklant, kleine koffie met melk en suiker en een koffiebroodje. Haar achternaam was Mimaros. Ze was Grieks-Amerikaans, orthodox, een *koukla*, en aardig tegen Darlene en de rest van het personeel. Ze scheen zijn oog niet erg te vinden. Hij nam haar mee uit eten en ze was beleefd tegen de serveerster. Was ze dat niet geweest, dan was het meteen afgelopen geweest voor Alex. Binnen een jaar was hij met haar getrouwd.

'Wat vind je?' zei Vicki.

'Waarvan?'

'Van Johnny, *boh-fa*.'

'Johnny heeft het hoog in de bol.'

'Hij is enthousiast. Hij doet zijn best om te helpen.'

'Ik zei toch dat hij een paar dingen mocht proberen?'

'Op jouw manier, ja.'

'Het joch irriteert me.'

Alex wachtte op Vicki's rustige maar tegelijk berispende opmerking dat Johnny Gus niet was. Maar Vicki bleef sla snijden en zei verder niets.

Alex liep terug naar de telefoon en pakte hem uit zijn standaard. 'Ik bel mijn moeder even.' Hij ging naar de woonkamer, waar hij in zijn lievelingsstoel plaatsnam. Hij toetste het nummer van zijn moeder in. Ze woonde tegenwoordig in Leisure World. Hij probeerde haar iedere avond te bellen en bezocht haar twee keer per week, ook al zei ze hem vaak dat ze niet eenzaam was. Calliope Pappas had sinds de dood van haar echtgenoot geen relatie met een andere man gehad, maar ze had een grote kennissenkring. Alex' broer Matthew, jurist in Noord-Californië, belde onregelmatig en kwam tijdens feestdagen zo nu en dan op bezoek. Om die reden was Alex' moeder, inmiddels bijna tachtig, de laatste draad die hem met zijn kindertijd verbond. Dikwijls zei hij dat hij voor haar in Washington was gebleven. In zijn hart wist hij dat hij zijn moeder harder nodig had dan zij hem.

'Ha, mam. Met Alex.'

'Alsof ik dat niet weet, schat. Dacht je dat ik je stem inmiddels niet kende?'

Na afloop van het gesprekje ging Alex weer naar de keuken, hij zette de telefoon terug, en liep naar de koelkast voor nog een plak kaas. Hij keek naar de foto aan de muur, zijn ouwe heer met zijn sloof om in de *magazi*, aan de bakplaat waar hij, met een uitdrukking van echte blijdschap op zijn gezicht, hamburgers stond om te keren. Alex had zijn goede dagen in de zaak. Hij had gelachen met de klanten en het personeel. Maar nooit had hij zich gevoeld zoals zijn vader eruitzag op die foto. Het viel hem in dat hij in de ruim dertig jaar dat hij dit werk nu deed, zelf nooit dat gevoel van tomeloze vreugde had ervaren.

10

'Hoe is die gast aan die baan gekomen?' zei Raymond Monroe.

'Hiervoor was hij komiek,' zei Kendall Robertson.

'Mij heeft hij nooit aan het lachen gekregen,' zei Monroe. 'Niet één keer.'

'Mij ook niet,' zei Marcus Robertson.

Ze zaten bij Kendall thuis, op Quebec Place, een afhaalmaaltijd te eten en ondertussen keken ze naar het populaire spelletjesprogramma met de kale presentator die tegen zijn onderlip zo'n hip plukje had zitten, zoals je dat vaak bij trompettisten ziet.

'Ik zou weleens willen weten waar je naartoe moet om op dat baantje te solliciteren,' zei Monroe. 'Want ik weet dat ik het veel beter zou kunnen dan hij.'

'Ooit een zwarte presentator gezien bij een spelletjesprogramma?'

'Arsenio, toch?'

'Die is ook niet geestig.'

'Ik zou de eerste kunnen zijn die de rassenbarrière doorbreekt bij de presentatoren van spelletjesprogramma's. Ik verzeker je, als Mr. Clean het kan, kan ik het ook. Want deze man is, eh, talentloos. Bestaat dat woord?'

'Volgens mij wel.'

'Wil jij weten hoe hij aan dat baantje komt? Geluk. Zoals klavertje-vier, in het casino de bank laten springen. Dat soort geluk. Ik bedoel maar, deze gast heeft vast een gouden hoefijzer in zijn r..., in zijn je-weet-wel zitten.'

'Raymond!'

Marcus moest lachen. 'Hij heeft geluk.'

'Dat is wat ik zeg, Pinda.'

Monroe had de jongen die bijnaam gegeven vanwege zijn bouw en de grappige vorm van zijn kaalgeschoren schedel.

Marcus vond het niet erg om zo genoemd te worden. Hij vond meneer Raymond aardig en toen hij hem, Marcus, die naam gaf, was dat een teken dat hij hem ook aardig vond.

'Waarom zitten we hiernaar te kijken?' vroeg Kendall.

'Je hebt gelijk,' zei Monroe. 'Ik weet niet waarom ze dit een spel noemen. Er komt geen vaardigheid aan te pas. Het is een en al hebzucht.'

Monroe stond op van de keukentafel en zette de televisie uit.

'Dat was makkelijk,' zei Kendall.

'Zouden we vaker moeten doen,' zei Monroe. 'Hup, vent, laten we eens naar je fiets gaan kijken.'

'Hij moet zijn rekenen nog doen,' zei Kendall.

'Ga ik doen, mam.'

'Beloof jij je moeder dat je je huiswerk straks gaat maken?' zei Monroe.

'Ja.'

'Vooruit dan maar.'

Kendall wierp Monroe een goedkeurende blik toe toen hij met de jongen door de keuken naar de achterdeur liep. Ze gingen de houten trap af naar een plaatsje vol scheuren dat begrensd werd door twee lapjes grond met onkruid en een beetje gras, en liepen vervolgens een kleine, vrijstaande garage in die aan de steeg lag.

Kendall had het huis tien jaar eerder voor iets meer dan vijftigduizend dollar gekocht en inmiddels was het enkele tonnen waard. Ze had de drugshandel, de inbraken en geweldsmisdrijven in de buurt verdragen, en ofschoon deze niet helemaal verleden tijd waren, begon haar wensbeeld van een herschapen Park View bewaarheid te worden.

Veel van de huizen in haar straat waren van eigenaar veranderd en werden gerenoveerd. Hoewel Kendall zelf geen grote verbeteringen had aangebracht, hield ze haar huis in uitstekende staat.

Monroe verrichtte de kleine onderhoudswerkzaamheden. Meestal hield dit niet meer in dan een muur een verfje geven, schroefgaten boren voor de gaten die waren uitgesleten, het vernieuwen van de kit rondom de ligbaden en douchecabines, en ook verving hij gebroken ruiten, een vaardigheid die zijn vader James en hem als jongens had geleerd.

Ook had Monroe de garage op orde gebracht. In Heathrow hadden zijn ouders er geen gehad, dus hij zag het als een luxe. Op een houten plank had hij geëtiketteerde, transparante filmbusjes neergezet met daarin schroeven, moeren en bouten, afdichtingsringen en spijkers. Tegen een van de muren stonden motorolie, versnellingsbakvloeistof, remvloeistof, lappen, schoonmaakmiddelen, ruitensproeiervloeistof en antivries naast elkaar. Zijn gereedschapskist had hij hierheen gebracht. In voorkomende gevallen nam hij die mee terug naar het huis van zijn moeder. Geleidelijk aan, dacht hij, was hij bezig om bij Kendall in te trekken.

'Ik weet niet hoe hij lek is geraakt,' zei Marcus, toen Monroe zijn fiets, een Dyno 2000 met een rij lampjes aan de achterkant van de trappers, omkeerde en op het zadel en stuur neerzette.

'Ik denk dat je over iets heen bent gereden. Pak die bandenlichters eens voor me van de plank.' Toen Marcus niet reageerde, zei Monroe: 'Dat zijn die blauwe dingen van dik plastic, zo'n tien centimeter lang. Zijn aan de uiteinden iets gebogen, als een haak.'

Raymond liet de jongen zien hoe je het dikke uiteinde van de bandenlichter tussen de band en de velg stak en hem vervolgens vastzette op een spaak. Hij gaf hem opdracht om de andere bandenlichter twee spaken verder net zo vast te zetten. Door het hele wiel zo af te werken, kon de band verwijderd worden.

'Nu moet je heel voorzichtig met je vingers aan de binnenkant van de band voelen. Dan vind je vast een stukje glas of iets anders scherps dat de binnenband heeft lek geprikt.'

'Dit was het.' Marcus hield voorzichtig een driehoekig stukje donkergroen glas tussen zijn vingers.

Monroe pompte de nieuwe binnenband heel licht op en legde hem in de lege buitenband. Hij trok het ventiel door het gat in de velg en duwde vervolgens de buitenband met één kant in de velg. Hij draaide de fiets om en gebruikte zijn duimen en spierkracht om de andere kant erin te krijgen. Hij voltooide de reparatie door de band goed op te pompen. Gedurende de hele operatie praatte hij tegen de jongen en beschreef in eenvoudige bewoordingen wat hij aan het doen was.

Marcus sloeg hem gade terwijl hij aan het werk was. Op de rug van meneer Raymonds handen zag hij de aderen opspringen en op zijn onderarmen tekenden ze zich als kabels af. Wat droeg hij zijn gebreide mutsje leuk, zo'n beetje scheef op zijn hoofd. Hij had ook zo'n mooi fijn snorretje. Later zou hij, Marcus, er net zo een laten staan.

'Dat moet wel lukken, zo,' zei Monroe.

'Mag ik even naar de Avenue en terug rijden?'

'Het is te donker. Ik ben bang dat de auto's je niet zien. Maar als je wilt, kun je met me meelopen naar de winkel. Ik zag dat je moeder bijna door de melk heen is.'

Onderweg naar Georgia, praatte Monroe met Marcus over lichaamstaal. 'Kin omhoog en duw je schouders naar beneden, alsof je er een bezemsteel op laat balanceren. Maak oogcontact, maar nooit te lang, hoor je me? Zonder goede aanleiding wil je niemand uitdagen. Maar aan de andere kant, moet je er ook niet uitzien als een potentieel slachtoffer.'

'Hoe ziet een slachtoffer eruit?' vroeg Marcus.

'Als iemand die je zonder slag of stoot kunt beroven of bestelen,' zei Monroe. Deze dingen had hij tegen Kenji gezegd toen die klein was. Raymonds vader Ernest had ze tegen hem gezegd.

Op de Avenue, waar meer voetgangers liepen, pakte Marcus Monroes hand vast.

Charles Baker zat op de passagiersstoel in Cody Krugers Honda en keek door de voorruit naar een grijs, vierkant koloniaal huis op de hoek van 39th Street en Livingston. Deon Brown zat achterin en verplaatste zijn aanzienlijke gewicht. Ze stonden geparkeerd aan het eind van de straat, bij Legation Street. Twee zwarten en een blanke die in een aftandse auto zaten in een van de rijkere buurten van de stad. Iedereen die hen daar aantrof, zou onmiddellijk weten dat het niet in de haak was.

'Die huizen zijn mooi,' zei Cody.

'Grote bomen ook,' zei Baker. 'Overdag is het hier een inbrekersparadijs.'

Ze stonden in Friendship Heights. Baker had enkele inbraken gepleegd in buurten zoals deze. Twee man binnen, één uitkijk in de auto. Ga meteen naar de grootste slaapkamer en gooi hem overhoop. Mensen bewaarden hun sieraden, bontjassen en contanten het liefst dicht bij waar ze sliepen. Maar hij en zijn maten hadden deze bezigheid eraan moeten geven door toedoen van de politie. Voor een bontjas zou hij, Baker, echt niet meer de bak indraaien. Als hij weer werd gearresteerd, zou dat voor iets zijn wat loonde.

'Al die poen,' zei Cody. 'Waarom rijden ze niet in betere karren?'

'Dat moet je anders zien,' zei Baker. 'Deze mensen tonen op een rustige manier dat ze geld hebben, maar ze zeggen daarmee nog iets anders ook.'

Dit was niet de 'nieuw geld, kijk eens wat er op mijn oprit staat'-levenswijze van buurten als Potomac of McLean. De bewoners hadden het, maar wilden er niet mee te koop lopen. Hun auto's waren niet poenig, ook niet als ze snel waren, maar ze waren behoorlijk nieuw en milieu correct. De straat stond vol Volvo's, Saab sedans, suv hybrides, Infiniti G's en Acuras, allemaal met 4-wielaandrijving.

'Ze zeggen "moet je mij zien",' zei Baker. '"Ik kan me een Mercedes permitteren, maar ik kíés ervoor om er geen te hebben." Ze geven vijftigduizend dollar uit aan een Lexus hybride zodat ze per liter wat zuiniger rijden en ze erover kunnen opscheppen bij het volgende etentje. Maar kom bij die hufters niet aan met de vraag om duizend dollar te geven aan een school aan de andere kant van de stad, zodat een arm zwart kind een computer en een kans krijgt. Dan slaan ze de deur voor je neus dicht.'

Hoe weet jij dat? dacht Deon, die de buik vol had van Bakers cynische toontje. Wanneer heb jij ooit iets voor een kind gedaan, arm of wat ook?

'Waar of niet, Deon?'

Deon verschoof. Hij had dikke benen en zat ongemakkelijk op de krappe achterbank. 'Ja, meneer Charles.'

'Ik kan die mensen niet uitstaan,' zei Baker, waarop Cody knikte.

'Zullen we gaan?' zei Deon.

'Zo dadelijk,' zei Baker.

Deon voelde zich slecht op zijn gemak in dit deel van de stad. Zelfs als hij zich op de juiste manier kleedde, zelfs als hij niet stoned was, dan nog werd er naar hem gekeken. Het ging daarbij niet alleen om kleur, hoewel dat een grote rol speelde. De mensen die hier woonden voelden dat hij hier niet hoorde. Een keer kocht hij een shirt in een winkel op Wisconsin Avenue, op het gedeelte dat wel de Rodeo Drive van Chevy Chase genoemd werd. Toen hij ermee bij de kassa stond, vroegen ze hem om zijn identiteitsbewijs, toen hij contánt betaalde. Zijn moeder zei dat hij de caissière had moeten vragen waarom dat nodig was, maar daarvoor had hij zich te vernederd gevoeld. Hij had nooit meer iets gekocht op dat stuk met chique winkels.

De zijdeur van het vierkante koloniale huis ging open. Een lange, magere man in een sportjasje en een vrijetijdspantalon kwam naar buiten. Hij had dik, grijs haar, dat een beetje aan de lange kant was en over zijn oren viel. Hij hield een hondenriem vast waaraan een dikke tekkel liep. De man bleef stilstaan om een sigaar op te steken en wandelde toen verder in noordelijke richting.

'Iedere avond,' zei Baker.

Cody maakte aanstalten om het portier te openen.

'Nog even wachten,' zei Baker. 'Laat hem een eindje doorlopen.'

'Hoe weet u dat hij niet meteen terugkomt?'

'Hij loopt naar dat leuke recreatiecentrum en basketbalveld dat ze hier hebben, een blok verderop. Duurt wel even voordat hij daar is. Dat miezerige hondje van hem heeft maar korte pootjes.'

'Donker basketbalveld, goeie plek om hem leeg te schudden,' zei Cody.

'Wat ik wil, past niet in een portefeuille,' zei Baker. 'Zijn schuld is groter dan dat.'

Op Livingston sloeg de man links af en verdween.

'Ga maar,' zei Baker en hij overhandigde Cody een envelop met een venstertje. Op de voorkant stond 'Peter Whitten' geprint.

Cody stapte de auto uit en ging op een sukkeldrafje naar het koloniale huis iets verderop en deed de envelop in de brievenbus naast de deur. Hij kwam terug bij de Honda, opgewonden, rood in het gezicht en buiten adem.

'Rijden, knul,' zei Baker.

Cody startte de motor en trok op. Ze reden in oostelijke richting, terug naar hun kant van de stad.

Vicki was vroeg naar bed gegaan, zoals ze vaak deed sinds Gus gesneuveld was. Ze kon de seriemoordenaars- en autopsieprogramma's niet aanzien, die 's avonds laat op televisie overheersten. En een lezer was ze nooit geweest.

Alex bracht de meeste avonden in zijn stoel in de woonkamer door, alleen, met een paperback en een glas rode wijn. Hij las nog steeds romans, maar wisselde ze af met biografieën, oorlogsmemoires van militairen en non-fictieboeken over oorlogspolitiek.

Het huis maakte zijn typische avondgeluiden. Johnny was uit en Vicki sliep inmiddels. Alex maakte een ezelsoor waar hij in zijn boek was en gooide zijn restantje wijn in de gootsteen. Hij liet een lamp aan voor Johnny en ging naar boven.

Hij liep Gus' kamer in. Ze hadden er niets aan veranderd. Vicki noch hijzelf had het opgebracht om Gus' footballtrofeeën in dozen te stoppen, zijn kleren weg te geven of de posters die hun zoon had opgehangen van de muur af te halen. Alex had gepraat over verhuizen, het huis verkopen en verdergaan met hun leven, maar alle twee vonden ze dat ze dan Gus achterlieten.

Alex was geestelijk niet ziek. Een jaar geleden zat hij zo dicht aan tegen krankzinnigheid, dat hij wist hoe het voelde om de kluts kwijt te zijn. Na die dag dat de mannen in uniform aan de deur kwamen, na de dag dat ze wat er over was van Gus begraven hadden, was Alex halfgek geworden van verbittering en razernij. Voor het eerst in zijn leven begon hij sterke drank te drinken. Hij speelde met de gedachte om zijn eigen huis in brand te steken. Hij koesterde gewelddadige gedachten over de president. Hij sprak hardop met God en vroeg Hem waarom Hij hém niet als eerste had weggenomen. Op een zwarte nacht vroeg hij God waarom Hij Johnny niet in plaats van Gus uit het leven had weggerukt, waarna hij om vergeving geschreeuwd had tot Vicki naar hem toe kwam en hem in haar armen nam.

Het leger stuurde een vrouw op hen af om hun te vertellen

over fasen van rouwverwerking. 'Rot op met je fasen van rouw-verwerking!' schreeuwde hij haar toe en hij riep dit haar nog-maals achterna toen ze snel hun huis verliet.

Het werd beter. De tijd verstreek en het deed minder pijn. Hij hield op met whisky drinken. Hij werd het beu om kwaad te zijn. Hij schreef een brief naar de legerpsychiater en bood zijn excu-ses aan. Hij moest een zaak drijven, had een vrouw om voor te zorgen. Hij wilde Johnny op zijn bestemming zien. Hij wilde een kleinzoon.

Alex keek naar Gus' boekenplank, waar weinig boeken maar veel trofeeën op stonden. De meeste uit zijn tijd bij het jeugd-football, de goede jaren voor Gus, die ook Alex zijn beste jaren waren. De jongens naar de wedstrijden rijden, hun gesprekken horen, hun gesnoef en voorspellingen, terwijl in de auto hun favoriete hiphopliedjes aan stonden. Na de wedstrijden was Gus die op één knie gezeten soms gelukkig, soms in tranen vol aan-dacht naar zijn trainer luisterde, terwijl de damp van zijn hoofd af sloeg, het zweet in druppels en vegen van zijn gezicht af liep en het gras aan de kooi van zijn helm plakte die hij tegen zijn borst gedrukt hield. Indertijd sliep Gus met een football. Hij hoopte ooit voor de Hurricanes te spelen en had het liefst gehad dat zijn vader het gezin naar Florida verhuisde, zodat hij het hele jaar door kon trainen.

Gus was geen studiebol. Hij spande zich alleen echt in voor sport en werk, want de zomers bracht hij door bij zijn vader in de broodjeszaak, waar hij de bestellingen liep. Zijn footballcarrière op de middelbare school was een teleurstelling, vanwege het beperkte talent en het futloze spel van zijn ploeggenoten. Zijn schoolcijfers waren slecht. In zijn laatste schooljaar was wel dui-delijk dat hij niet zou doorstromen naar het tertiair onderwijs. Een officier die rondhing bij het winkelcentrum in de buurt van Gus' highschool om daar jongens voor het leger te werven, be-gon met hem te praten. Gus was de perfecte kandidaat: gezond en sterk, niet heel erg slim en erop gebrand om zichzelf te beproeven en zijn man-zijn te koppelen aan training en het slagveld. Hij keek naar spotjes die soldaterij een mengeling deden lijken van een ridderlijke queeste, buitenlands avontuur en een computerspelletje, en ze riepen een enorme gemoedsbeweging in hem op. Gus wilde de berg beklimmen, het zwaard uit de steen trekken en de draak tegemoet treden. Op zijn achttiende nam hij dienst.

'Maak je geen zorgen, pap. Wanneer ik terug ben, kom ik bij je in de zaak.'

'Dat staat ook op het bord,' zei Alex en hij trok zijn zoon ruw in zijn armen om hem stevig te omhelzen. 'Ik pas erop, voor jou, jongen.'

Kort na zijn negentiende verjaardag werd Gus ten westen van Bagdad gedood door een bermbom die onder zijn Humvee ontplofte.

Alex hield een trofee in zijn hand en las wat er op het schildje stond: 'Gus Pappas, Beste Speler 1998.' Tijdens het banket van de Boy's Club liep Gus zwierig naar het podium om de prijs in ontvangst te nemen en was toen blijven staan om de Heismanpose te imiteren, tot grote pret van zijn teamgenootjes.

'Jongen,' zei Alex zacht, terwijl hij de trofee terugzette op de stoffige plank. En zoals vaak op nachten als deze, dacht hij: waarom?

11

Dominique Dixon had Deon Brown gebeld op zijn wegwerpmobiel en hem plaats en tijd genoemd. Het werd Madison Place, vlak bij Kansas Avenue naast Fort Slocum Park.

Dixon reed altijd eerst zelf naar het trefpunt en had hij het gevoel dat het linke boel was, dan waarschuwde hij Deon en maakte een andere afspraak. Er deed zich zelden een probleem voor en hij was nooit voor verrassingen komen te staan.

Dixon zat al een aantal jaren in de marihuanahandel. Hij leverde inmiddels aan een stuk of zes dealers in het noordelijk gedeelte van Manor Park, in het postcodegebied 20011. Hij was niet hard en geen vechtersbaas, maar hij wist mensen in te schatten. Besloot hij eenmaal om een zakelijke relatie met iemand aan te gaan, dan behandelde hij hem fatsoenlijk. Hij redeneerde dat als hij zijn dealers eerlijk behandelde, zij geen aanleiding zouden hebben om hem te belazeren. Tot nu toe had zijn redenatie geklopt.

Dixon groeide op in een stabiel gezin in Takoma, DC. Zijn vader en moeder verdienden beiden goed, waren zorgzaam en in opvoedkundig opzicht merendeels prima bezig geweest. Desondanks belandde Dominique in de drugshandel. Hiervoor waren niet zijn ouders verantwoordelijk, maar zijn oudere broer Calvin.

Calvin was knap en wild en hield van gevaar. Hij was zelfzuchtig, charmant en opvliegend. Hij had een vriend, Markos; de zoon van een Ethiopische vader en een Italiaanse moeder, een succesvol makelaarsechtpaar dat goed geboerd had in wijken als Shaw en Mount Pleasant. Zelf woonde het gezin in Adams Morgan.

Calvin en Markos leerden elkaar kennen in de viproom van een club op New York Avenue. Ze ontdekten dat ze allerlei interesses gemeen hadden: sterke marihuana, dure champagne, vrouwen van gemengd bloed en Ducatimotoren. Via een kennis uit het uitgaansleven legde Markos contact met een handelaar in Newark, die Markos' stijlgevoel wel zag zitten. Markos noch Calvin werkte graag voor de kost en daarom ronselden ze Calvins slimme broertje om de feitelijke handel op zich te nemen. Dominique verafgoodde zijn oudere broer en zag in het voorstel een kans om in Calvins achting te stijgen. Markos leverde het beginkapitaal waarmee de eerste bestelling werd gedaan en van meet af aan was het een geslaagde onderneming.

Dominique kwam Deon Brown, met wie hij op de middelbare school had gezeten, bij toeval tegen in een sportschoenenzaak in Westfield Mall. Hij herinnerde zich Deon als een rustige, intelligente jongen, op school misschien niet echt in topvorm, maar een fatsoenlijke knul, iemand die hij kon vertrouwen. Hij herinnerde zich ook dat Deon zijn antidepressivum graag mocht mengen met grote hoeveelheden marihuana.

Deon liet Dominique een paar Vans passen en zei toen dat hij de schoenen wel met zijn personeelskorting mocht hebben. Op het parkeerterrein overhandigde Deon hem de ingepakte schoenen, en Dominique stopte hem een heel klein zakje marihuana in de hand.

'Probeer dít eens,' zei Dominique.

'Wat is het?'

'Goeie hydro. Als je het lekker vindt, bel je me maar.'

'Woon je nog steeds bij je ouders in Takoma?'

'Ik heb mijn eigen stek tegenwoordig. Maar als je me wilt bereiken: dit is mijn mobiel.' Dominique gaf hem het nummer. 'Maar je geeft het aan niemand anders, hoor.'

Die avond rookten Deon en zijn vriend Cody de hydrowiet en werden knetterstoned.

De volgende dag belde Deon Dominique. 'Lever me nog wat van dit spul, man. Mijn maat en ik willen dertig gram van je.'

'Dat zijn niet de hoeveelheden waarin ik handel.'

'Dan neem ik honderd gram van je af.'

Dominique lachte. 'Je luistert niet goed.'

'O,' zei Deon.

'Moet je horen. Als je wílt, kan ik je vertellen hoe je dertig gram gratis krijgt.'

'Wanneer?'

'Laten we ergens afspreken. Neem die maat van je ook mee.'

Ze zagen elkaar in een cafetaria ver van het centrum op Georgia, even ten noorden van Alaska Avenue, voorbij de Morris Miller's drankwinkel, waar de neonreclame het maar half deed. De cafetaria liep op haar laatste benen, dodelijk verwond als ze was door de fastfoodtenten die rondom haar floreerden. Binnen gehoorsafstand van hun tafel voor vier stonden enkel onbezette tafeltjes.

Toen Deon en Cody binnenkwamen was Dominique, die er al zat, aanvankelijk verbaasd en ook werd hij een beetje afgeschrikt door Cody's uiterlijk. Dat hij blank was maakte hem niet echt uit, hoewel hij bij voorkeur zakendeed met mensen van zijn eigen kleur, al was het maar omdat dit prettiger voelde. Cody, met zijn zwart-op-zwarte DC-truckerspet, effen zwarte T-shirt, Nauticajeans en zwarte, hoge Air Forceschoenen, zag eruit als iedere andere, ietwat armoedige stadsjongen van zijn leeftijd, totdat je zijn gezicht goed bekeek. Zijn door acne aangetaste kaak had iets slaps, en de wezenloosheid in de wijd uiteenstaande ogen duidde op een gebrek aan intelligentie dat niets te maken had met de suf makende effecten van pot. Als hij een dociele idioot was, prima. Maar als hij zijn domheid compenseerde met bazig of gewelddadig gedrag, dan had je een probleem.

Dominique bleef toch maar, zou zijn voorstel doen en zien hoe het liep.

'Zo,' zei Dominique toen Deon hem aan Cody had voorgesteld, 'dus het monster beviel jullie?'

'Het spul was strak vet,' zei Cody.

'Voor mij is dat gemíddelde kwaliteit.'

'Je zei tegen Deon dat we er gratis wat van konden krijgen,' zei Cody.

'Daarover heb ik het straks,' zei Dominique.

'Een en al oor,' zei Deon.

Dominique leunde naar voren, ook al waren ze alleen, en dempte zijn stem. 'Als ik jullie nou meer gaf, denken jullie dat je dat zou kunnen slijten?'

'Hoeveel meer?' vroeg Deon.

'Om te beginnen vijfhonderd gram.'

Deon voelde dat Cody naar hem keek, maar hij hield zijn blik op Dominique gericht. 'Waarom wij?'

'Jij en ik kennen elkaar immers al een poos. Ik moet ze kennen, de mensen met wie ik werk.'

'Ik ben niet de enige die je kent van de middelbare school.'

'Klopt. Maar toen ik je zag in de schoenenzaak, herinnerde ik me dat jij en ik altijd oké waren. En toen begon ik te denken. Dat winkelcentrum waar jij werkt is een onaangeboorde markt. Je maat en jij moeten daar massa's mensen kennen die van een blow houden. Toch?'

'Zekers,' beaamde Cody met een nonchalant schouderophalen.

'Ik heb niemand in dat gebied,' zei Dominique. 'Daar liggen mogelijkheden voor mij, maar ook voor jullie. Ik bedoel, wat is jullie volgende carrièrestap na verkoper in die winkel? Assistent-manager? Ik wil jullie niet neerhalen, hoor. Gewoon een vraag.'

'Je hebt gelijk,' zei Deon.

'Ik wilde maar zeggen,' zei Dominique.

'Wat gaat die vijfhonderd gram ons kosten?' vroeg Cody.

'Vijftienhonderd is de groothandelsprijs van de wiet die ik nu heb. Maar ik zal het jullie voorschieten. Alleen deze keer, want ik wil jullie op gang helpen. Zodra de eerste vijftienhonderd piek binnen is, betalen jullie me terug. De rest verkopen jullie voor de winst of houden jullie voor persoonlijk gebruik. Dat moeten jullie zelf weten.'

'Voor hoeveel verkopen we het?' vroeg Deon.

'Voor wat de markt toelaat. Als jullie per dertig gram tweehonderd vangen, verdubbel je je geld. Van tijd tot tijd lever ik supersterke hydro en die is duurder: tweeduizend tot vijfentwintighonderd voor vijfhonderd gram. Wanneer dat gebeurt, dan moet je drie-, vierhonderd voor dertig gram vragen om je gewone winstpercentage te draaien. Met andere woorden: je stelt bij.'

'En wat betaal jíj ervoor?' zei Cody.

'Pardon?'

'Interesseert me gewoon.'

'Dat gaat jou helemaal niets aan,' zei Dominique met een vriendelijke glimlach.

Cody keek naar de jongeman in het Ben Shermanoverhemd met de roosjes erop, naar zijn slanke vingers en dunne polsen, naar zijn glanzende, gemanicuurde nagels. Wat Cody zag beviel hem niet, maar toch knikte hij.

'Luister, maat,' zei Dominique. 'Hoe dit werkt, hoe dit moet werken is: houd het simpel. Ik lever jullie wat jullie nodig hebben, wanneer jullie het nodig hebben. En vervolgens is het aan jullie om het af te zetten. Maar ik ben niet meer dan een tussenpersoon. Ik bemoei me niet met wat jullie doen, en jullie hoeven de details niet te kennen van wat ik doe. Begrepen?'

'Ja, oké,' zei Cody.

'Adviesje? Blijf eerlijk. Knoop dat in jullie oren. En behandel je klanten goed. Stel dat een gast die geen loyaliteit voor jullie voelt de bak in draait wegens drugsbezit. Die zou jullie kunnen verraden. En daarna zitten jullie zelf onder de hete lampen, en dan verraden jullie mij misschien wel.'

'Zou ik nooit doen,' zei Cody.

'Vast niet,' zei Dominique. 'We praten hier alleen maar wat. Maar ik wil dat jullie weten, dat als iemand mij verlinkt, de mensen met wie ik werk erg nerveus worden.'

'Gesnopen,' zei Cody.

'Jij herinnert je mijn broer vast nog wel, Deon?'

'Tuurlijk,' zei Deon. Hij kende Calvin Dixon niet persoonlijk, maar hij was op de hoogte van diens reputatie. 'Wat doet hij tegenwoordig?'

'O, hij is bezig. Altijd bezig, weet je wel.'

Deon trommelde met zijn vingers op het tafelblad. Hij keek snel om zich heen in de cafetaria. Hij keek naar Cody, daarna weer naar Dominique.

'En,' zei Dominique, die er inmiddels ontspannen bij zat. 'Zin om wat geld te verdienen?'

Dominique had op het juiste moment contact gelegd met Deon en Cody. Ze verveelden zich, waren ontevreden over hun inkomen en ze wisten niets te verzinnen om vooruit te komen of een andere weg in te slaan. Dealen, lekker de wet overtreden, leek hun wel leuk. Ze zouden zich er heel wat meer mans door voelen. Geen van hen tweeën had het idee dat het verkeerd was wat ze op het punt stonden te gaan doen. Marihuana maakte deel uit van hun dagelijks leven en hetzelfde gold voor hun leeftijdsgenoten. Wiet roken kon geen kwaad. Het was geen heroïne of cocaïne en ook werden ze geen straatdealer.

Van hen tweeën verlangde alleen Cody naar het leven dat hij

in rapnummers had horen bezingen en op tv had gezien; merendeels gezongen en geacteerd door mensen die dat leven zelf nooit hadden meegemaakt.

Deon, die geneigd was tot depressie en zich na de middelbare school met moeite staande hield, zag het als een positieve zet. Het idee van extra geld op zak en gratis wiet roken stond hem wel aan. Bovendien leefde hij bij de dag. 'We doen die vijfhonderd gram,' zei Deon. 'Dan zien we wel hoe het loopt.'

Aanvankelijk ging het goed. Ze vonden makkelijk klanten en degenen aan wie ze verkochten waren vrienden, die ze in het winkelcentrum hadden opgedaan of mensen voor wie die vrienden instonden. En moest er weleens iemand met zijn auto aan de kant van de weg stoppen en werd er dan een zakje wiet gevonden, dan hield het daar op. De cultuur van niet verlinken was uitgevloeid van de verpauperde binnenstad naar de armere buitenwijken. De politie werd niet gerespecteerd als een waardige tegenstander. Uniformen waren de vijand. Dat niemand Cody en Deon erbij zou lappen, was de stilzwijgende afspraak.

In de loop van een jaar veranderde er veel. De cafetaria boven Georgia en Alaska sloot haar deuren. De volgende neonletter op het Morris Millerbord begaf het. Cody huurde een flat en richtte die in. Charles Baker kwam in het leven van Deons moeder en wurmde zich in het hunne. Cody zei zijn baan in de schoenenzaak op. Hij kocht een revolver, via een stroman, bij een wapenhandel op Richmond Highway in Virginia. Ze verdubbelden hun bestellingen bij Dominique.

Deon vond die veranderingen niets. Soms, wanneer hij zijn Paxil niet slikte, knetterstoned was en in de war, dan overwoog hij om op de loop te gaan, misschien te verhuizen naar een andere stad. Maar hij kende niemand buiten DC en hij wilde zijn moeder niet alleen laten. De bus die hij had genomen, was een snelbus gebleken.

'Daar heb je hem,' zei Charles Baker.

Ze stonden geparkeerd op Madison met de neus naar het westen, het donkere park rechts van hen en links van hen de herenhuizen. Een onopvallende Chrysler 300 reed langzaam door de straat, voerde toen een driepuntsdraai uit en kwam zo pal voor hen staan.

Dominique Dixon stapte uit de auto en maakte de klep van de kofferbak van de 300 open, op hetzelfde moment dat Cody de kofferbak van de Honda ontsloot met de afstandsbediening. Snel haalde Dominique er twee grote, zwarte vuilniszakken uit, die elk vijfhonderd gram marihuana bevatte. Met zijn elleboog deed hij de klep weer dicht, liep naar de achterkant van de Honda, liet de zakken in de kofferbak vallen en sloot hem weer.

'Jongen kleedt zich goed,' zei Baker, toen Dominique – in een leren jasje over een gestreept designershirt dat hij over dure jeans droeg – naar het inmiddels omlaaggedraaide raampje aan de bestuurderskant liep.

'Mannen,' zei Dominique. Bij het zien van Baker op de passagiersstoel, verkilden zijn ogen.

Cody overhandigde hem een envelop met daarin drieduizend dollar.

Dominique liet die in de binnenzak van zijn jasje glijden.

'Waarom stap je niet even in, joh?' zei Baker.

'Ik moet ervandoor,' zei Dominique.

'Geen zin in wat gezelligheid zeker.'

'Geen zin om opgepakt te worden.' Dominique bleef zo joviaal mogelijk, toen hij dit zei. Hij keek naar de achterbank. 'Alles kits, Deon?'

Deon schudde nauwelijks waarneembaar zijn hoofd. Die beweging beduidde Dominique dat hij moest gaan. Deons blik zei: wegwezen, man.

Baker ving het seintje op. Het deed zijn bloed koken.

'Ja,' zei Deon. 'We spreken elkaar nog.'

'We zouden ergens heen kunnen gaan om wat te praten,' zei

Baker op aangename toon. 'Ik zou je best beter willen leren kennen.'

'Vanavond kan ik niet,' zei Dominique.

'Misschien kunnen we naar jouw huis gaan? Wat drinken, of zo.'

'Ik heb al plannen.'

'Met een vrouw, hoop ik maar,' zei Baker, waarop Cody grinnikte.

'Vooruit, *brother*, we willen gewoon bij je op bezoek komen.'

'Ik neem geen klanten mee naar mijn hok.'

'Stink ik soms?'

'Luister, man...'

'Meneer Charles voor jou.'

Dominique ademde langzaam uit en verbeterde zichzelf niet. 'Ik ben weg,' zei hij, waarbij hij nadrukkelijk Deon aankeek.

Zonder nog aandacht te schenken aan Baker of Cody, liep hij terug naar zijn Chrysler. Het licht van de koplampen streek over hen heen toen Dominique Dixon wegreed.

'Kleine klootzak is wel erg arrogant,' zei Baker. 'Vraag me af waar hij echt naartoe moet.'

'Waarschijnlijk naar huis,' zei Cody.

'Weten jullie waar hij woont?' vroeg Baker.

'Zekers,' zei Cody. 'Deon en ik hebben er een keertje geld afgegeven. Maar hij vroeg ons niet binnen.'

'Vooruit, Cody,' zei Deon. 'We moeten hier weg wezen.'

In de flat wogen Cody en Deon de wiet af in porties van dertig gram en verpakten ze in boterhamzakjes.

Charles Baker ijsbeerde door de kamer en keek ondertussen op de plasma-tv naar een late, aan de westkust gespeelde NBA-wedstrijd.

'Koby neemt de Jailblazers te pakken,' zei Cody, zijn ogen roodomrand van de pot die hij had gerookt. 'Lakers gaan scoren.'

Deons mobiel ging. Hij nam op. 'Hoi,' zei hij. 'Ja, momentje.'

Baker zag hem van zijn stoel aan de tafel opstaan en de gang in lopen.

In Cody's slaapkamer deed Deon de deur zacht achter zich dicht. 'Ik ben nu alleen.'

'Moet je even goed luisteren, Deon. Die onzin met die vent moet stoppen.'

'Ik begrijp het.'

'Ik heb het je al vaker gezegd, ik doe zaken met jóú. Cody is onbehouwen, maar door jou kan ik niet om hem heen, en dat heb ik altijd geaccepteerd. Maar die ouwe vent, die deugt niet.'

'Hij pit soms bij mijn moeder. Hangt daar gewoon rond, weet je. Ik heb hem niet meegevraagd. Hij heeft er een handje van om zichzelf op te dringen.'

'Dat is niet mijn probleem. In hoe ik zaken doe, past geen straathandelzooi. Geen gepats. Geen gedreig. En geen geweld. Mensen als Baker wil ik niet in het circuit. Begrijpen we elkaar goed?'

'Ja.'

'Dan zijn we het eens, Deon.'

'Helemaal.'

'Bij de volgende levering wil ik die man niet meer zien.'

'Begrepen, Dominique.'

Deon klapte zijn telefoon dicht. Hij verliet de slaapkamer en liep terug door de gang. Baker zat bij Cody aan de tafel. De basketbalwedstrijd stond keihard aan.

'Wie was dat?' zei Baker, Deon aankijkend.

'Mijn moeder.'

'Geheimpjes, jullie twee? Waarom moest je de kamer uit om met haar te praten?'

'Omdat jullie de wedstrijd zo hard hebben aanstaan, dat ik mezelf niet kan horen denken.'

'Wilde ze mij ook spreken?'

'Neuh. Ze heeft een migraineaanval. Misschien beter als ze vanavond alleen is.'

'Vindt zij dat of vind jij dat?'

'Hè?'

'Niks,' zei Baker.

Die trut bestaat niet meer voor me, dacht Baker. En dat watje van een zoon van haar kan ook verrekken.

Raymond Monroe zat aan Kendalls bureau achter de computer en klikte op het pictogram van Outlook. Ze had een e-mailadres voor hem aangemaakt, want bij zijn moeder thuis had hij geen computer. Hij klikte op 'verzenden en ontvangen'. Via spam werd hem een prachtaanbod gedaan, maar mail van Kenji was er niet.

Hij had al een paar weken niets van zijn zoon gehoord. Dit was niet ongebruikelijk, maar daarom maakte hij zich er niet minder zorgen om.

In de rust van de woonkamer bad Raymond even in stilte voor Kenji. Zijn woorden waren altijd hetzelfde: hij dankte dat hem het leven was gegeven en dat zijn zoon het leven was gegeven. Monroe vroeg God nooit om iets. Dat recht had hij niet. Hij dacht aan zijn broer en daarna aan de man met het slechte oog in het Fisher House. Aan de levens die verwoest en genomen waren. Je kon niet meer doen dan hopen op vergeving en proberen om een fatsoenlijk leven te leiden. En hen die in de rottigheid zaten te helpen.

Monroe belde zijn moeder, zei dat hij van haar hield en wenste haar welterusten. Hij deed de lampen uit, liep de trap op, keek even bij Marcus en ging Kendalls kamer binnen.

Kendall lag aan haar kant van het bed, met haar rug naar hem toe. In het schijnsel van de bedlamp die ze voor hem had aangelaten kleedde hij zich tot op zijn boxershort uit en schoof tussen de lakens. Ze was naakt. Hij ging dicht tegen haar aan liggen en liet zijn hand over haar schouder, arm en heup glijden. Ze draaide zich om in zijn omhelzing.

'Wat een heerlijke verrassing,' zei hij en hij legde zijn hand om haar borst.

'Niet voor mij,' zei Kendall. 'Ik heb er de hele avond aan gedacht.'

'Wat heb ik goed gedaan?'

'Genoeg. Hoe je met Marcus bent, vooral.'

'Het is een goed joch.'

'Jij ook, Ray.'

'Ik doe mijn best,' zei Monroe.

12

'Vijfentachtig op de zeevruchten, Juana,' zei John Pappas.

'Heb het gehoord, schat,' zei Juana Valdez, terwijl ze een vochtig doekje over het buffetblad haalde waar even daarvoor een klant had zitten eten. 'Wacht even.'

Alex hoorde wat er werd gezegd maar draaide zijn hoofd niet om. Hij rekende af met de juriste die net van haar kruk af gekomen was. De lunchdrukte nam af. Er zaten alleen nog wat achterblijvers aan het buffet. Vanaf nu zou er weinig omzet gemaakt worden.

'Heeft het gesmaakt?' zei Alex.

'Fantastisch,' zei de donkerharige vrouw.

Terwijl Alex het wisselgeld pakte, keek ze over zijn schouder. De vitrine met desserts stond pal achter hem. Zijn vader had die plaats gekozen, met de gedachte dat klanten bij het afrekenen misschien iets lekkers wilden meenemen voor op kantoor.

'In de verleiding?'

'Hoe is die perziktaart?'

'Lekker. Ik kan een punt voor u inpakken, als u wilt.'

'Doe maar niet. Ook al is het zonde om hem oudbakken te laten worden.'

'Die taart,' zei Alex, 'wordt niet oudbakken.'

De perziktaart liep niet goed in de zaak, maar Alex kocht hem in omdat de soldaten, van wie velen zuiderling waren, hem lekker schenen te vinden. Hij had ook een halve kersenkwarktaart in de koelvitrine liggen. Straks op weg naar huis, zou hij ze allebei langsbrengen bij het hospitaal.

'Pap.' John Pappas was naar de kassa gekomen en stond achter zijn vader, toen de vrouw de zaak verliet.

'Ja?'

'Vijfentachtig op de zeevruchten.'

'Ik heb je gehoord.' Alex draaide zich om op zijn kruk om zijn zoon aan te kijken. Johnny droeg een zwarte pantalon en een hemelsblauw overhemd. Hij zag er eerder uit als iemand die een martini wilde gaan bestellen dan als een buffetbediende. 'Mooi zo.'

'Doe niet zo enthousiast.'

'Nee, ik meen het. Het *ís* mooi. We hebben winst gemaakt en een paar nieuwe vrienden. Ik heb complimenten gekregen van klanten. Niet zozeer over de soep, trouwens...'

'Die asperges, die had ik niet moeten doen, denk ik.'

'Je pis gaat er raar van ruiken. Mensen vinden het niet prettig als hun urine stinkt, helemaal niet op hun werk. Ze delen daar de wc, dat moet je niet vergeten.'

'Daaraan heb ik niet gedacht.'

Alex tikte tegen zijn slaap. 'Gebruik je *myalo*.'

'Wil jij die laatste portie zeevruchten voor de lunch?'

'Maak ze nog niet zesentachtig,' zei Alex. 'Straks wil een betalende klant ze misschien hebben.'

'Oké.'

'Maar als ze er over een halfuur nog staan, laat Darlene dan een bordje voor me maken met wat erbij. Ze weet waarvan ik houd.'

'Oké.'

'En Johnny...'

'Wat?'

'Is die muziek van je niet genoeg voor vandaag? Het lijkt net alsof steeds hetzelfde nummer wordt gedraaid.'

'Pap, dit is Thievery Corporation.'

'Al was het General Motors samen met IBM. We verkopen hier eten, geen X-tabletten.'

'X-tabletten?' zei John grinnikend.

'Zo heten ze toch?'

'Misschien moet je je bij je eigen tijdperk houden. Kralenket-tingen en broeken met wijde pijpen, dat soort dingen.'

'Jongen, dat was voor mijn tijd.'

'Ik ga nu met Darlene praten.'

'Ga je gang.'

'Ze is razend enthousiast over de specialiteit van de dag mor-gen: garnalen met gekruide rijst.'

'Klinkt duur.'

'Garnalen zijn deze week in de aanbieding.'

'Ga niet te extravagant doen, hè. We zijn niet The Prime Rib.'

Alex sloeg hem gade toen hij wegliep over de rubbermatten. Op weg naar het keukengedeelte bleef Johnny staan om met een klant te praten die manager bij NAB was. Hij vroeg hem hoe zijn lunch hem gesmaakt had en naar wat hij in de toekomst graag op het menu zag staan. De manager leek het op prijs te stellen dat hem naar zijn mening werd gevraagd. Hij at hier al jaren en Alex en hij hadden nooit meer dan wat vriendelijke doch nietszeg-gende woorden met elkaar gewisseld.

Bij de bakplaat stond Darlene met haar spatel naar het ver-laagde plafond gericht. Ze wees met haar kin naar Johnny en wierp Alex een glimlach toe. Naast haar stond Blanca te fluiten terwijl ze haar koude waren begon in te pakken en op te bergen. Tito, bij de afwasmachine, deed een of andere Latin Joe two-step. Goed, dus iedereen was vrolijker wanneer Johnny in de zaak was. Niet dat hij, Alex, een slavendrijver of een brombeer was. Maar de jongen fleurde de zaak op, zoals een fris likje verf dat doet. Niettemin had Johnny nog veel te leren.

'Kralenkettinkjes,' zei Alex, toen er een klant naar de kassa kwam met zijn bon in de hand.

'Wat?' zei de man.

'Mijn zoon denkt dat ik een dinosaurus ben.'

'Gefeliciteerd. Het verschil is dat de mijne geen ambitie heeft én niet kan koken.'

'Kom morgen maar langs,' zei Alex, met een voor hem ongewoon gevoel van trots toen de man bankbiljetten over het buffet schoof. 'Dan doet hij iets met garnalen.'

Charles Baker was voor een paar uurtjes naar het verpleeghuis gegaan, omdat zijn reclasseringsambtenaar, een knappe latinameid, daar met hem had afgesproken. Het ging van een leien dakje. Hij vertelde haar dat zijn werk hem beviel en dat hij de toekomst zag zitten; al het gelul dat zij graag wilde horen. Zij zei dat de uitslag van het urinemonster, dat hij bij de kliniek had afgegeven, goed was.

Dat hij negatief was verbaasde hem niets. Hij dronk heel weinig, wat een misdadiger was toegestaan. Maar hij rookte geen marihuana. Zelfs in zijn jeugd had hij daar niet van gehouden. En maar goed ook. De plannen die hij had gemaakt waren ingewikkeld en wilde hij dat ze slaagden, dan moest hij het hoofd helder houden.

Zijn Afrikaanse chef dekte hem. Hij vertelde de juffrouw van de reclassering dat Baker de hem opgedragen taken verrichtte en in het algemeen klaarstond als er iets gedaan moest worden. Het juffertje vertrok en zodra haar auto het parkeerterrein verliet, ging ook Baker weg.

Waar Branch Avenue Pennsylvania kruiste stapte hij op een bus die de hele stad aandeed. Hij zat in de bus, die richting west reed, toen zijn mobiel ging. Op het schermpje stond alleen 'privénummer'. Baker nam op.

'Ja?'

'Charles Baker?'

'Inderdaad.'

'Met Peter Whitten.'

Baker grijnslachte. Hij schraapte zijn keel. Hij ging recht-overeind zitten op het bankje dat hij deelde met een vent wiens jas stonk naar een ongewassen reet.

'Meneer Whitten. Fijn dat u belt.'

'Even voor alle duidelijkheid. Ik spreek toch met de Charles Baker die een briefje bij mij thuis in de bus heeft gestopt?'

'Ja, dat ben ik.'

'Ik denk dat we elkaar persoonlijk moeten ontmoeten. Wat vindt u daarvan?'

'Dat is precies wat ik zelf in gedachten had,' zei Baker, die voor de beschaafde aanpak koos.

'Schikt morgen u? Kunnen we dan samen lunchen?'

'Maar natuurlijk.'

'Er is een tent waar ik graag kom... hebt u een pen?'

'Ik onthoud het wel.'

Peter Whitten gaf hem de naam van het restaurant, het adres en de tijd waarop hij gereserveerd had. 'Ik meen dat het dragen van een jasje er verplicht is.'

'Geen punt,' zei Baker. 'Tot dan.'

Hij zette zijn mobiel uit. Hij staarde uit het busraam en er brak een glimlach door op zijn gezicht. Hij had verwacht dat Whitten aanvankelijk kwaad zou reageren, als hij al reageerde. Maar de man kwam ronduit redelijk over. Mensen met geld hadden een andere manier van zakendoen. Ze gedroegen zich beschaafd. Baker was niet gewend aan goede manieren en redelijkheid, maar hij kon ermee uit de voeten. Je kreeg niet alles met geweld voor elkaar.

Dit werd een makkie.

Alex Pappas stond bij de kassa het kleingeld uit de vakjes in de geldla te tellen. Zijn linkerhand vormde een kommetje onder de rand van het buffet, en met zijn rechterwijsvinger schoof hij er de munten in. Zijn lippen bewogen bij het berekenen van de bedragen, die hij invoerde op een rekenmachine ter grootte van een paperback. Het zonlicht viel niet meer binnen en Alex stond in de zachtgele gloed van de cilindervormige lampen boven het buffet.

Om drie uur al had Alex de kassarol afgescheurd om iets van zijn winst te verbergen voor de belasting. Hij stopte voldoende geld in de metalen geldkist om 's ochtends mee te kunnen beginnen en borg de kist op in de diepvrieskast. De rest van het geld nam hij mee naar huis, naar Vicki, die hun geldzaken regelde, precies zoals hij de *chrimata* aan zijn moeder had afgegeven toen hij de zaak net had overgenomen. Dat systeem werkte en hij zag geen aanleiding om het te veranderen.

Juana en Blanca, altijd de eersten die vertrokken, waren al weg. Tito was klaar met dweilen en had de grote emmer met wringer naar de gang achter de zaak gerold. Johnny en Darlene stonden bij de bakplaat een recept uit te werken in een opschrijfboekje. Darlene had zich al omgekleed en droeg haar eigen kleren, compleet met een bijpassende handtas. Volgens gewoonte kwam ze alvorens naar huis te gaan mooi aangekleed terug in de zaak. Alex wist dat ze wilde dat hij haar bekeek, zoals ook vroeger, toen ze nog tieners waren. Ze wilde hem ermee duidelijk maken dat ze een bakplaatmeisje in een uniform was, maar ook een vrouw met een leven buiten haar werk.

Tito kwam naar de klantenkant van het buffet geslenterd en ging op de kruk bij de kassa zitten. Ook hij had schone kleren aangetrokken en zich rijkelijk besprenkeld met sterk geurend reukwater.

'Ha, baas.'

Alex voltooide het tellen van de kwartjes en voerde het bedrag in op de rekenmachine.

'Tito. Je liep wat uit met bestellingen lopen. Was er een probleem?'

'Blanca stuurt me te ver weg, helemaal naar Si-teens Street. Toen kom ik daar en die mevrouw heeft geld niet klaarliggen.'

'Sixteenth valt buiten ons bestellingengebied.'

'Weet ik toch!'

'Goed. Ik zal het erover hebben met Blanca.'

Tito maakte geen aanstalten om te vertrekken.

Alex wachtte, omdat hij wist dat Tito een van twee dingen wilde. Advies, want in dit land had hij geen vader. Geld, want hij zat altijd krap bij kas.

'Nog één ding, baas.'

'Ja?'

'Ik neem een meisje mee uit eten vanavond.'

'Een van onze klanten of een meisje dat je ergens hebt opgepikt?'

'Ik rotzooi niet met de klanten.'

'Moet je ook niet wagen.'

Tito lachte verlegen. 'Dit meisje ken ik uit mijn buurt. We gaan naar Haydee's. U kent het?'

Het was een zaak met een Mexicaans-Salvadoriaanse keuken. De eigenares was vanuit El Salvador naar Amerika gekomen en werkte als serveerster. Haar eerste restaurant opende ze op Mount Pleasant Street en daarna nog een op Georgia Avenue. Alex had zijn gezin op een avond mee naar het restaurant op Mount Pleasant genomen en zijn vrouw en kinderen ongetwijfeld verveeld met zijn enthousiast vertelde, zoveelste immigrantensuccesverhaal.

'Goeie tent,' zei Alex. 'Redelijk geprijst ook. Dus ga me niet te veel vragen.'

'Kan ik veertig dollar krijgen?' vroeg Tito.

Alex haalde een rol bankbiljetten uit zijn zak en pelde er twee briefjes van twintig af. 'Wil je dat ik het de volgende betaaldag helemaal afhoud?'

'De helft volkende week, helft volkende. Oké?'

Alex gaf hem het geld. 'Doe een condoom om, Tito.'

'Què?'

'Je hebt me gehoord. Je bent te jong om vader te worden.'

'Ik hou niet van de regenjas.'

'Doe nou maar wat ik je zeg, knul.'

Tito knipoogde. 'Bedankt, baas.'

Alex maakte een wegwerpgebaartje met zijn hand. 'Veel plezier.'

Tito liep met een zelfverzekerd, atletisch loopje naar de achterdeur. Alex moest aan Gus denken, die had ook dat atletische en zelfverzekerde gehad. Ook hem had Alex er constant aan moeten herinneren condooms te gebruiken. 'Je moeder en ik willen nog geen kleinkinderen. Stel je voor dat het leven van een meisje op die manier door jou verpest wordt; dat moet je toch niet willen.' Gus dacht, net zoals Tito, nooit aan de gevolgen maar alleen aan het pleziertje. Niet dat ze ongevoelig waren, ze waren onverstandig. Alex hoefde Johnny nooit te zeggen dat hij een condoom moest gebruiken. Hij wist weinig over Johnny's privéleven, maar hij was ervan overtuigd dat Johnny voorzichtig zou zijn. Gus daarentegen, nam beslissingen op grond van verlangen en emotie. Gus wist zeker dat hij football op hoog niveau zou spelen, ook al was hij niet groot en fors gebouwd, en wilde naar Florida verhuizen. Gus had dienst genomen op grond van zijn romantische voorstelling van de krijgsman. Gus had dromen en fantasieën. Johnny had plannen.

Alex hoorde geklop. Hij draaide zijn hoofd om en zag een lange zwarte man met zijn knokkels op de ruit van de voordeur tikken.

'Ik doe wel open, pap,' zei Johnny.

'Nee, dat doe ik,' zei Alex.

Hij schoof de geldkist onder het buffet, sloot de kassalade en liep via de opening in het buffet naar de deur. Door het glas mimede hij het woord 'gesloten', maar de man ging niet weg. Alex deed de deur van het nachtslot en opende die net genoeg om tegen de man te kunnen praten.

'We zijn gesloten, meneer.'

'Ik wil niets eten of drinken.'

'Wat kan ik voor u doen?'

'Ik ben Raymond Monroe.'

Dit was een veelvoorkomende naam. Toch kwam hij hem ook vagelijk bekend voor. Alex kreeg sterk het gevoel dat hij de man eerder gezien had.

'Mag ik heel even binnenkomen?'

'Waarom?'

'Hoor eens, ik kom u niet beroven.'

'Dat weet ik,' zei Alex, een beetje opgelaten en tegelijk geïrriteerd.

'Ik zag u gisteren voor het Fisher House, bij Walter Reed. We botsten bijna tegen elkaar op.'

'Inderdaad,' zei Alex. Dus daar herkende hij hem van. De bijna-botsing herinnerde hij zich niet echt, maar hij had geen reden om aan te nemen dat de man zou liegen.

'Peggy. U kent Peggy toch? Zij vertelde me wie u bent. Iets aan u... Nou ja, als u het echt wilt weten, het was uw oog. En daarna, toen ze uw naam noemde... u bént immers de jongen die gewond raakte in Heathrow Heights?'

Alex aarzelde. 'Ja, dat was ik.'

'Ik ben een van de jongens die bij het incident betrokken was. De jongste broer.'

Monroe haalde zijn portefeuille tevoorschijn en nam er zijn rijbewijs uit, zodat Alex de foto én de naam kon zien.

Met zijn voet nog steeds tegen de deur aan, wierp Alex er een blik op.

'Hoor eens, ik wil helemaal niets van u,' zei Monroe.

'U overvalt me wel een beetje.'

'Alleen heel even praten.' Monroe legde zijn handpalm tegen de ruit van de deur. 'Alstublieft.'

'Natuurlijk,' zei Alex. 'Komt u binnen.'

Monroe kwam de zaak in en Alex deed de deur weer op slot. Ze liepen naar het buffet.

'Kan ik u iets aanbieden, een frisdrankje?'

'Nee, dank u,' zei Monroe.

'Pap?' zei Johnny, die met Darlene bij de achterdeur stond.

'Ga maar naar huis, jullie allebei,' zei Alex. 'Ik moet even wat met deze meneer bespreken. Ik kom zo dadelijk ook.'

Alex wachtte tot Johnny en Darlene vertrokken waren, waarna hij gebaarde naar de kruk die het dichtst bij de kassa stond. Toen Monroe zat, ging Alex zelf ook zitten, waarbij hij een kruk tussen hen in vrij liet. Alex zat zelden aan deze kant van het buffet. Hij wist niet wat hij met zijn armen moest doen.

'Dat was uw zoon?'

'Mijn oudste, ja.'

'Aardig joch om te zien.'

'Dank u.'

'Ik heb ook een zoon, hij is soldaat. Kenji zit bij de 10th Mountain Division, 1st Battalion, 3rd Brigade Combat Team.'

'Dat God hem moge behoeden.'

'Ja.'

'Was u daarom in het Walter Reed?'

'Nee, ik werk er. Ik ben fysiotherapeut.'

'Da's bewonderenswaardig.'

'Ik word ervoor betaald, hoor. Dus het is geen vrijwilligerswerk dat ik in mijn vrije tijd doe. Maar ik probeer wel te helpen. Ik voelde me een beetje nutteloos met Kenji die overzees zijn plicht doet.'

Alex knikte. Op de Coca-Colaklok passeerde de grote wijzer de twaalf met een zachte tik. Alex legde zijn onderarm op het buffet en volgde met zijn vinger de kunstmatige nerf in het formica.

'Het spijt me,' zei Alex. 'Ik wil niet onbeleefd zijn. Maar ik begrijp niet helemaal waarom u me komt opzoeken.'

'Ik zoek contact,' zei Monroe. 'Er komt een punt in je leven waarop je de behoefte gaat voelen om dingen af te ronden. Begrijpt u wat ik bedoel?'

Alex knikte. Hij kon niet bedenken wat hij verder moest zeggen.

'We hoeven dit niet allemaal in één keer te doen,' zei Monroe. Hij voelde Alex' verzet en verwarring en vond dat de rest maar moest wachten tot een ander, geschikter moment. 'Belt u me gerust, wanneer u er zelf aan toe bent om nog eens met me te praten.'

Monroe pakte het bonnenblok en de pen die ernaast lag. Hij schreef zijn naam en zijn mobiele nummer op het bovenste vel, scheurde het af en schoof het over het buffet naar Alex toe.

Uit beleefdheid deed Alex hetzelfde.

'Het speet me te horen dat uw zoon gesneuveld is,' zei Monroe.

'Dank u.'

Monroe en Alex kwamen van hun kruk en liepen naar de deur.

'Meneer Monroe.'

'Zeg toch Ray.'

'Je broer... hoe heette hij ook alweer?'

'James.'

'Leeft hij nog?'

'Ja, hoor.'

'Hoe gaat het met hem?'

'Hij is weer vrij. Een paar keer de fout ingegaan, maar nu uit de gevangenis. Hij is terug in Washington en heeft werk. Ja, James maakt het goed.'

Monroe stak Alex ten afscheid zijn hand toe en Alex ging in op dit gebaar.

Nadat Raymond Monroe was vertrokken, zat Alex in de stilte

van de zaak na te denken over de deur die zojuist geopend was. Hij probeerde zich voor te stellen dat hij die deur door zou gaan en vroeg zich af wat hij dan zou vinden.

13

Raymond Monroe reed in zijn bejaarde, goed onderhouden Pontiac Montgomery County in en vervolgens pakte hij de hoofdverkeersweg in noordelijke richting. Hij bereikte het winkelgebied en reed langs de grote ijzerhandel en de Safeway, de pizzeria die in handen van Grieken was en het oude tankstation waar zijn broer James vroeger werkte en inmiddels een zelfbediening was met een supermarktje in de ruimte waar vroeger aan auto's werd gesleuteld. Aan het eind van het winkelgebied, voor de splitsing, sloeg hij links af en reed Heathrow Heights binnen over de glooiing langs de Baltimore & Ohio-spoorbaan.

Volwassenen kwamen thuis van hun werk en kinderen speelden in tuinen en fietsten over de trottoirs, terwijl de schaduwen langer werden in het zwakker wordende licht. Nunzio's, de buurtsuper, zat er allang niet meer. Er waren twee split-levelhuizen voor in de plaats gekomen, waarvan één turquoise gevelbeplating had. Aan het eind van de weg, waar het bos begon, stond het geelgeschilderde hek, daar van countywege neergezet om eenieder die hier niet bekend was te laten weten dat de weg daar ophield.

Raymond zwaaide naar een oude man die hij kende en verderop naar het meisje dat hij lang geleden eens had gekust bij het basketbalveld en dat inmiddels grootmoeder was. Nog steeds kende hij de meeste mensen die hier woonden. Hij had hun ouders gekend en nu herkende hij hun kinderen. De afgelopen vijf jaar waren er enkele hispanic gezinnen in de buurt komen wonen, arbeidersgezinnen met vele kinderen, maar nog steeds was Heathrow Heights een zwarte enclave met een bevolking die trots was op haar strijd en geschiedenis.

Huizen waren opgeknapt of werden nu gerenoveerd. Een aantal huizen was van de grond af aan opnieuw gebouwd, maar de nieuwe panden zagen er even eenvoudig uit als de krotten die ze vervingen. Als mensen wilden pronken, vertrokken ze naar elders. Velen, ook zij wier levensstandaard opmerkelijk verbeterd was, waren in Heathrow Heights blijven wonen.

Rodney Draper, de jeugdvriend van de gebroeders Monroe, was een van de mensen die nooit vertrokken waren. Rodney woonde nog steeds in het huis van wijlen zijn moeder, hoewel niet meer in de kelder. Hij had een vrouw en drie dochters, van wie er een aan de universiteit studeerde. Rodney had eerst geluidsinstallaties verkocht, toen huishoudelijke apparaten en had zich opgewerkt in een kleine onderneming die in de jaren negentig uitgroeide tot een keten met tien vestigingen. Inmiddels was hij de directeur verkoop van het bedrijf en had de zestigurige werkweek die normaal was in de detailhandel. Rodney verdiende behoorlijk, zij het niet opzienbarend, de kost. Raymond passeerde Rodneys huis, dat was uitgebreid, goed werd onderhouden en onlangs opnieuw in de witte verf was gezet. Rodneys auto stond niet voor de deur. Het leek wel alsof hij altijd werkte.

Monroe parkeerde voor het huis van zijn moeder. Het stond niet ver van dat van Rodney in de straat die parallel liep aan de Heathrows hoofdstraat. Ook deze straat liep dood. Toen Monroe over zijn gazon naar de voordeur liep, klonk er uit omliggende tuinen geblaf; ook van honden die zijn geur kenden.

Zijn moeder Almeda zat in de woonkamer van hun huis. Monroe nam haar koude, artritische handen in de zijne, boog zich voorover en kuste haar op de wang.

'Mama.'

'Ray.' Almeda's blik gleed naar de weekendtas in zijn hand. 'Slaap je vannacht hier?'

'Ja.'

Almeda zat in de oude leunstoel van haar man. Raymond had hem zelf opnieuw overtrokken. Haar haren waren wit, de moedervlekken op haar hoofdhuid zichtbaar door de wollige plukjes heen. Op haar dunne polsen en op haar onderarmen lagen dikke aderen. Ze droeg een schone blouse met bloemetjespatroon van Macy's en een zwarte pantalon met een elastieken tailleband. Ze was ver in de tachtig. Als ze stond zag je haar bochel het duidelijkst.

Almeda zou op een gegeven moment professionele verzorging nodig hebben, gesteld dat ze nog veel langer bleef leven. Raymond was vastbesloten om haar uit een verzorgingshuis te houden. Ze was niet ziek, alleen maar zwak. Geldproblemen waren er niet. Het huis was afbetaald en Raymond nam de onroerendezaakbelasting en het gas en licht voor zijn rekening en hij verrichtte de onderhoudswerkzaamheden grotendeels zelf. Almeda ontving een bescheiden oudedagspensioentje plus een cheque van de Veteran's Administration, omdat Ernest tijdens de Tweede Wereldoorlog gediend had. Raymond en zijn moeder konden goed met elkaar opschieten en meestal genoot hij van haar gezelschap. Hij woonde hier graag.

Monroe liep naar de televisie en zette het geluid zachter. Almeda keek naar *Jeopardy* en zoals de meeste oude mensen had ze het geluid altijd te hard staan. Hij ging op de bank zitten, vlak naast haar en boog zich naar haar toe, zodat ze hem goed zou kunnen verstaan.

'Maak je je ergens zorgen over, jongen?'

'Nee hoor.'

'Er is toch niets met Kenji, hè? Heb je van hem gehoord?'

'Nee. Hij heeft het druk, daar komt het door. Hij is veel op patrouille. Hij maakt het vast goed.'

'Problemen met je vriendin dan?'

'Nee, met Kendall gaat het goed. Met ons samen gaat het goed.'

'Dat tussen twee huizen pendelen, gaat zijn tol eisen in een relatie.'

'Wil je me het huis uit schoppen?'

'Waarom trek je niet gewoon bij haar in? Regel een geestelijke, houd een dienst. Geef haar en haar zoon wat hun toekomt.'

'Misschien ga ik dat ook doen. Als ze me willen hebben tenminste.'

'Wie zou jou niet willen hebben?' zei Almeda. 'Een goede man, zoals jij.'

'Zeg, mama...'

'Wat is er?'

'Vandaag ben ik bij een man langsgegaan. Een van de blanke jongens die betrokken was bij het incident, in '72.'

Het incident. Alle betrokkenen hadden het altijd zo genoemd. Almeda, in haar leunstoel, liet haar schouders naar voren hangen.

'Wie van de twee?'

'De knul die door Charles Baker in elkaar getrapt is.'

Almeda vouwde haar handen in haar schoot. 'Hoe heb je hem gevonden?'

'Ik kwam hem toevallig tegen bij het Walter Reed. Alex Pappas. Ik herkende zijn naam en combineerde die met zijn gezicht.'

Almeda knikte. 'En hoe is zijn leven gelopen?'

'Hij kwam eten afleveren bij het hospitaal. Een zoon van hem is gesneuveld in Irak.'

'Afschuwelijk,' zei ze.

'Hij heeft een eettentje in de stad. Hij draagt het litteken dat

Charles hem bezorgd heeft, maar afgezien daarvan weet ik weinig over hem. Ik was niet lang genoeg bij hem om meer over hem te weten te komen. Hij voelde zich slecht op zijn gemak. Logisch, want ik overviel hem.'

'Wat zag je in zijn ogen?'

'Niets slechts.'

'Waarom, Raymond? Waarom zocht je hem op?'

'Dat moest,' zei Raymond.

Almeda stak hem haar hand toe. Hij pakte hem, een kluwentje botjes.

'Ach, ik begrijp het ook wel,' zei ze.

'Het kan toch niet toevallig zijn dat onze paden elkaar kruisten? 's Nachts bid ik voor mijn zoon, terwijl ik weet dat ik van binnen nog steeds onrein ben. Ik kan niet langer zo leven.'

'Komt er nog een gesprek met die man?'

'Ik heb de deur opengelaten. Het is nu aan hem.'

'Als die man erop in wil gaan, moet je je broer erbij betrekken.'

'Ben ik ook van plan.'

'Hij heeft het meest geleden.'

'Inderdaad.'

'Is dat alles?' vroeg Almeda.

Hij had haar niet alles verteld. Hij wilde niet dat ze zich zorgen maakte om James.

'Verder niets, nee,' zei Raymond Monroe met afgewende blik.

Deon was bij zijn moeder thuis in de woonkamer, waar hij beurtelings in een stoel zat en heen en weer liep. Sinds de avond ervoor waren Cody en hij erin geslaagd om de wiet die ze van Dominique hadden gekocht bijna helemaal te slijten. Hun dag had bestaan uit met hun wegwerpmobieltjes mensen bellen, afspraken regelen, bestellingen afleveren op parkeerterreinen, in garages, huizen en flats en geld innen. Wat ze niet hadden verkocht, hadden ze zelf opgerookt. De transacties waren snel en succesvol verlopen en elk had in minder dan een etmaal duizend dollar gevangen. Deon hoorde blij te zijn, maar was dat niet. Hij was het beu om met Cody op te trekken. Zijn waffel stond niet stil, zelfs niet wanneer hij stoned was. Deon werd nog net niet helemaal gek van Cody.

Hij was naar huis gegaan om wat tot rust te komen, die avond met zijn moeder te eten, samen televisie te kijken, te praten. Maar tot zijn ergernis bleek Charles Baker in huis te zijn toen hij arriveerde. Deon hoorde Baker boven. Hij verhief zijn stem tegen zijn moeder, waarop zij op schrille toon reageerde en protesteerde. Daarna was Baker weer te horen, nog harder, nog beangstigender. Door intimidatie en de kracht van zijn stem, maakte hij een eind aan de ruzie die ze hadden. Vervolgens bleef het enkele minuten stil, waarna er ritmisch gepiep klonk. Dat waren de matrasveren van het bed van zijn moeder die werden bewerkt.

Deon wilde het huis verlaten, maar kon niet. Hij zou zijn moeder niet alleen achterlaten bij uitschot als Charles Baker. Baker lag boven op zijn moeder te stoten. Deon hoorde het gepiep van de matras en de poten van het bed die omhoog leken te komen van de hardhouten vloer. Deon wreef over zijn slapen en ijsbeerde, maar weggaan deed hij niet.

Opnieuw werd het stil in huis. Boven hoorde Deon zijn moeders slaapkamerdeur dichtgaan en meteen daarna kwam Baker naar beneden. Onder aan de trap stond hij zijn hemd in zijn broek te stoppen en hij knikte naar Deon, die inmiddels weer in een gecapitonneerde leunstoel zat.

'Hoe lang ben jij hier al?' zei Baker.

'Een poosje.'

'Dan heb je ons horen ruziën.'

'Zo te horen was u het meest aan het woord.'

'Je moeder is emotioneel. Zo zijn vrouwen.'

'Komt ze voor het eten naar beneden?'

'Ze moet uitrusten,' zei Baker met een gore grijns.

'Dus u blijft vannacht niet hier,' zei Deon. Het was geen vraag.

Baker hield zijn lachje vast en keek de jongen strak aan. Deze toon moesten mensen niet tegen hem aanslaan, maar hij zou het laten passeren. Ik ben die droge kut toch zat, dacht hij. Waarom zou ik wíllen blijven?

'Ik slaap vanavond in mijn groepshuis,' zei Baker. 'Maar ik moet naar 13th en Fairmont, naar een vriend. Kun jij me daar afzetten?'

'Ik ging zelf ook net weg,' zei Deon, blij dat hij die man zijn moeders huis uit kreeg.

Deon reed de Marauder in oostelijke richting met Charles Baker naast hem. De avond was ingevallen en de gloed van de lampjes op het dashboard kleurde hun gezichten. Baker bekeek Deon, die zijn ruimte achter het stuur helemaal vulde, hoewel de stoel een heel eind naar achteren was geschoven.

'Je mag er wezen,' zei Baker. 'Hoeveel weeg je, honderdtien kilo?'

'Zo ongeveer.'

'Ooit football gespeeld?'

'Nooit.'

'Je begint te dik te worden. Al die Macs en dat spleetogenvoer dat jij eet. Je moet uitkijken, want je hebt al tietjes, net een wijf.'

Deon bleef recht voor zich uit kijken, remde en kwam tot stilstand voor een van de vele gelijkwaardige kruisingen die je tegenwoordig op 13th Street had.

'Met jouw bouw,' zei Baker, 'hoef je maar even naar een krachthonk te gaan om er puik uit te zien. Toen ik nog aan krachttraining deed was ik een beest.'

Ja, dacht Deon, toen je in de bak zat.

'Jij en die maat van je spannen je lichamelijk niet genoeg in,' zei Baker. 'Dat is wat ik maar wilde zeggen. Zo zijn jonge kerels tegenwoordig. Your Tubes en Your Space, de chit-chatrooms en hoe die onzin verder ook mag heten. Jullie gebruiken je spieren gewoon niet meer. Ik gebruik mijn spieren wel. Die in mijn hoofd en in mijn rug.'

Deon accelereerde toen hij de flauwe helling op reed. De Flowmasters gromden onder de Mercury.

'Tuurlijk, met al dat geld dat jij hebt zul je de noodzaak niet voelen om fysiek bezig te zijn. Ik heb het over echt werk, over moeten zwoegen en zweten. Want Cody en jij zitten goed bij kas. Heb ik gelijk of niet?'

'We hebben niet te klagen,' zei Deon.

'Eens raden. Vandaag hebben jullie een paar duizend, meer nog, verdiend.'

'Zoiets.'

'En ik leeg pispotten en boen de strontvlekken van het porselein. Voor hoeveel? Een paar honderd dollar per week? Hoe denk je dat ik me daardoor voel?'

'Waar wilt u heen?'

'Waar ik heen wil? Jij bent niet helemaal goed, weet je. Waar ik heen wil is: ik ben nu al een poosje in je moeders leven en ik ben goed voor haar. Je zou denken dat haar zoon op zijn beurt iets aardigs zou willen doen voor de man die goed is voor zijn moeder. Meneer Charles een klein aandeel geven in dat leuke handeltje van jou en je maat.'

'We zijn tevreden zo,' zei Deon.

'Maar ik niet.'

'Wat ik probeer duidelijk te maken, is dat we ons ding al hadden lopen voordat u verscheen, en we zijn niet van plan om uit te breiden. Ik ben tevreden met wat we hebben.'

'Zo tevreden zie je er niet uit. Zo vaak zie ik jou niet lachen. Je bent aan de uppers en weet ik wat, maar blij lijk je me niet.'

'Ik voel me prima.'

'En dat witte jong? Is hij ook tevreden?'

'Zou u aan hem zelf moeten vragen.'

'Ja, zal ik zeker doen. Want die Cody lijkt me het ambitieuze type. Meer dan jij.'

'Waar moet ik u afzetten?'

'Fairmont, zei ik toch. We hebben nog een paar blokken te gaan.' Baker trommelde met zijn vingers op het dashboard. 'Ik vermoed dat jij het simpelweg niet ziet. Je hebt gewoon geen visie.'

Deon vroeg Baker niet wat hij niet zag.

'Ik wil niet eens in de buurt van marihuana komen,' ging Baker verder. 'Ik ga mijn voorwaardelijk niet verspelen vanwege drugs. En zou ik wel betrokken raken bij het eh... ambachtelijk gedeelte van de handel, dan zou ik het alleen maar verkloten. Ik ben niet goed in het fijnere werk. Om je de waarheid te zeggen, ik heb geen bal verstand van wiet verkopen. Maar waar ik wel verstand van heb, is de menselijke natuur.'

'Waar wilt u heen?'

'Meteen toen ik je vriend Dominique zag, wist ik: dat is een bruinwerker. Ik heb die stinkerds snel door, daar heb ik ervaring in.'

Ongetwijfeld, dacht Deon.

'Ik wil maar zeggen, zet mij in een kamer met Dominiekje, dan heb ik zo een betere deal voor jullie geregeld. Jullie winstmarge opgekrikt. Dat is de rol die ik voor jullie ga spelen. En dat is geen opschepperij. Het gaat me lukken.'

'Dominique heeft mensen,' zei Deon.

'Wat voor mensen?'

'Hij heeft een broer, een kwaadaardig type.'

'Nee, toch? Door hun aderen stroomt hetzelfde bloed. Ik ben niet onder de indruk.'

'Voor ons is het oké zoals het is,' zei Deon.

'Jij blijft koppig, hè?' zei Baker joviaal. 'Best. Barst jij maar, knul. Ik heb niks van je nodig. Nog heel even, dan loopt mijn schip binnen en kom jij bij míj aan om te lenen.'

'We zijn er,' zei Deon. 'Stop hier.'

Iets voor Fairmont zette Deon de Mercury aan de stoeprand en liet hem stationair draaien. Twee blokken verderop, in Clifton Street, wemelde het van de keurig geklede jonge blanken, die met de metro van hun werk kwamen en over de grote heuvel waarop de Cardozo High School stond naar hun appartementen en huizen liepen.

'Moet je dat zien,' zei Baker. 'Denken dat ze hier gewoon kunnen komen wonen... geen benul van waar ze zijn of wat hun kan overkomen. De kapsones waarmee ze hier rondstappen. Denken dat ze onze stad kunnen overnemen.'

'Dacht dat u in Maryland was opgegroeid,' zei Deon.

'Ga me niet verbeteren, jongen.' In het schijnsel van het dashboardlampje was Bakers gezicht oud en verbeten. 'Daar hou ik niet van.'

'Ik bedoelde er niets mee.'

'Weet ik, bolle.' Charles Baker dwong zich tot een glimlach. 'Bedankt voor de lift. We spreken elkaar nog wel.'

Deon Brown zag Baker in westelijke richting over Fairmont lopen; zijn kraag nonchalant opgeslagen, zijn armen losjes bewegend. Deon reed naar het oosten, sloeg links af op 12th Street, en reed naar de bovenstad.

Charles Baker liep tot halverwege het blok, waar een rijtje aaneengebouwde huizen met torentjes stond. Hij beklom het trapje naar een pand dat was opgedeeld in flats. Hij stapte de hal binnen en drukte op een van de bruine bellen naast papiertjes achter rechthoekige stukjes glas.

'Ja?' klonk het blikkerig over de intercom.

'Ik ben het, je maat Charles.'

Er volgde een lange stilte. 'En?'

'Ik was toch in de buurt, en toen dacht ik laat ik even gedag gaan zeggen.' Baker verbeeldde zich een zucht te horen. Misschien was het statische ruis in de microfoon. Hij zou het niet weten.

Er ging een zoemer en Baker opende de ontsloten deur van glas en hout. Hij liep door een kleine, schone gang en nam de trap naar de eerste verdieping, waar hij aan een deur met plakcijfers erop klopte.

Er werd opengedaan. In de deuropening stond een lange vent als een kleerkast in een blauwe Dickiewerkbroek en dito, losgeknoopt, hemd. Zijn witte T-shirt hing slonzig over zijn dikke buik. In een eeltige, vlezige hand hield hij een blikje Pabst Blue Ribbonbier. Zijn ogen waren groot en bloeddoorlopen. Zijn haar was onverzorgd en onmodieus, een afro die tussen kort en lang in zat.

'Wat moet je?' zei de man.

'Spreek jij zo tegen een oude makker?'

'Je moet iets van me. Anders was je hier niet.'

'Ik wilde bij je op bezoek komen. Maar als ik hier op de gang blijf staan, gaat dat niet.'

'Ik moet morgenochtend vroeg op voor mijn werk.'

'Nou, ik heb morgen ook een grote dag,' zei Baker. 'Mag ik binnenkomen?'

De grote man met de dikke buik draaide hem de rug toe en liep de donkere flat in, waar een televisie hard aanstond. Charles Baker ging naar binnen en deed de deur achter zich dicht.

De man ging in zijn lievelingsstoel, een leunstoel, zitten en nam een grote slok bier. Hij morste wat en dat drupte van zijn kin op zijn werkhemd. De man veegde over de natte plek, een opgenaaide witte, ovale applicatie met zijn naam erop.

'Bied jij je bezoek geen biertje aan?' zei Baker.

'Pak er maar één,' zei de man.

'Ik wist wel dat je een echte vriend was.' Baker liep naar de koelkast in het piepkleine keukentje. Hij kostte hem geen moeite om die te vinden. Hij was hier eerder geweest.

James Monroe zat in de leunstoel en staarde voor zich uit, het licht van de televisie flikkerde in zijn zwarte ogen.

14

Alex en Vicki Pappas zaten elk met een glas wijn in hun woonkamer; rood voor Alex, wit voor Vicki. Hij had haar verteld over de
werkdag van hun zoon en over dat Johnny zo goed was in de omgang met de klanten en het personeel. Vicki zei dat Johnny's aanwezigheid in de zaak op den duur goed zou zijn voor hun relatie
en dat ze daar nader tot elkaar zouden komen. Hij had hierover
willen redetwisten, maar kon niet anders dan het met haar eens
zijn. Johnny was goed voor de zaak en zelf vond hij het prettig als
hij daar was.

Alex vertelde Vicki over de man die na sluitingstijd bij hem
was geweest. Ze luisterde aandachtig en stelde een paar vragen,
maar leek niet echt veel zin te hebben om er lang over door te praten of belangstelling te hebben voor het onderwerp op zich. Het
incident had zich voorgedaan jaren voordat zij Alex leerde kennen. Voor haar was het een abstracte gebeurtenis die een jongen
was overkomen die zij niet kende en die weinig te maken had
met de man van wie zij hield en met wie ze zesentwintig jaar getrouwd was.

'Je denkt toch niet dat het een zwendeltje is?'

'Nee, hij is wie hij zegt te zijn,' zei Alex.

'Wat ik je vroeg is, denk je dat het om afpersing gaat?'

'Nee, dat denk ik niet. Hij leek me sympathiek.'

'Ga je hem bellen?'

'Denk jij dat ik dat moet doen?'

'Lieverd, dat moet jij zelf bepalen.' Vicki haalde haar schouders op en stond op uit haar stoel. 'Ik ben afgepeigerd. Ik ga naar bed.'

Ze boog zich over hem heen en kuste hem op de mond.

Hij pakte haar hand om de kus te rekken. 'Welterusten, Vicky.'

'Kalinichtah.'

Nadat Alex zichzelf het laatste restje wijn uit de fles had ingeschonken, liep hij naar de computer in de keuken en ging internet op. Eerst zocht hij in de archieven van *The Washington Post*. Hij vond een aantal artikelen over het incident, van het eerste berichtje waarin melding werd gemaakt van de misdaad in Metro, tot het bericht over de schuldigverklaring achttien maanden later, in het voorjaar van 1974. Indertijd had hij de meeste van deze artikelen gelezen, er zelfs een paar van bewaard met het vermoeden dat hij ze op een dag nog eens een keer zou willen lezen. Maar toen hij een paar jaar getrouwd was en hij vader van een zoon was, gooide hij ze weg, in de hoop dat dit hoofdstuk van zijn leven definitief was afgesloten.

Zijn herinnering aan die periode was even wazig als die aan het incident zelf. Hij was niet op de begrafenis van Billy Cachoris geweest. Op het moment van Billy's begrafenis had Alex in het Holy Cross-ziekenhuis gelegen en later, in de herfst, waren twee hersteloperaties gevolgd. Tijdens zijn verblijf in het ziekenhuis zat hij onder de pillen en hij leed dag in dag uit pijn. Zijn enige vermaak bestond uit een hoog aangebrachte televisie, die zijn goede oog overbelastte, en zijn door zijn ouders van thuis meegebrachte wekkerradio. Hij luisterde naar de top 40, want in zijn kamer kon hij de progressieve zenders waarvan hij hield niet ontvangen. De nummers die er gedraaid werden, dreven de spot met hem. 'Rocket Man'. 'Black and White'. 'Precious and Few'. Nummers die op die dag ook gedraaid waren. Nummers waarvan Billy de tekst had veranderd, waarover ze grappen hadden gemaakt, slechts uren, minuten voordat Billy werd vermoord. Ter inleiding van de nummers zei de discjockey op PGC steeds weer: '1972, dit is de soundtrack van jouw leven!' Waarop hij, Alex, dan dacht: wat een bak.

Zoals veel tienerjongens die zwaar in de problemen zijn geraakt, had hij het gevoel dat de zon nooit meer aan zijn kant van de straat zou schijnen. Weer thuis, luisterde hij onophoudelijk naar zijn *Blue Oyster Cult* lp en almaar weer draaide hij het nummer 'Then Came the Last Days of May'. 'Three good buddies were laughin and smokin'/ In the back of a rented Ford/ They couldn't know they weren't going far.' Het leek wel alsof het voor hem en zijn vrienden geschreven was.

Alex had nadien vrijwel geen contact meer met Pete Whitten, eigenlijk alleen nog in aanwezigheid van juristen. Petes vader had hem de omgang met Alex verboden, en de paar telefoongesprekken die ze voerden verliepen ongemakkelijk en waren beladen met lange stiltes. Pete zou de zomer erop naar een universiteit in een andere staat gaan, onveranderd door de gebeurtenis, aangezien hem noch Alex iets ten laste werd gelegd. Alex begreep dat hun vriendschap over was.

Voor Alex was het vreemdst aan de nasleep zijn terugkeer naar school. Hij vond zijn gezicht lelijk en angstaanjagend, hoewel zijn eigen beeld ervan natuurlijk veel erger was dan de realiteit. Zijn oog hing in de hoek enorm af en er lag wasachtig littekenweefsel omheen. Opvallen zou dit altijd, maar het was verre van weerzinwekkend. Hij zou er alleen voorgoed droevig door uitzien. In de veronderstelling dat Karen hem niet meer aantrekkelijk zou vinden, maakte hij het uit met haar. Op een dag, in de hal van de E-vleugel van zijn school, maakte een jongen, ene Bobby Cohen, in alle onschuld een opmerking tegen hem. 'Zeg, ik hoorde dat jij te grazen bent genomen door een stelletje zwarte knakkers.' Hierop greep Alex deze Bobby bij zijn shirt en smeet hem tegen de opbergkluisjes. De jongen had niets verkeerds gezegd, maar Alex had gezocht naar een aanleiding om te kunnen ontploffen.

Hij werd met de dag nukkiger. Hij was geen ruwe jongen, maar had zich de reputatie van rotzak verworven, enkel omdat hij betrokken was geweest bij een racistisch incident waarbij een vriend van hem was doodgeschoten. De zwarte leerlingen op zijn highschool, zo'n dertig op een populatie van vijfhonderd leerlingen, spraken niet meer tegen hem. Voor het incident had hij het met enkelen van hen goed kunnen vinden, merendeels door de omgang op het basketbalveld bij het parkeerterrein van de docenten. Samen basketballen was verleden tijd. Een groep nozems, de laatsten van hun soort, probeerde contact met hem te maken, in de veronderstelling dat hij hun racistische vooroordelen deelde. Ze noemden zich fantasieloos The White Masters. Hij wees hun toenaderingspogingen af. Hij wilde maar een ding en dat was zijn laatste schooljaar doorkomen zonder gezanik. Hij ging gebukt onder schuldgevoelens over Billy's dood en verlangde niet naar nieuwe vrienden. Hij wilde alleen zijn.

In zekere zin bleef hij door bij zijn vader te werken mens. De klanten, lezers van *The Washington Post* en *The Evening Star*, wisten wel degelijk van zijn betrokkenheid bij het gebeurde. Sommigen meden hem, maar in meerderheid bleven ze beleefd. Inez, typisch voor haar, zweeg er in alle talen over. Wanneer hij langs haar koude-keukenhoek kwam, grinnikte ze soms op een manier alsof ze iets over hem wist wat hij zelf niet wist. Om het even wat Junior en Paulette vonden, ze hielden het voor zich. Het allermoeilijkste had Alex het gevonden om Darlene voor de eerste keer onder ogen te komen. Maar gelukkig deed Darlene aardig.

'Doet het pijn?' zei ze en ze legde haar vingers op het litteken. Afgezien van de artsen en zijn moeder, was zij de eerste die dit had gedaan.

'Niet meer,' zei Alex. 'Luister 's, Darlene...'

'Je hoeft er niets over te zeggen. Het deed me pijn toen ik in de krant over je las, dat is zo. Maar deels kwam dat omdat ik wist dat jij ook pijn leed. Kijk, iedereen kan in de verkeerde auto stappen. Want iets anders was het niet. Iets anders kon het niet zijn. Alex, ik kén je. Dus je hoeft er geen woord meer over vuil te maken.'

Soms zaten Alex en Darlene na sluitingstijd, wanneer het werk gedaan was, in de donkerder wordende zaak. Zijn vader was dan al weg en had hem de sleutel gegeven. Met zijn tweetjes zaten ze rustig te praten en naar muziek te luisteren op de draagbare 8-trackcassettespeler die Darlene altijd meenam naar haar werk. Marvin Gaye, The Isley Brothers en Curtis Mayfield. Vooral de cassette *Curtis* stond hem nog bij, met de coverfoto van de man die daar nonchalant zat in zijn citroengele pak. Tijdloze liedjes als: 'The Other Side of Town', 'The Making of You', 'We the People Who Are Darker Than Blue'. Curtis' prachtige falsettostem en zijn dromerige arrangementen die zacht in de zaak klonken, terwijl twee tieners met elkaar praatten over tienerdingen. Soms zaten ze hand in hand, maar verder dan dat gingen ze nooit, want ze waren vrienden.

Alex' rol tijdens het proces was minimaal. Hij was gecoacht door de officier van justitie, een openbare aanklager die Ira Sanborn heette. Maar in de getuigenbank viel er weinig te vertellen. Hij had het schieten immers niet gezien. Hij had de jongen die zijn gezicht verwoestte niet gezien. Hij kon alleen ingaan op gewaarwordingen en op de geluiden en de woorden die hij had gehoord. Tijdens het verhoor waaraan Arturo Furioso, de nog jonge advocaat die aan de tegenpartij was toegewezen, Alex en Pete onderwierp, schilderde hij hen zo veel mogelijk af als jonge racisten, die uiteindelijk voor de moord verantwoordelijk waren, omdat ze het gebeuren zelf in gang hadden gezet. Sanborn kwam echter met genoeg getuigen die afdoende wisten te weerleggen dat de jongens racisten zouden zijn.

Voor de jury waren er het feit dat er een tiener om het leven was gebracht en de aanblik van Alex' gezicht. Evenmin bestond er onduidelijkheid over wie de trekker had overgehaald. De oudste van de twee broers, James Monroe, bekende enkele uren na het incident de schutter te zijn. Hij, zijn jongere broer Raymond en hun vriend Charles Baker, die had bekend Alex een pak slaag gegeven te hebben, werd moord, geweldpleging met voorbedachten rade en diverse overtredingen van de vuurwapenwet ten laste gelegd. Het was alleen nog een kwestie, zei Sanborn onder vier ogen tegen de familie Pappas, of de tenlastlegging moord met voorbedachten rade of doodslag zou luiden en wie van de drie er veroordeeld zouden worden en achter de tralies gingen.

Alex, voor de monitor gezeten, verliet de site van *The Washington Post* zonder het laatste artikel in het archief te lezen. Hij typte 'Heathrow Heights' plus 'moord' in bij een zoekmachine en vond ten slotte een site waarop deeltranscripties werden verkocht van processen die tot vijftig jaar geleden waren gevoerd. Met zijn creditcard betaalde hij $ 4,95 om toegang tot de site te krijgen. Vervolgens printte hij een document met de kop: 'James Monroe versus de staat Maryland', gevolgd door datum en zaaknummer en de naam van de rechter: Conners.

Alex Pappas trok de verstelbare arm van de bureaulamp naar zich toe. Hij ging ervoor zitten om het document te lezen.

Op een hete zomerdag reden drie jongens de wijk Heathrow Heights in Montgomery County in en 'voor de lol' slingerden ze een kersentaartje en een raciaal scheldwoord naar drie zwarte jongens die voor supermarkt Nunzio's op straat stonden. In het rechtbankverslag werd hun daad een 'perverse vorm van vermaak' genoemd. Een van de inzittenden van het voertuig, Peter Whitten, verklaarde dat het plan afkomstig was van de chauffeur, William Cachoris (de derde inzittende, Alexander Pappas, verklaarde zich niet te kunnen herinneren wie er Heathrow

Heights in wilde rijden). Nadat de taart was gegooid en het scheldwoord geroepen, poogde Cachoris weg te rijden met het voertuig, maar de straat liep dood, waardoor hij noodgedwongen moest keren. Op dat moment verliet Peter Whitten het voertuig en ontkwam te voet via het bos en langs de spoorbaan. Cachoris en de overgebleven passagier Pappas reden terug, maar nu versperden de drie jongens hun de weg. Cachoris stapte uit de auto om met de jongens te praten. Hij vroeg: 'Kunnen we dit niet oplossen?' Een van de drie jongens gaf hem een vuistslag in het gezicht, waardoor een tand uit zijn mond werd geslagen en enkele andere los kwamen te zitten. Alexander Pappas poogde te voet te ontsnappen, maar werd gegrepen en mishandeld, hetgeen resulteerde in ernstige verwondingen aan zijn lichaam en gezicht. Een van de jongens haalde vervolgens een pistool tevoorschijn en schoot William Cachoris in de rug. De kogel doorboorde zijn long en hart. Hij stierf ter plaatse.

De politie arriveerde en grendelde de wijk af. Een vrouw (haar naam was geschrapt in het document) stond op het moment dat het schot gelost werd in Nunzio's. Ze had door het raam toegekeken en zei tegen de bedrijfsleider dat hij het alarmnummer moest bellen. Tijdens verhoor beschreef zij de bij de misdaad betrokken jongens, maar ze beweerde dat zij ze niet kon identificeren. Na indringender verhoord te zijn, herinnerde zij zich hun namen.

De politie viel het huis binnen van Ernest en Almeda Monroe, die beiden op hun werk waren, en arresteerde hun zoons James en Raymond Monroe, die zich niet verzetten. In de ladekast van de oudste broer trof de politie een goedkoop .38-pistool aan. De vrouw in Nunzio's had de schutter beschreven als een lange jonge man, die een T-shirt droeg waarop met de hand cijfers waren geschreven. James Monroe droeg dit shirt toen de politie hem aantrof. Er zaten bloedvlekken op. Bij zijn arrestatie gaf James Monroe toe het schot gelost te hebben dat William Cachoris doodde. Ballistisch onderzoek bevestigde dat de kogel die Cachoris had gedood met het pistool van Monroe was afgeschoten.

Na Monroe arresteerde de politie Charles Baker in het huis van zijn moeder Carlotta Baker, een werkloze, ongehuwde kapster. Op het politiebureau bekende Charles Baker de mishandeling van Alexander Pappas.

Al lezende voelde Alex zijn gezicht warmer worden.

Tijdens het proces getuigde Baker tegen James Monroe in ruil voor het laten schrappen van moord uit de tenlastlegging en een lichter vonnis, maar dan moest hij de hem ten laste gelegde mishandeling wel bekennen. Conform de vooraf gemaakte deal zou de staat Maryland voor Baker een vonnis eisen van minder dan een jaar. In de rechtszaal, in de getuigenbank, zei Baker: 'James schoot de jongen neer', en hij wees James aan voor de jury. Furioso, zijn advocaat, stelde Baker vragen over zijn gemaakte deal, waarop hij bereidwillig inging. Vervolgens vroeg hij hem of de politie zijn bekentenis op enigerlei wijze had afgedwongen. Hierop zei Baker: 'De politie kocht een fles Sneaky Pete voor me. Die heb ik leeggedronken, maar daarvan ging ik niet praten. Ik had last van mijn geweten.' Furioso probeerde er een nietig geding op grond van omkoping uit te slepen, maar rechter Conners vond zijn argumentatie zwak en ongerechtvaardigd en Furioso's verzoek werd afgewezen.

James Monroe werd schuldig bevonden aan doodslag in de eerste graad, mishandeling en diverse overtredingen van de vuurwapenwet. Baker werd veroordeeld wegens mishandeling met de bedoeling zwaar letsel toe te brengen. De jongere broer Raymond werd vrijgesproken.

Alex legde het document neer en keerde terug naar het archief van *The Washington Post*, waar hij het laatste verhaal over het gebeuren ophaalde. Het ging over de veroordeling van James Monroe.

Tijdens een hoorzitting voorafgaand aan de uitspraak, overhandigde Furioso de rechter een petitie, die was ondertekend door ruim honderd inwoners van Heathrow Heights. Er werd om clementie gevraagd en betoogd dat William Cachoris, Peter Whitten en Alexander Pappas 'een racistisch gemotiveerde daad van agressie' hadden begaan tegen hun 'vreedzame gemeenschap en haar burgers' en dat dit de directe aanleiding was geweest voor de schietpartij.

Rechter Conners verklaarde dat hij de petitie in overweging zou nemen. Maar tijdens de zitting waarin uitspraak werd gedaan, verwierp hij het idee dat gewicht toegekend moest worden aan de context van 'de streek'. 'William Cachoris en zijn vrienden namen die dag een slechte beslissing, een erg domme en krenkende beslissing... maar op geen enkele wijze rechtvaardigt hun domheid het doden van een mens.' Conners zei verder nog: 'In Montgomery County gebeuren deze dingen aan de lopende band. Wij allemaal slikken racistische onzin. Ik zie het in mijn eigen buurt, en nooit is er sprake van deze mate van vergelding.'

The Post maakte melding van luider wordend gemompel in de rechtszaal, misschien een reactie van ongeloof, aangezien men wist dat Conners in Bethesda woonde, een van de blankste en rijkste gebieden in Montgomery County.

Rechter Conners veroordeelde James Monroe tot tien jaar gevangenisstraf wegens doodslag. Hij zou na tweeënhalf jaar in aanmerking komen voor voorwaardelijke vrijlating. Daarnaast veroordeelde Conners Monroe tot twee jaar gevangenisstraf wegens mishandeling en drie jaar wegens overtredingen van de wapenwet. Deze straffen zou hij tegelijk met het vonnis wegens doodslag uitzitten. Baker kreeg de overeengekomen straftijd van minder dan een jaar opgelegd. Furioso, de verdediger, zei in hoger beroep te zullen gaan. In het archief van *The Washington Post* waren geen verdere artikelen over de zaak opgenomen.

Alex Papas bleef nog even zitten en streek met een vinger door het stof dat op de computertafel lag. Hij zette er een streep in en trok daar toen nog een streep doorheen, zodat ze samen een kruis vormden. Hij knipte de lamp uit, liep naar de voordeur van het huis om te controleren of die op slot zat en liet een lamp aan voor Johnny, die met een vriend naar de film was. Boven liep hij langs de kamer van Gus zonder erbinnen te gaan.

Alex had zichzelf ervan overtuigd dat de dood van Gus stom toeval was geweest. Op de laatste dag van zijn leven was de chauffeur van de Humvee waarin Gus zat niet de ene maar de andere weg ingeslagen. En op de weg die hij had genomen, lag een bermbom verborgen onder steenslag. Stuurde God de chauffeur van de Humvee die weg op? Dat kon Alex niet geloven. God gaf ons het leven en daarna beschermde noch deerde Hij ons. We waren op onszelf aangewezen. Maar hoe zat dat dan met zonde? Voor zonde bestond vast straf.

Alex had op die bewuste dag uit de Torino kunnen stappen. Alex had kunnen eisen dat Billy de auto stopte. Hij wist dat het verkeerd was wat ze gingen doen. Hij had het laten gebeuren. Door zíjn dadeloosheid waren er vele levens verwoest. Een jonge man was naar de gevangenis gegaan. Billy was dood. Gus was ook dood.

Alex kleedde zich uit en stapte in bed. Vicki bewoog even. Alex legde zijn hand op haar schouder en gaf er een kneepje in.

'Vicki?'

'Wat?' zei ze zonder haar ogen open te doen.

'Ik ga die man bellen,' zei Alex.

'Ga slapen.'

Alex deed het bedlampje uit. Maar slapen deed hij niet.

15

De flat van James Monroe was erg klein. Hij bestond uit één kamer en daarin stonden een tweepersoonsbed, een goedkope ladekast, twee stoelen, een televisietoestel op een stelling en een cd-speler op een verrijdbaar karretje van gevlochten ijzerdraad. In de keuken kon Monroe zich nauwelijks keren. Wanneer hij in de wc op de pot zat, moest hij zijn armen stijf tegen zich aan gedrukt houden, zodat ze de muren niet raakten.

James Monroe en Charles Baker zaten dicht bij elkaar op de twee stoelen. Allebei dronken ze bier. Monroe keek televisie en Baker praatte.

Monroe was niet echt dol op het programma waarnaar ze keken. Het was de in Miami gesitueerde serie *Crime Scene Investigators*, en hij vond het totaal ongeloofwaardig allemaal. Maar het was makkelijker om naar het programma te kijken dan zijn onverdeelde aandacht aan Baker te geven.

'Nou gaat die rooie iemand neerknallen,' zei Baker. 'In zijn designerpak en met zijn zonnebril op. We weten toch allemaal dat dit larie is.'

'Larie, wat?'

'Die rechercheurs in *csi*, die hun pistool trekken en mensen afknallen. Die shit gebeurt toch nooit niet. Zelfs in het echt trekt de politie meestal geen wapen. Maar onze rooie legt iedere week wel een smeerlap om. Met dat mooie bos haar van hem, wapperend in de wind.'

Monroe herinnerde zich uit een van de vele boeken die hij in de gevangenis gelezen had, een passage over Amerikaanse televisieprogramma's met criminaliteit als onderwerp. De auteur noemde het een 'fascistoïde genre', omdat in deze programma's de criminelen altijd werden gepakt en de politie en de aanklagers altijd wonnen. Deze programma's waarschuwden burgers feitelijk dat ze zich moesten gedragen en dat als ze het waagden om de wet te overtreden, ze gepakt en in de gevangenis gezet zouden worden. Monroe had een beetje gegrinnikt toen hij dit las. Mensen wilden het idee hebben dat ze in een veilige wereld leefden. De schrijvers van zulke programma's verdienden hun geld gewoon met het opdissen van de leugens waarnaar burgers hunkerden.

'Pff,' zei Monroe.

'Meer heb je er niet over te zeggen?'

'Ik probeer hiernaar te kijken.'

'En dat andere?'

'Dat ándere?'

'Waar ik je over vertelde. Mijn afspraak.'

Baker was Monroe komen vertellen over zijn lunchafspraak met Peter Whitten, de volgende dag. Monroe had alleen maar wat met zijn hoofd geschud en bleef met een uitdrukkingsloos gezicht strak naar de tv kijken.

'Nou?'

Monroe nam een grote slok bier.

'Ik heb je nódig, man,' zei Baker. 'Je moet met me meekomen. Je hoeft niets te zeggen, alleen maar naast me kolossaal zitten te zijn. Dat zal die vent iets duidelijk maken, zonder dat ik hem rechtstreeks hoef te bedreigen. Hij zal het zien; zal wel moeten.'

Monroe veegde iets uit zijn ooghoek.

'Die vent heeft centen,' zei Baker. 'Daar kunnen wij een beetje van krijgen. We hebben er récht op, snap je. Ik zal royaal zijn en je er een deel van geven, omdat je meekomt. Niet de helft of zo, maar wel iets. En daarna leg ik mijn vinger op die andere. Ik ga ermee door en pak hem op dezelfde manier. Neem van mij aan dat die twee zich schuldig voelen. In de krant schepte die Whitten op wat voor een grote vriend van de "neger" hij is. Nou, ik zal hem de kans geven om dat te tonen. Doet hij dat niet, dan moet hij wel weten dat ik zijn reputatie zal afbranden.'

'Nee,' zei Monroe.

'Wat?'

'Ik wil er niets mee te maken hebben.'

'Je zit er al in.'

'Mooi niet.'

'Je handschrift staat op de kladbrief. Hoe kun je zeggen dat jij er niets mee te maken hebt?'

Het was waar. James had verbeteringen aangebracht in de eerste, met de hand geschreven versie, na hiertoe aangezet te zijn door Charles. Omdat James die avond te veel bier had gedronken en hij de alcohol in plaats van zijn gezond verstand liet spreken en dus de consequenties niet doordacht. Omdat Charles zelf te dom was om een leesbare, grammaticaal correcte brief zonder spelfouten te schrijven. Omdat James alleen maar wilde dat Charles ophoepelde en de brief corrigeren hem de enige manier leek om hem zijn flat uit te krijgen. James had nooit gedacht dat Baker het echt zou doen. Hij dacht dat Baker maar weer wat zat te ouwehoeren.

Sinds het incident had hij een probleem met nee zeggen tegen Charles. Dit had hem in allerhande moeilijkheden gebracht. Een keer was hij er opnieuw door in de gevangenis beland.

'Ik wil er niets mee te maken hebben,' herhaalde Monroe.

'Geld wil je zeker ook niet?'

'Ik werk voor mijn geld.'

'In een kouwe garage.'

'Waar dan ook. Ik werk ervoor.'

Baker kwam uit zijn stoel. Hij ijsbeerde in een boogje door de kamer. Dit werd hij beu en toen priemde hij met een vinger naar Monroes gezicht. 'Je bent het me verschuldigd.'

Nu kwam ook Monroe overeind en hij richtte zich in zijn volle lengte op. Zijn ogen versmalden zich, waarop Baker zijn hand liet zakken.

'Hé, man, ik bedoel alleen maar...'

'Dat is verleden tijd!' zei Monroe. Hij wachtte even tot hij weer rustig ademhaalde. Toen hij weer sprak klonk zijn stem diep en beheerst. 'Moet jij 's horen. We zijn allebei boven de vijftig.'

'Precies, daar gaat het over. De tijd raakt op.'

'Het wordt tijd dat we léren. Dat we dankbaar zijn voor de kans om een nieuwe start te kunnen maken.'

'Dankbaar zijn, waarvoor? Dat stinkbaantje van me?'

'Inderdaad, ja. Ik ga iedere dag naar mijn werk en ik ben blij dat ik het heb. Blij dat ik deze flat kan huren en eruit kan lopen wanneer het míj belieft. Mensen belazeren, rottigheid uithalen... Voor mij is dat allang een gepasseerd station.'

'Voor mij niet,' zei Baker. 'Ik kan niet anders.'

Monroe keek Baker in de harde, geelbruine ogen en zag dat het zo was.

'Die witte jongens hebben onze levens verkloot,' zei Baker.

'Ik zei nee.'

'Doe nou niet zo dom. Ik heb de brief nog steeds, in jouw handschrift.'

'Ik heb geen brief geschreven. Ik heb wat leestekens en verbeteringen aangebracht, want wat jij geschreven had was zo'n zooitje, bijna onleesbaar. Ik probeerde je enkel wat te leren. Ik dacht niet dat je zo achterlijk zou zijn om hem te versturen. Een dienst bewees ik je, en niets anders.'

'Dat waardeer ik. Maar toch, de verbeteringen staan er in jouw handschrift in.'

'Is dat een dreigement?'

'Ik zou niet durven.'

'Als je iets wilt zeggen, wind er dan geen doekjes om.'

'Er stak geen verborgen betekenis achter.' Baker produceerde een krampachtig lachje. 'Jij en ik, we zijn tot elkaar veroordeeld. Meer niet.'

'Ik heb me gedragen als een heer en je binnengelaten. Nu wordt het tijd dat je gaat.'

'Je hoort nog van me.'

'Schiet op. Ik moet slapen.'

Nadat Baker de deur achter zich had dichtgetrokken, deed James Monroe die op het nachtslot, liep naar de koelkast en pakte nog een Pabst. Hij ging in zijn stoel zitten en staarde naar de televisie zonder aandacht te schenken aan wat er op het scherm was.

Hij pakte de telefoon en toetste een nummer in. Het gesprek dat hij voerde was kort en emotioneel.

Daarna veranderde Monroe van zender om naar een late wedstrijd van de Wizards in Seattle te kijken. Hij trok het blikje bier open, legde zijn hoofd in zijn nek en dronk met grote teugen.

Sunshine House was een van de vele eettenten die je langs heel Georgia Avenue aantreft, zowel in het District als in het centrum van Silver Springs. In de etalage werd in neonletters reclame gemaakt voor: 'Biefstuk met kaas, vis, schaaldieren, gebraden kip en Chinese maaltijden'; een brede benadering die voor middelmatigheid zorgde en uiteindelijk voor maagzuur en diarree. De eigenaar heette meneer Sun, vandaar de naam van de zaak. Sun bezat drie zaken, in DC, Montgomery en Prince George's County. Hij woonde in een huis op Falls Road in Potomac, reed een E-Series Mercedes en had kinderen die aan het MIT en aan Yale studeerden. Cody Kruger noemde de tent Suns Schijthuis. Deon en hij aten er vaak.

Deon had net een bord kip-sinaasappel met frites en een grote cola op. Zijn maag deed nu al pijn. Hij reed in noordelijke richting, toen hij de reclame in de etalage van Sunshine House zag en hij had zijn auto geparkeerd. Wanneer hij gestrest was had hij de neiging om te willen eten. Het antidepressivum dat hij slikte zou zijn eetlust moeten remmen, maar deed dat niet.

Deon veegde het vet van zijn gezicht en gooide zijn servet in de vuilnisemmer. Hij duwde de glazen deur open en liep naar buiten, naar zijn Marauder, die tegenover het Rekruteringscentrum der Strijdkrachten stond, een onopvallend bakstenen gebouw naast Sunshine House. Hij ging achter het stuur zitten en stak het sleuteltje in het contact. Hij draaide het niet om. Hij wilde niet naar de flat, waar hij Cody zou moeten aanhoren. Hij wilde niet naar het huis op Peabody, waar hij de dikke ogen van zijn moeder zou moeten aanzien.

Hoe hij in deze situatie was beland, wist hij niet precies. Op de lagere school was hij een doorsneeleerling met beperkte sociale vaardigheden. Op de middenschool had hij twee goede vrienden, Anthony Dunwell en Angelo Ross. Zij waren sportief en hij niet. Dus toen ze eenmaal op de middelbare school zaten, begonnen zij met andere types om te gaan. Pas toen hij net op de middelbare school zat, had hij voor het eerst last van kortademigheid en misselijkheid wanneer hij voor de klas moest komen voor een beurt. Wanneer hij nieuwe mensen leerde kennen, stotterde hij dikwijls.

Zijn moeder nam hem mee naar een psychiater, en die zei dat extreme verlegenheid zijn probleem veroorzaakte en dat hij aan 'paniekstoornis' leed. Deon kreeg hierop Paxil voorgeschreven en dat leek te helpen. Net zoals goeie wiet dat deed. Hij werd sociaal minder achterlijk en een poosje had hij een leuke vriendin, Jerhoma Simon. En daarna nog één, een meisje met een prachtige lach dat zich Ugochi liet noemen. Om redenen die hij zich niet kon of niet wilde herinneren, hielden deze relaties geen stand. Na zijn eindexamen gebeurde er een tijdje niets op het gebied van vriendinnetjes of nieuwe vrienden maken, tot hij in de schoenenzaak Cody leerde kennen. Daarna volgde de ene slechte beslissing op de andere en toen verscheen ook nog Charles Baker op het toneel. Hier zat hij nu op een parkeerterrein, negentien jaar, met geld op zak en geen ander vooruitzicht dan nog meer geld of gevangenisstraf.

Deon raakte de sleutel in het contact aan, maar liet toen zijn hand vallen.

Hoewel het nog vroeg op de avond was, brandde de lichtbak boven het Rekruteringscentrum helder. Hij herinnerde zich net zo'n rekruteringscentrum in Park View, vlak bij The Black Hole. Het bord daar brandde altijd en de ramen werden brandschoon gehouden; een onberispelijke winkelpui in een haveloos winkelgebied, een baken voor de jonge mannen in de buurt die op zoek waren naar werk of een uitweg. Velen van hen waren schoolverlaters, velen van hen waren op de loop voor problemen – die soms hun eigen schuld waren – en voor verleidingen.

De keren dat Deon in wijken als Chevy Chase en Bethesda was, had hij nooit een rekruteringsbureau voor wat ook gezien. Maar dat was wel logisch. Waarom zouden de landmacht, de marine of het korps mariniers tijd, geld en mankracht verspillen aan jongeren die toch nooit dienst zouden nemen? Die jongeren gingen naar de universiteit of hogeschool. Die jongeren hadden ouders die voor hun opleiding, huisvesting en levensonderhoud betaalden en hun vervolgens, via hun netwerk van succesvolle vrienden, aan een baan hielpen.

Door het grote raam zag Deon levensgrote kartonnen soldaten in vol ornaat, de ene zwart, de andere hispanic. Tussen de kartonnen figuren stonden grote rekken van gevlochten ijzerdraad met allerlei folders. Hij wist wel zeker dat sommige ervan in het Spaans zouden zijn. Achter de rekken stonden scheidingswandjes, het soort waarvan kantoren in hokjes werden gedeeld. Deon vroeg zich af wat de mensen op straat niet mochten zien van die gasten.

Op de ruit zelf hingen wervende posters. Een afbeelding van een vliegdekschip, vol met vliegtuigen en manschappen en materieel. Alles klaar om ingezet te worden. Erboven stond: 'Leven, vrijheid en de jacht op eenieder die deze bedreigen.' Een foto van een zwarte vrouw, mooi en met een zelfverzekerde oogopslag. Haar baret stond zwierig scheef op haar hoofd. Het bijschrift luidde: 'Weerbaarheid! En een weerbaar leger!' Andere posters vermeldden bonussen tot wel twintig mille als je dienst nam, dertig doorbetaalde vakantiedagen, honderd procent vergoeding van lesgelden en volledige dekking van ziektekosten en tandheelkundige hulp. Opleiding in een beroep naar keuze. De kans om te reizen.

Door de kier onder de gecapitonneerde scheidingswandjes stroomde een gelig schijnsel. Iemand, een officier, zat daar in zijn eentje overuren te maken en wilde best wel met iemand praten.

Deon moest nergens naartoe. Ook hij voelde de behoefte om met iemand te praten.

Hij stapte uit de Mercury, liep onder het heldere, uitnodigende licht door van het grote bord boven het Rekruteringscentrum en pakte de deurknop van de ingang. De deur zat niet op slot. Maar Deon stapte niet naar binnen.

16

Raymond Monroe kwam iets na twaalven de behandelruimte uit, met de bedoeling om even bij Kendall langs te gaan en met haar te lunchen in de cafetaria. Net toen hij zijn mobiel uit zijn zak haalde, passeerde hij een jonge man. De jongen was aan een oog blind en had littekens van granaatscherfwonden rond de oogkas. Zijn hoofd was kaalgeschoren en aan een kant zaten hechtingen.

'Paps,' zei de jongen.

'Hoe gaat ie?' vroeg Monroe.

'Fantastisch,' zei de jongen zonder sarcasme of ironie, en met rechte schouders beende hij verder.

In de hal wachtte Monroe op een lift die naar beneden ging. Naast hem stond een man van zijn eigen leeftijd met beide handen om de grepen van een rolstoel. In de rolstoel zat een vrouw van een jaar of twintig. Ze droeg haar ziekenhuishemd over een T-shirt. Ze had kort zwart haar, blauwe ogen en een snorretje, waarschijnlijk door de steroïden die ze na haar verwondingen was gaan gebruiken. Haar beide benen waren hoog in het bovenbeen, bijna tegen de romp aan, geamputeerd. Eén stomp was zwaar verbrand en er zaten 'puntjes' in, kleine stukjes granaatscherf die nog steeds dicht onder de huid lagen. De andere stomp leek niet verbrand, maar hij trilde hevig.

'Hoi,' zei het meisje tegen Monroe.

'Goeiemiddag,' zei Monroe. 'Hoe maakt iedereen het op deze prachtdag?'

'Papa, hoe maak ik het?' zei het meisje.

'Ze heeft net haar nieuwe benen aangemeten gekregen,' zei haar vader. Zijn ogen waren van hetzelfde schitterende blauw als die van zijn dochter. 'Nog eventjes, en dan loopt Ashley weer.'

Afgaand op hun stemmen, kwamen Ashley en haar vader uit het diepe zuiden. Allebei roken ze sterk naar sigarettenrook.

'En daarna,' zei Ashley, 'ga ik naar de oever aan de overkant en terug zwemmen.'

'Ze wil in het meer gaan zwemmen,' zei de vader. 'Ons huis ligt aan een mooi, schoon meer.'

'En ik ga het doen ook,' zei ze.

'Volgend jaar zomer misschien,' zei de vader en hij raakte haar wang aan. Hij glimlachte met een van verdriet trillende lip.

'Misschien kunnen we samen eens in het zwembad oefenen,' zei Monroe.

'Dan maak ik ú moe,' zei Ashley.

'Mijn meiske is kranig,' zei de vader.

'Nou en of,' zei Monroe. Toen de liftdeuren opengingen klingelde de mobiel in Monroes hand om aan te geven dat hij een bericht had.

Buiten het hoofdgebouw bekeek hij zijn berichten. Alex Pappas had ingesproken en zei dat hij hem graag wilde ontmoeten. Monroe drukte op terugbellen en kreeg Alex aan de lijn.

'Pappas and Sons.' Hij klonk gestrest en op de achtergrond was het erg rumoerig.

'Met Ray Monroe.'

'Meneer Monroe, ik zit midden in de lunchdrukte.'

'Zeg toch Ray. Ik wist niet dat...'

'Als je nog een keer met me wilt praten, na mijn werk ga ik bij Fisher House langs. Zelfde tijd als de vorige keer dat je me daar zag.'

'Oké, we zouden misschien samen met de auto bij mijn broer langs kunnen gaan.'

'Ik kan nu niet praten. Tot vanavond dan.' Abrupt verbrak Pappas de verbinding.

Monroe stond even naar zijn telefoon te kijken en stak hem toen weer in zijn zak. Hij ging Gebouw 11 van het eigenlijke hospitaal binnen en nam de lift naar Kendalls verdieping. Meteen al toen hij op de open deur klopte, zag hij dat ze er niet was. Greta Siebentritt, therapeute in de polikliniek, die de kamer deelde met Kendall draaide zich in haar stoel naar hem om.

'Wat is er, Ray?'

'Ik zoek mijn vriendin. Verstopt ze zich voor me?'

'Bepaald niet. Ze is in gesprek met soldaat Collins. Hij legt tamelijk veel beslag op haar tijd.'

'Dat is toch die soldaat van de vrijwillige amputatie?'

'Ja, die. Kan ik haar iets doorgeven?'

'Nee, ik probeer het later nog wel.'

Monroe lunchte alleen en dacht na over zijn broer James, Alex Pappas, Baker en de narigheid die er geheid zat aan te komen.

Voor zijn lunchafspraak had Charles Baker een donkerpaars sportjasje met wit stiksel op de revers, een zwarte polyester bandplooibroek en een lavendelkleurig overhemd aangetrokken met daarbij zwarte schoenen met ingeperste motieven, zodat het leek of ze van krokodilleer waren. Het afgelopen jaar had hij dit ensemble bij elkaar gesprokkeld bij tweedehandskledingzaken en bij de winkel van het Leger des Heils op H Street in Noord-Oost. Hij was nog niet in de gelegenheid geweest om al die spulletjes tegelijk te dragen, maar nu hij zichzelf in de spiegel bekeek vond hij dat hij er tiptop uitzag voor zijn afspraak.

'Waar ga jij heen?' vroeg Trombone, een afkickende heroïneverslaafde met een enorm lange neus, die hem deze bijnaam had bezorgd. Hij was een van de vier mannen met wie Baker dit doorgangshuis voor vervroegd vrijgelaten delinquenten deelde. 'Je ruikt naar geld.'

'Naar mensen en plaatsen,' zei Baker. 'En die zijn niet hier.'

Baker voelde zich formidabel, toen hij het huis uit liep.

Maar toen hij bij de metrohalte Farragut North uitstapte en zich in de drukte op Connecticut Avenue begaf, overviel hem dat gevoel weer, het gevoel dat hij altijd kreeg zodra hij zijn beperkte wereld verliet, het gevoel dat hij in die andere omgeving uit de toon viel, er niet hoorde. Om zich heen zag hij mannen en vrouwen van alle kleuren, voortreffelijk en niet-opzichtig gekleed, met aktetassen en handtassen van zacht leer. Ze stapten doelgericht voort, zagen eruit alsof ze het ver zouden brengen. Hij begreep niet hoe ze dat hadden bereikt. Wie had hun geleerd zich zo beschaafd en elegant te kleden? Hoe kwamen ze aan hun banen?

Baker nam de revers van zijn donkerpaarse sportjasje tussen duim en wijsvinger. De stof voelde sponzig aan. Oké, dan kon hij zich maar niet meten met al die rijke stinkerds hier. Hij zou die Peter Whitten imponeren met zijn persoonlijkheid en overtuigingskracht. Hem een portie glimlach à la Dale Carnegie toewerpen.

Het restaurant was een Italiaanse tent met een O aan het eind van de naam, op L Street, aan de westzijde van 19th. Bij binnenkomst hoorde hij het geluid van ontspannen gesprekken, de rustige beweging en het zachte contact van porselein, zilver en kristal. Op de muren waren wandschilderingen aangebracht. Baker vond ze lijken op die chique, oude schilderijen die hij had gezien in een museum, waar hij eens naar binnen gegaan was om de kou te ontvluchten toen hij rondzwierf in de Mall.

'Wat mag ik voor u doen, meneer?' zei een jongeman in een zwart pak, die op Baker afkwam zodra hij de deur door was.

'Ik lunch hier met iemand. Ik heb een afspraak met de heer Peter Whitten.'

'Deze kant op, meneer.' De jonge man maakte een gekunstelde beweging met zijn handen en draaide met zijn smalle heupen. Het woord 'prooi' schoot door Bakers hoofd, maar dit was niet de plaats voor zulke plannen. Hij volgde de man door het doolhof van tafels en langs de bar met een granieten blad, waar een stevig gebouwde vent in een leren blazer zat, die hem in hem in het voorbijgaan smerig aankeek. Zelfs de brothers hier in de stad beschouwden hem als gettotuig, dacht Baker. Nou, zij konden ook de kolere krijgen.

Peter Whitten zat aan een witgedekte tafel voor twee, dicht bij de bar. Alles aan hem, van het pak dat hem als gegoten zat tot het met zorg geknipte, net over het oor vallende kapsel, zei geld. Zijn gezicht stond vriendelijk noch agressief en zijn gelaatstrekken waren regelmatig. Zijn haar was met zilvergrijs doorschoten blond, zijn ogen waren lichtblauw. Zoals een acteur die gecast is als de rijke vader in een soap, was Whitten knap op een voorspelbare manier. Toen Baker bij zijn tafel arriveerde, stond hij niet op maar stak hem een hand toe.

'Meneer Baker?'

'Helemaal.' Baker nam de hem toegestoken hand glimlachend aan. 'En u bent meneer Whitten?'

'Gaat u zitten.'

De jonge man had de stoel naar achteren getrokken, en Baker plofte erop neer, waarna hij zijn benen onder de tafel manoeuvreerde. Hij raakte het tafelzilver dat voor hem lag aan en verschoof het iets.

Vrijwel meteen verscheen er een andere man in smoking aan tafel. Hij legde een menu neer en vroeg aan Baker of hij iets wilde drinken.

'Hebt u zin in bier of in een cocktail?' zei Whitten behulpzaam.

Baker keek naar Whittens glas.

'Water, graag,' zei Baker.

'Zonder of met koolzuur?' vroeg de kelner.

'Gewoon, wáter,' antwoordde Baker.

De kelner liep weg.

Baker sloeg het menu open om iets te doen te hebben met zijn handen, want hij wist niet hoe hij het gesprek moest beginnen. Hij was zich bewust van Whittens starende blik, terwijl hij het menu bekeek. *Prima piatti, insalata, pasta e rissoto, secondi piatti.* Hoe kon een Amerikaan nu weten wat hij moest bestellen in deze ballentent? *Fagotini...* Baker wist wat hem niet beviel aan dit restaurant.

'Kan ik u helpen met het menu?' vroeg Whitten. Hij glimlachte niet, maar in zijn blik lag er iets van een lachje.

Baker had een fout begaan. Hij had Whitten niet hier moeten ontmoeten. Het was verkeerd, arrogant zelfs, dat hij had aangenomen dat hij de man op zijn eigen terrein aankon.

'Nee, hoor,' zei Baker. 'Het ziet er allemaal zo lekker uit. Ik heb even tijd nodig.'

'Misschien moesten we eerst maar praten.' Whitten legde zijn handen ontspannen gevouwen op tafel; op zijn gemak in zijn wereld.

Baker klapte het menu dicht en legde het neer. 'Oké. U hebt mijn brief gelezen, dus u weet waarover dit gaat.'

'Ja.'

'Ik heb wat hulp nodig, meneer Whitten.'

Whitten keek hem doordringend aan.

'Ik vind een, eh, schadeloosstelling op zijn plaats, als u begrijpt wat ik bedoel. Vanaf die dag dat u en uw vrienden onze wijk in kwamen rijden, heb ik een zwaar leven gehad. Niet dat ik niet geprobeerd heb om er iets van te maken. Ik ben geen slecht iemand. Ik heb werk.'

'Wat wilt u?'

'Een kleine compensatie voor wat u en uw vrienden hebben aangericht. Dat is niet onredelijk. Ik wil absoluut niet de bank laten springen, hoor. Ik bedoel, moet u uzelf zien. Het is u duidelijk voor de wind gegaan. U kunt het vast wel missen.'

'Wat missen?'

'Hè?'

'Hoeveel wilt u hebben?'

'Ik dacht, tja... iets in de orde van vijftigduizend dollar. Dat zou wel genoeg zijn. Een goeie fundering waarop ik iets kan bouwen. Zodat ik terug ben op het spoor waarop ik vanaf het begin gezeten zou hebben, als u en uw vrienden uit onze wereld waren weggebleven.'

'En wat zou u doen als ik nee zei?'

Baker was warm in het gezicht geworden. De kelner schonk hem water in uit een karaf en Baker nam er een flinke slok van.

'Bent u klaar om te bestellen?' vroeg de kelner.

'Nee, nog niet!' snauwde Baker.

De kelner keek Whitten aan, die zijn hoofd licht schudde om hem te kennen te geven dat alles in orde was en hij hen even met rust moest laten.

Toen de kelner weg was, vermande Baker zich. 'U moet me niet verkeerd begrijpen,' zei hij.

'Nee?'

'We praten hier gewoon wat. Ik vraag u, van man tot man, om me een klein beetje te helpen.'

'In uw brief stond iets over schade toebrengen aan mijn reputatie.'

'Dat was geen dreigement. Dat was alleen, nou ja... om u te stimuleren om bij te dragen. Ik verwees enkel naar... Kijk, u zou toch niet willen dat de mensen van uw advocatenkantoor over uw verleden te weten zouden komen? U wilt toch niet dat die jongeren die u helpt, die zwarte jongeren die u steunt, erachter komen wat u hebt gedaan? Is het wel?'

'Dat weten ze al,' zei Whitten. 'Allemaal. Ze weten het omdat ik hun erover verteld heb, vele keren. Het maakt deel uit van mijn levensreis. Ik wil dat die jongeren weten dat er in Amerikaanse levens wel degelijk een tweede bedrijf mogelijk is. Dat ze fouten kunnen maken, maar dat die niet het einde van de wereld hoeven te betekenen. Dat ze domme dingen kunnen uithalen en later toch succes kunnen hebben, ze een positieve bijdrage kunnen leveren aan de maatschappij. Ik vind het belangrijk dat ze dat weten.'

'U meent het!'

Baker voelde zijn mondhoeken opkrullen in het soort glimlach dat hij inzette om mensen af te schrikken, mensen die zich verbeeldden dat ze hem konden belazeren. Het soort glimlach dat mannen doorgaans tot nadenken bracht. Maar Whittens gezichtsuitdrukking veranderde niet.

'Inderdaad,' zei Whitten. 'Ik geloof in tweede kansen. Daarom stemde ik er ook mee in om u te ontmoeten. Want ik weet dat u een moeilijk leven hebt gehad.'

'Zo, u deed onderzoek naar mijn leven.'

'Dat heeft mijn partner gedaan, de heer Coates. Meneer Coates is privédetective en mijn kantoor zet hem in diverse hoedanigheden in. Hij zit pal achter u. De man in het zwarte leren jasje, aan de bar.'

Baker draaide zijn hoofd niet om. Hij wist wie het was.

'U bent voorwaardelijk vrij, meneer Baker. Beseft u hoe zwaar het u aangerekend zou worden, uw poging tot afpersing en chantage? Ik heb alle munitie in handen om u onmiddellijk terug in het gevang te brengen. Ik heb gisteren ons gesprek opgenomen, waarin u verklaarde dat u degene bent die me de brief stuurde. Ik weet niet of dat in de rechtszaal wordt toegelaten als bewijs, maar goed, ik heb die bandopname in mijn bezit. Ik heb de brief en de envelop. Waarop hoogstwaarschijnlijk uw vingerafdrukken staan. De door u gebruikte printer wordt waarschijnlijk aangetroffen in uw woning.'

'En?'

'Ik zal het goed met u maken. U vertrekt hier nu rustig, en wel onmiddellijk. U laat dit verder rusten. Zoek nooit ofte nimmer nog contact met me. Blijf uit de buurt van mijn huis en kantoor. Doet u dat niet, dan zal ik onverwijld afdoende stappen ondernemen.'

'Dure meneer met je mooie woorden.' Bakers stem klonk zacht en beheerst. 'Doet net alsof je mij een gunst bewijst.'

'Meneer Baker, let u heel goed op wat u hier zegt en doet. Voor uw eigen bestwil.'

'Smeerlap.'

'Ik beschouw dit gesprek als beëindigd.'

'Laffe klootzak. Gooit taart uit een auto en rent weg om zijn eigen hachie te redden en laat zijn vrienden barsten.'

Whitten trok wit weg. De vingers van zijn gevouwen handen omklemden elkaar nu. 'Doe nou één keer iets goed. Wees verstandig en ga.'

Baker stond voorzichtig op van tafel om zijn water niet te morsen of het tafelzilver te laten rammelen. Hij liep langs de man met het zwarte leren jasje en keek niet naar hem. Hij wilde geen zweem van een lachje of triomf zien, want dan zou hij in de verleiding komen om de man op zijn bek te slaan. Voor zoiets goedkoops liet hij zich niet pakken. Hij was nog niet klaar om de gevangenis weer in te gaan. Hij was nog niet klaar.

Hij stapte om wat mensen heen die stonden te wachten om naar hun plaatsen begeleid te worden, waarbij hij ervoor zorgde om geen fysiek contact te maken, en duwde de deur naar de straat open.

Hij had niet ruzie moeten zoeken met Whitten. Als het leven hem iets geleerd had, dan was het om van de zwakken te nemen en dat wat hij wilde hebben, alleen verkregen kon worden door intimidatie en geweld.

Over het trottoir kwam een man in een trenchcoat al telefonerend zijn kant op gelopen. In het passeren stootte Baker ruw tegen de schouder van de man en dit bracht de gewenste reactie teweeg. De ogen van de man kregen een uitdrukking van angst en verwarring.

Dit is wat ik ken. Hier krijg ik een goed gevoel van. Baker lachte.

17

Raymond Monroe stond tegen zijn Pontiac geleund en zag Alex Pappas, gekleed in een blauw katoenen overhemd en Levi's-jeans, uit het Fisher House komen. Hij was een man van gemiddelde lengte met een brede borstkas en hij leek, afgaand op zijn energieke tred, in goede conditie. Monroe vroeg zich af hoe Pappas wat hij hem straks ging vertellen zou opvatten. Hij leek hem een redelijk mens.

'Ray,' zei Alex en hij schudde Monroe de hand.

'Alex. Jij ziet er fris uit voor een man die de hele dag heeft gewerkt.'

'Ik ben thuis geweest om me te verkleden. Ik wilde ook even met mijn vrouw praten. Uitleggen wat ik ging doen en met wie, en zo. Ik ga niet vaak uit.'

'We gaan ook niet wat je noemt stappen. Ik denk dat het goed is als je mijn broer ontmoette. Hij werkt vanavond.'

Alex haalde zijn schouders op. 'Laten we dan maar gaan.'

Pappas reed zijn jeep van het hospitaalterrein af en parkeerde hem op Aspen, de straat waaraan het Walter Reed lag. Hij kwam naast Monroe in diens Pontiac zitten.

Monroe reed Georgia af, voorbij een kleine begraafplaats die uit de burgeroorlog dateerde, en sloeg rechts af Piney Branch Road op. Al snel werd dat 13th Street en Monroe nam die in zuidelijke richting.

'Ik zag veel aannemers en bouwvakkers op het terrein van het hospitaal,' zei Alex.

'Er wordt verbouwd en gerenoveerd. We hebben onlangs te horen gekregen dat het Walter Reed niet dichtgaat. Voorlopig niet in elk geval.'

'Vanwege die artikelen in de krant?'

The Washington Post had een aantal uitvoerige artikelen gewijd aan de belabberde staat waarin de instelling verkeerde, aan de chaotische administratie waardoor soldaten hun uitkering te laat kregen, aan het feit dat lijders aan PTSD geen schadeloosstelling toegekend kregen op grond van de aanvechtbare argumentatie dat er al veel eerder sprake geweest zou zijn van psychische aandoeningen en aan het algehele klimaat van incompetentie. De onthullingen waren wereldnieuws geworden en hadden geleid tot het ontslag van een groot aantal hoge officieren en leidinggevenden.

'Die artikelen hebben inderdaad heel wat teweeggebracht,' beaamde Monroe. 'Verbeteringen die al lang geleden doorgevoerd hadden moeten worden. Want men wíst wat er speelde. Er waren krantenartikelen voor nodig om mensen zo beschaamd te maken dat ze actie ondernamen.'

'Maar volgens mij gebeuren daar toch goede dingen.'

'Da's het punt. Het had geen kwaad gekund als die journalisten één artikel meer geschreven hadden, over wat voor goeds er in het Walter Reed gebeurt. Er zitten daar toegewijde mensen. Zowel militairen als burgers, die allemaal hard werken om het leven van die gewonde jongens en meisjes te verlichten. En als je in aanmerking neemt waarmee die jonge mensen worden geconfronteerd, dan heeft het merendeel van hen toch een positieve instelling. Ik wil maar zeggen, de mensen in het Walter Reed doen hun best. Ze hebben te weinig middelen en mankracht, daar kwam het door. Niemand wist dat de oorlog zo lang ging duren. Niemand was voorbereid op de instroom van zoveel gewonden.

Maar wil je weten, Alex, hoe de zaak echt ligt? De zaak die nodig aangekaart moet worden? Tien, twaalf jaar geleden ging ik met mijn vader, hij is inmiddels overleden, naar het Veteran's Hospital aan North Capitol Road. Zijn been was opgezwollen en mijn moeder was bang dat hij een bloedklonter had. Dus we gaan daar naar binnen. En nadat de beveiliging ons zo ongeveer aan een zwaar verhoor heeft onderworpen en door allerhande hoepels heeft laten springen, gaan we naar de wachtkamer. Mijn vader was daar de oudste, waarschijnlijk de enige veteraan uit de Tweede Wereldoorlog. De anderen waren Vietnamveteranen en jongens die in de Golfoorlog hadden gediend. En, ik lieg het niet, ze zaten daar urenlang zonder enige hulp te krijgen. Kerels die op apparaten aangesloten waren, Agent Orangegevallen, en niemand die ze een rechtstreeks antwoord gaf of tijd voor ze had. Ik zeg je, die veteranen werden behandeld als stront. En hetzelfde zal die veteranen uit de oorlog in Irak over vijfentwintig jaar overkomen. Zij worden de Vietnamveteranen van hun tijd. Ik neem aan dat we dan ondertussen in de volgende oorlog zitten en deze mensen vergeten zullen zijn.'

'Dat is niets nieuws.'

'Maar kloppen doet het niet!'

'Bid maar dat je zoon heelhuids terugkomt.'

'Doe ik ook. Wanneer je zoon daar zit, kun je aan niets anders denken.' Monroe keek Pappas aan. 'Sorry, man.'

'Het is oké,' zei Alex. 'Jouw zoon zit toch in Afghanistan?'

'Hij is gelegerd in de Korengal Outpost. De KOP noemen ze het. Weleens van gehoord?'

'Nee.'

'In wezen is het een gefortificeerd kamp dat wordt ingesloten door ruig terrein en de vijand. De Taliban, dus. In een gevaarlijker omgeving kun je bijna niet zitten. Kenji zit bij de infanterie, wat inhoudt dat hij merendeels te voet patrouilleert en, gewapend met een M4, naar vijandelijke elementen zoekt.'

'Heb je veel contact met hem?'

'Wanneer hij in het kamp is wel. Daar zijn wat laptops en hij stuurt me e-mails wanneer hij kan. Maar bij slecht weer valt het signaal, of hoe het ook heet, weg. Hij is vrij goed in het contact houden. Maar ik heb nu al een poosje geen mail van hem gekregen. Ik denk dat hij op patrouille is.'

Alex knikte. Hij herinnerde zich de lange perioden waarin hij niets van Gus hoorde. Dan sliep hij slecht, viel af en had haaruitval, Vicki en hij vreeën niet. En hij had zich constant geërgerd aan Johnny en was vaak kortaf tegen klanten en het personeel.

'Genoeg over mijn zoon,' zei Monroe. 'Waar was jouw zoon gelegerd?'

'Gus zat in de provincie Anbar, ten westen van Bagdad. Hij is negentien geworden.'

Ze staken de kruising met Arkansas Avenue over en reden een lange glooiing op.

'Wat is er met je broer gebeurd?' vroeg Alex.

'Wat gebeurde er met hem?' Monroe schudde zijn hoofd. 'Niet veel goeds.'

'Hoe lang heeft hij gezeten?'

'James heeft die tien jaar voor de schietpartij helemaal uitgezeten, plus extra tijd. Hij kon de gevangenis niet goed aan. Hij werd uitgedaagd en hij nam de uitdaging aan, als je begrijpt wat ik bedoel. Hij raakte betrokken bij vechtpartijen. Ten slotte stak hij een vent neer met een uit plastic gemaakte driehoek. Wat de aanleiding was, weet ik niet. Ik stel me voor dat hij tot het uiterste werd gedreven, want uit zichzelf zou hij nooit begonnen zijn. James is niet gewelddadig. Ik weet wat je nu denkt, maar heus, gewelddadig ís hij niet. Hoe dan ook, hij stak die vent neer en moest ervoor boeten. Hij kwam pas na twintig jaar weer vrij.'

'En toen?'

'Daarna trok hij op met Charles Baker en toen ging het van kwaad tot erger. Je herinnert je Charles nog wel.'

'Nou en of.'

'Charles deugt niet. Nooit gedaan ook. Charles zelf had ondertussen een paar keer gezeten, merendeels in Jessup. Van de
gevangenis werd hij alleen maar slechter. Hij en James hielden
zich bezig met oplichting, fraude met cheques en meer van dat
werk. Daarna betrok Charles James bij inbraken. Overdag, wanneer de bewoners naar hun werk waren, drongen ze huizen
binnen in Potomac en Rockville. Ene Lamar Mays deed met ze
mee. James was de uitkijk en chauffeur, want met auto's is hij altijd goed geweest. Volgens Charles waren hun acties zonder enig
risico. Ze pikten joodse namen uit het telefoonboek en gingen
die huizen heel snel in en uit. Ze deden alleen de slaapkamers,
want Charles dacht dat joden hun geld en sieraden het liefst
dicht bij de hand hielden. Maar Charles had het mis, zoals altijd.
Ze werden gepakt. En Lamar, stom als hij was, droeg bij zijn arrestatie een pistool. En met de ene aanklacht op de andere gesta-
peld, en met zíjn strafblad, kreeg James opnieuw een lang vonnis aan zijn broek.'

'Hoe lang is hij nu vrij?'

'Drie jaar inmiddels.'

'En Baker?'

'Is ook vrij.'

'Ik snap het niet. Je vertelt me dat je broer van nature deugt.
Dus waarom blijft hij dan omgaan met iemand als Baker?'

'Dat ligt veel te ingewikkeld om vanavond uit te leggen,' zei
Monroe. 'En jij?'

'Hoe bedoel je?'

'Hoe is het voor jou gelopen? Je leven?'

'Normaal, denk ik,' zei Alex. 'Mijn vader overleed toen ik negentien was. Ik nam de zaak over en die heb ik nog steeds.'

'En dat is het?'

'Werk en gezin.'

'Geen dromen?'

'Eens heb ik gedacht dat ik een boek wilde schrijven. En ik heb het geprobeerd, stiekem.' Alex beet op zijn lip. 'Dit heb ik nog nooit aan iemand verteld. Zelfs niet aan mijn vrouw. Ik kreeg een paar bladzijden op papier en toen ik het overlas, wist ik dat ik er geen talent voor had. Je moet onder ogen durven zien wie je bent, nietwaar? Een mens moet realistisch zijn.'

'Dus je zegt dat je gelukkig bent met wat je doet?'

'Gelukkig is een te groot woord. Ik heb me erbij neergelegd. Ik bedoel, wat moet ik anders? Ik ben niet afgestudeerd. Ik weet hoe ik een kleine zaak moet drijven, maar verder bezit ik geen talenten.' Alex ging verzitten. 'Maar goed, ik zal er wel achter komen wat er verder voor me in het vat zit. Ik ben van plan om het beheer van de broodjeszaak binnen afzienbare tijd aan mijn oudste zoon over te dragen.'

'Die leuke jonge vent die ik in de zaak zag?'

'Ja.'

Alex had het Vicki nog niet verteld. Johnny evenmin. Dit was voor het eerst dat hij het hardop zei en het verbaasde hem. Hij had geen echte vrienden. Hij wist niet waarom hij deze dingen aan Raymond Monroe vertelde, behalve dan dat hij zich prettig bij hem voelde. Je kon makkelijk met de man praten.

'We zijn vlak bij James' werk,' zei Monroe. 'Hij heeft hier in de buurt ook een flatje.'

Monroe sloeg af. Ze waren in de wijk Park View, tussen 13th Street en Georgia en reden aan de oostzijde een zijstraat in. Monroe parkeerde de Pontiac aan de stoeprand, dicht bij de toegang tot een steeg. Hij liet de motor stationair draaien.

'Waarom stoppen we hier?'

'Ik wil even met je praten voordat we naar James toe gaan. De garage waar hij werkt zit verderop, in de steeg.'

'Dit zijn toch allemaal woonhuizen?'

'De eigenaar van de garage heeft op grond van een uitzonderingsclausule een bedrijfsbestemming voor die ruimte weten te krijgen. De werkplaats stelt niet veel voor. Geen verwarming, geen airconditioning. James werkt met oude auto's, want andere auto's kan hij niet repareren. Hij heeft zich nooit bijgeschoold in de nieuwe technologie, computerdiagnoses en zo. Zijn baas weet dat hij nergens anders een baan krijgt en zo behandelt hij hem ook. James verdient niet veel meer dan het minimumloon. Maar hij werkt. Dat is het belangrijkste. Hij heeft werk nodig.'

'Wat probeer je me nou te vertellen?'

'Hij neemt nog steeds allerlei slechte beslissingen. Hij drinkt te veel bier, net zoals onze vader, en dat beïnvloedt zijn beoordelingsvermogen. Hij heeft contact gehouden met Charles Baker. En Charles... tja, Charles heeft macht over hem.'

'Waar wil je heen?'

'Charles heeft James een briefje laten schrijven naar je oude vriend Peter Whitten. Nou ja, James heeft het geredigeerd, zeg maar. Begrijp je?'

'Wat voor een briefje?' Alex hoorde de irritatie in zijn eigen stem.

'Het soort waarin om geld wordt gevraagd. Charles wilde dat Whitten wist, dat indien hij niet betaalde, hij bij het advocatenkantoor waar Whitten werkt alles over zijn verleden bekend zou maken. Ik heb het over het incident in Heathrow Heights. In feite had Charles vandaag een afspraak om Whitten te ontmoeten. Hoe dat is afgelopen, weet ik niet.'

'Dit is onzin. Hoe dom is die Baker? Pete gaat hem echt geen geld geven om iets te verzwijgen dat vijfendertig jaar geleden gebeurd is. Ik betwijfel zelfs of het Pete iets kan schelen als mensen het weten.'

'Ben ik met je eens. Maar als Charles nul op het rekest krijgt, zou hij daarna bij jou kunnen aankloppen.'

Alex knikte snel met zijn hoofd. Hij begon iets te begrijpen wat hem helemaal niet beviel. 'Jij kwam bij mij met het verhaal dat je contact met me zocht om iets af te sluiten, zeg maar.'

'Is ook zo. Maar nu zit ik ook met dit probleem, waaraan ik iets moet doen. Ik ben gewoon eerlijk tegen je, man.'

'Wat wil je?'

'Ik wil dat je mijn broer ontmoet. Ik wil dat je ziet wat voor iemand hij is. Dan zul je weten dat hij niet slecht is. Dat hij buiten een kans verdient om vrede te vinden.'

'Wind er geen doekjes om, meneer Monroe.'

'Mocht Charles naar jou toe komen en hetzelfde vragen als aan Whitten, dan hoop ik dat je de politie erbuiten laat. Want door dat briefje zou James zo weer in de gevangenis belanden. En hij kan niet terug. Hij doet zijn best om op het rechte pad te blijven, Alex. Heus.'

'Jij vergeet iets,' zei Alex. 'Jouw broer heeft mijn vriend vermoord.'

'Klopt. Je vriend is dood. Denk niet dat ik dat onder de tafel veeg of dat ooit zal doen. Wat ik van je vraag is of je het kunt vergeven.'

Alex keek de andere kant op. Hij raakte de trouwring aan zijn vinger aan en maakte toen een onverschillig handgebaar naar de ingang tot de steeg.

'We zijn hier nu. Laten we dus maar naar je broer gaan.'

'In de steeg is geen plaats om te parkeren,' zei Monroe. 'We moeten lopen.'

Na de auto afgesloten te hebben, liepen Monroe en Alex de steeg door. Ze kwamen langs achtertuinen, sommige geplaveid, andere met gras en aarde, langs vrijstaande garages, bastaardherders en pitbulls achter afrasteringen van harmonicagaas, vuilnisbakken en bordjes met VERBODEN TOEGANG. Waar de steeg uitkwam in een T-splitsing, sloegen ze de hoek om en bereikten een garage die op het oog ook bij een woonhuis hoorde. De deur was omhooggeschoven. Op de gevel erboven was een met de hand geschreven bord gespijkerd. GAVINS GARAGE stond er in rode verfletters met zakkers op. Het zag eruit als iets dat kinderen boven hun clubhuis gehangen hadden kunnen hebben.

In de garage – bomvol gereedschap en net groot genoeg voor één auto – stond een goudkleurige first-series Monte Carlo in oorspronkelijke staat. De motorkap stond open en de motor werd beschenen door een looplamp waarvan het snoer vastgeknoopt was aan de rails van de garagedeur erboven. Naast de Chevrolet stond een grote, zware man met een navenante buik. Hij droeg een blauw werkhemd, dito broek en schoenen met dikke Vibramzolen. Op het hemd zat een witte, ovale applicatie met daarin gestikt de voornaam van de man, James.

Raymond en Alex stapten de garage binnen. James Monroe kwam naar hen toe. Het viel Alex op dat James licht mank liep. Hij had dit vaker gezien bij mensen met een versleten heup.

'James,' zei Raymond, 'dit is Alex Pappas.'

Alex stak James zijn hand toe, die hij slapjes schudde, terwijl hij Alex met grote, bloeddoorlopen ogen opnam. Alex zei niets, want hij wist dat alles wat hij zei banaal zou klinken.

'En wat moeten we nu?' zei James tegen Raymond. 'Om het kampvuur zitten en een liedje zingen?'

'Een beetje praten, da's alles,' zei Raymond.

'Ik moet aan die MC werken,' zei James. 'Gavin staat zo voor mijn neus en zal willen weten waarom het niet af is.'

'Kun jij niet tegelijk praten en werken?'

'Beter dan jij.'

'Vooruit dan. Wij zullen je niet ophouden.'

'Er staat bier in de koelkast,' zei James, gebarend naar een stokoude, groene Coleman, die op de betonnen vloer stond. 'Geef me er 's eentje.'

Raymond ging naar de Coleman om een blikje bier voor zijn oudere broer te pakken. James richtte zijn aandacht op de auto.

18

'Waar is je maat?' vroeg Charles Baker.

'Weet ik niet,' zei Cody Kruger. 'Ik heb de schoenenzaak gebeld en daar zeiden ze dat hij vandaag vroeg is weggegaan. Zei dat ie maagpijn had of zoiets. Ben al bij zijn moeder langsgereden, maar zijn auto stond niet voor de deur.'

'Ik heb zelf zijn moeder gebeld. Zegt dat ze niet weet waar hij uithangt.'

'Hij komt wel weer opdagen.'

'We hebben die klojo toch niet nodig.'

'Voor wat?'

'Voor wat we gaan doen,' zei Baker. 'Leg die joystick 's neer, dan kunnen we praten.'

Kruger zat op de bank in zijn flat The Warriors te spelen op Xbox. Hij vond de game leuker dan de film, want in de game vloeide meer bloed en namen de helden de politie te grazen. Kruger moest bijna lachen toen hij meneer Charles de controller een joystick hoorde noemen. Maar hij lachte niet en liet de controller op de grond vallen.

Baker had rusteloos in de kamer heen en weer gelopen. Kruger zag aan zijn strakke kaken dat hij opgefokt was. Eerder die dag had hij een afspraak gehad met een man en dat was niet goed verlopen. Meer had meneer Charles er niet over gezegd. Cody begreep dat hij hem er verder niet over moest lastigvallen.

'Mag ik je iets vragen?' vroeg Baker.

'Best.'

'Ben je tevreden met dit hier? Al die dingen die je hebt?'

'Best wel.'

'Maar je zou meer kunnen verdienen.'

'Ja, ben ik ook van plan.'

'Hoe ga je dat doen?'

'Verkoop opvoeren, denk ik.'

'Hoe dan?'

Krugers mond hing dommig open.

'Ik kan je vertellen hoe,' zei Baker. 'Die Dominique, die jullie je wiet verkoopt. Heb jij respect voor hem? Is hij het soort vent door wie jij je laat vertellen wat je moet doen en tegen wie je opziet?'

'Niet echt.'

'Zou ik ook niet doen. Allemachtig, jong, ik snap niet dat jij hem tegen je laat praten zoals hij doet. Je bent slimmer dan hij en sterker dan hij. Toch, Cody?'

'Ja.'

'Wij gaan die kleine etter een bezoekje brengen. Wij gaan hem eens vertellen hoe de zaken voortaan gaan. Misschien nemen we wat van zijn handel in consignatie, gaan we de onderlinge verhoudingen herschikken. Wat vind je daarvan?'

'Weet ik niet.'

'Weet je niet! Wat ben jij, Cody?'

'Ik ben een man.'

'Precies. Iedereen kan dat zien. Voor elke man komt er een moment dat hij moet besluiten wie hij is. Of je dient je leven lang een ander, of je maakt zelf de dienst uit. Mijn vraag aan jou is: ga jij nichten als Dominique dienen of ben je er klaar voor om een koning te zijn?'

Baker zag leven in Krugers domme ogen komen.

'En Deon dan?' vroeg Kruger.

'Laat Deon toch oplazeren, man! Die jongen heeft geen ambitie. Jij wel.'

Kruger ging staan, met de borst vooruit.

'Haal dat ding,' zei Baker. 'We hebben dat schietijzer van je nodig.'

Kruger kwam terug met een Glock 17, de politierevolver die fel begeerd werd door vele jonge mannen in het District die zich verbeeldden een echte crimineel te zijn. Als je wat rondvroeg, bemachtigde je zo een handvuurwapen. Deze was gekocht in een winkel op 29 South, tussen Manassas en Culpeper in Virginia met het doel om doorverkocht te worden aan Kruger.

'Geef eens.' Baker nam de revolver in zijn hand. Hij keek of Kruger het serienummer niet had weggevijld. Het betekende extra jaren als hij in verband werd gebracht met een vuurwapen met weggevijld nummer. Baker gaf de Glock terug aan Kruger, die hem in zijn zak liet glijden.

'Als je mijn revolver ooit nodig hebt,' zei Kruger. 'Hij ligt in de kastla onder mijn boxershorts.'

Baker bekeek Kruger, die zijn sweatshirt met de capuchon over zijn hoofd droeg, zoals hij het in games had zien doen. Hij trok de capuchon naar beneden.

'Je wilt toch zeker de aandacht niet trekken?'

'Nee, meneer Charles.'

'Je zei dat je wist waar Dominique woont.'

'Weet ik ook.'

Baker maakte een rukkerige beweging met zijn kin naar de voordeur, waarna ze de flat verlieten.

James Monroe leunde tegen een afschermdeken die hij over de rand van het voorspatscherm van de Monte Carlo had gehangen en draaide de vleugelmoer boven op het luchtfilter los. Hij liet de moer in de hoed van het filter vallen, zodat hij hem later weer terug kon vinden, tilde het filter eruit en zette hem aan de kant zonder het los te maken van de slang. De carburateur was nu zichtbaar en kon gerepareerd worden.

'Wat doe je nu, James?' vroeg Raymond.

'Ik ga het lucht- en brandstofmengsel bijstellen.'

'Heb je de bougies en de kabels al gedaan?'

'Wat dacht je nou? De carburateur stel je het laatste af. Dat vertel ik je nou al zo'n dikke dertig jaar.'

'James onderhoudt mijn Pontiac,' zei Raymond tegen Alex. 'Daarvoor in ruil behandel ik zijn heup.'

'Mijn werk aan jouw auto heeft meer resultaat dan wat jij aan mijn heup doet.'

'Deze garage is niet echt de ideale werkplek voor een man met een slechte heup. Op de eerste plaats sta je te veel. En Gavin zou ook voor verwarming moeten zorgen.'

'Ik heb dat straalkacheltje,' zei James, waarmee hij een klein, niet aangesloten apparaat bedoelde dat achter in de garage bij de werkbank stond.

'Als het ook maar iets deed, zou je het hebben aanstaan.'

'Ach, de zomer komt eraan.'

'Maar is er nog niet.'

Alex en Raymond stonden, aangezien er in de garage geen ruimte voor stoelen was. Alex hield een blikje bier in zijn hand. De duisternis was ingevallen en daarmee de kilte van een avond in Washington DC. Het was volop lente, maar 's avonds zakte de temperatuur steevast naar een graad of vijf. Alex was zo dom geweest om geen jasje mee te nemen. Hij had het koud en was een beetje duizelig; James had de Chevrolet gestart en de uitlaatgassen maakten hem misselijk. Alex begreep niet hoe James in deze krappe en ongezonde omgeving kon werken.

Alex ging dichter bij de auto staan. Hij keek toe terwijl James een vacuümmeter aan het inlaatspruitstuk bevestigde. Hij had ruwe, eeltige handen en om zijn ene wijsvinger zat een smerige pleister.

'Heb je de Wizards gisteravond zien spelen?' vroeg James.

'Die wedstrijden aan de Westkust zenden ze voor mij te laat uit,' zei Raymond. 'Maar ik heb erover gelezen in de krant. Gilbert maakte er 42. De Sonics wisten bijna terug te komen met Chris Wilcox.'

'Ja, maar Agent Zero sloeg met nog twee seconden te gaan de nagel in de doodskist. Als Caron Butler hersteld is van zijn blessure, dan schoppen ze het nog ver in de beslissingswedstrijden. Want wanneer Gilbert door meer spelers gedekt wordt, heb je op de flanken twee andere wapens: Caron en Antawn, die klaar zijn om te scoren.'

'Zonder een middenspeler zullen ze het helemaal niet zover schoppen,' zei Raymond.

'Michael Jordan had geen uitstekende middenspeler nodig om het kampioenschap binnen te halen voor de Bulls.'

'Gilbert is Michael niet.'

'Geef me die lange schroevendraaier met de platte kop eens aan, Ray. Hij ligt op de werkbank.'

Raymond liep naar de werkbank en kwam terug met een lange schroevendraaier met een vinyl greep. James pakte hem aan en zette de kop in de gleuf in een van de twee stationairstelschroeven aan de onderkant van de carburateur. Hij draaide de schroef met de wijzers van de klok mee tot hij vastzat.

'Er zijn vijf uitstekende spelers voor nodig om een kampioenschap te winnen,' zei Raymond, vastbesloten om gelijk te krijgen.

'Niet altijd,' zei James, terwijl hij de andere stelschroef op dezelfde manier vastdraaide. 'Tuurlijk, je had het oude team van de Knicks, dus uitzonderingen zijn er altijd. De grootste vijf in de geschiedenis van het professionele basketbal.'

'Clyde Frazier en Earl Monroe,' zei Raymond. 'De beste verdediging aller tijden.'

'Willis Reed,' zei James en ondertussen zette hij de schroevendraaier weer in de gleuf van de eerste schroef. 'Dave DeBus-schere.'

'Bill Bradley,' zei Alex.

'Princeton-jongen,' zei James, zonder op te kijken. 'Had die gave sprong vanuit de hoek.'

'Maar Frazier was de sleutel,' zei Raymond. 'Die scoorde het meest met Dick Barnett naast zich. Hij had Earl niet nodig.'

'En de play-offs van 1973 tegen de Lakers dan?' zei James. 'Jesus verrichtte een paar wonderen in die reeks.'

'Toe nou,' zei Raymond. 'Clyde zette de aanval in en speelde geweldig. Hij viel als een havik aan met die bal. Dat weet je!'

'Als jij het zegt,' zei James. Hij draaide de carburateurschroeven weer wat losser.

'Mijn broer en ik bekvechten hier al ons hele leven over,' zei Raymond met een fijn lachje, dat Alex zag verdwijnen toen ze voetstappen hoorden naderen.

Buiten ging een veiligheidslamp branden die de steeg verlichtte. Een klein, kalend mannetje met grote oren onder dunner wordend grijs kroeshaar kwam de garage binnen. Hij liep snel langs Raymond en Alex zonder acht op hen te slaan, zette zijn handen in zijn zij en kwam naast de auto staan. Naast James leek hij een kind.

'Is ie klaar?' zei de man.

'Bijna, meneer Gavin,' zei James, die de schroeven langzaam tegen de klok in draaide.

'Ik heb tegen meneer Court gezegd dat die wagen nu klaar zou zijn.'

'Court zei dat hij meer benzine verbruikte. Dat verhelp je niet met alleen nieuwe contactpuntjes en bougies. Ik zal toch het mengsel moeten bijstellen.'

'Zorg dat het gebeurt, James. Ik betaal je niet om hier bezoek te ontvangen. Court is onderweg om zijn auto op te halen. Dat ding moet dus klaar zijn. Niet morgen. Nu.'

'Komt in orde, meneer Gavin.'

Zonder verder nog iets te zeggen vertrok Gavin. In de garage was een tijdje alleen het geluid van de lopende motor te horen. Alex vond het gênant voor James Monroe.

'Tweeënhalf,' zei Raymond om de spanning te doorbreken. 'Klopt dat, James?'

'Ja.' Hij had de schroeven tweeënhalve slag losser gedraaid en draaide ze nu met kwartslagen strakker, terwijl hij naar het geluid van de motor luisterde.

'Mighty Mouse was een beetje kort aangebonden en zakelijk, vind je niet?' zei Raymond.

'Hij is kort,' zei James grinnikend. 'Dat zal niemand ontkennen.'

'Hij hoeft niet zo'n toon tegen je aan te slaan.'

'Zo is hij nu eenmaal,' zei James. 'God maakte hem klein en nu is hij boos op mij. Ach, het is werk. Dat mag niet makkelijk of leuk zijn.'

De motor begon te sputteren, toen James de carburateurschroef vaster draaide.

'Te ver,' zei Raymond.

'Klopt,' zei James. Hij draaide de schroef iets losser en de motor begon rustig te lopen. Hij prutste er nog wat aan en daarna liep de motor nog rustiger. 'Nu zingt ie.'

'Ik hoor niks,' zei Raymond.

James nam een grote slok bier. Hij zette het blikje neer, haalde de vacuümmeter van het inlaatspruitstuk en pakte het luchtfilter. Hij zette die weer over de carburateur.

'Heb je gehoord dat Luther Ingram is overleden?' vroeg James.

'"If loving you is wrong,"' zei Raymond. '"I don't want to be right."'

'"If being wrong means being without you,"' zei James, '"I'd rather be wrong than right."'

'Prachtig,' zei Raymond. '1973.'

'Nee, sukkel, 1972.'

'Waarom moet je me altijd verbeteren?'

'Ik zeg het alleen maar.'

'Het was zo'n ontrouw-is-goedliedje, die waren indertijd heel populair. Weet je nog?'

'"Me and Mrs. Jones",' zei James.

'Billy Paul,' zei Alex. 'Ook uit '72.'

James draaide de vleugelmoer weer op het luchtfilter. Hij hield daar eventjes mee op om zijn hoofd iets om te draaien en vanuit zijn ooghoek naar Alex te kijken.

'Mijn vader had een radio in de broodjeszaak, toen ik tiener was en hem daar hielp,' zei Alex. 'Die stond altijd op WOL. Voor het personeel.'

James draaide de vleugelmoer vast. 'Als er tegenwoordig een O-L of een W-O-O-K in de lucht was, zou ik hier een radio hebben om me gezelschap te houden. Maar geen enkel station draait nog muziek waar ik naar wil luisteren.'

'Jij moet echt je smaak moderniseren,' merkte Raymond op.

'Ik denk dat het daarvoor te laat is,' zei James. Hij ging rechtop staan en begon met de afschermdeken vegen op het spatscherm weg te wrijven. 'Ik moest dit maar eens afmaken, voordat Court hier verschijnt.'

'We gaan al,' zei Raymond.

Alex dronk zijn bier op en gooide het lege blikje in een afvalbak, die vol lag met andere blikjes. Hij liep naar James en stak hem nogmaals de hand toe.

James gaf hem een handdruk.

'Fijn je ontmoet te hebben,' zei Alex.

James zei niets. Zijn blik was niet te peilen. Raymond en hij wisselden een lange blik met elkaar. Daarna bekommerde James zich weer om de Monte Carlo. Hij liet de motorkap zakken en drukte erop tot er een klik klonk.

'Bel mama,' zei Raymond, op weg naar buiten.

'Doe ik toch altijd,' antwoordde James.

Alex en Raymond liepen vanuit het schijnsel van de veiligheidslamp de donkere steeg in.

'Wat is dat een lul, die baas van hem,' zei Alex.

'George Jefferson en Napoleon Bonaparte kregen een baby en ze noemden hem Gavin.'

'Waarom pikt hij dat?'

'James vindt dat hij het moet pikken. Hij is blij dat hij dat baantje heeft.'

'Hij moet iets beters kunnen krijgen. Hij is goed in wat hij doet.'

'Met de nieuwere auto's kan hij niet uit de voeten. En niet al te veel werkgevers willen een ex-bajesklant in dienst nemen. Als ik kon, zou ik hem helpen.'

Vanuit de steeg liepen ze naar de Pontiac.

'We hebben niet echt ergens over gepraat,' zei Alex.

'Da's niet erg.'

'Zelfs niet over het incident.'

'Dat komt nog wel.'

'Wat deed ik daar vanavond dan?'

'Ik denk dat we allemaal een beetje vrede willen vinden met dat gebeuren. De eerste stap was dat ik wilde dat je mijn broer leerde kennen. Hij was achterlijk bezig, toen hij Charles hielp met dat briefje. Maar je ziet toch zo dat een man als James het niet verdient om opgesloten te worden.'

Daar was Alex het mee eens, maar hij zei niets. Hij dacht na over wat hij zou doen wanneer Baker bij hem en zijn gezin op de stoep stond.

19

'Ik denk dat ie eraan komt,' zei Charles Baker in zijn wegwerpmobieltje. 'Als dat zijn 300 is, dan is ie het.'

'Roger,' zei Cody Kruger, die met zijn wegwerpmobieltje tegen zijn oor gedrukt het codewoord gebruikte dat hij kende van geheim agenten op tv.

Baker zat aan de passagierskant van Krugers Honda. Hij keek ingespannen door de voorruit, terwijl de grote, op een auto uit *The Green Hornet* lijkende Chrysler langzaam over het parkeerterrein reed van het appartementengebouw met tuin, waar Dominique Dixon woonde. Krugers auto stond aan de overkant, op Blair Road.

De Chrysler kwam tot stilstand op een lege plaats naast een witte, gesloten Ford Econoline bestelbus, die naast een bruine afvalcontainer geparkeerd stond.

Dominique Dixon stapte uit de auto. Hij droeg een beige broek en een Miles Davisgroen overhemd met daaroverheen, tegen de avondkou, een blazer van zwart leer. Achter de schouderbladen zat ruimte, wat Dixons tengere bouw verried.

'Het is 'm,' zei Baker.

'Roger,' zei Kruger.

'Ben je er klaar voor?'

'Weet u toch!'

Dixon sloot zijn auto af en liep naar het open trappenhuis dat naar zijn appartement leidde. Kruger stond boven, een verdieping hoger dan waar Dixon woonde. Hij stond met zijn rug tegen de bakstenen muur gedrukt, opgewonden van de zenuwen, want dit was nieuw voor hem. Zijn zweterige hand hield de Glock goed vast.

Baker sloeg Dixon met zijn zelfverzekerde loopje gade. Baker wist wie Dixon was, al wist Dixon dat zelf niet.

Hij ging hiervan genieten. Dat deed hij altijd wanneer het ging om iemand die zwakker was dan hij, iemand die meer bezat dan hij, iemand die dacht dat dit hém nooit zou overkomen.

Baker stapte uit de Honda, sloot af met het elektronische dingetje dat de blanke jongen bij hem had achtergelaten. Achter hem, voorbij een in nachtelijk duister gehuld park en basketbalveld, hoorde hij het zachte, klepperende geluid van een Metrotrein die in zuidelijke richting reed. Terwijl Baker langs de Chrysler 300 liep, haalde hij al lopende Krugers autosleutel over de lak van het spatbord aan de voorkant en maakte een diepe kras in de lak, helemaal tot aan de kofferbak. Dit was tienergedrag, dat wist hij best, maar toch schiep hij er behagen in en hij glimlachte.

In het trappenhuis trof hij Kruger aan, die Dixon onder schot hield. Dixon stond met zijn handen omhoog bij zijn voordeur. Krugers gezicht was verhit van opwinding, zijn acné lag als lichtgele spikkels op zijn roze huid. Dixon was sprakeloos en stond zichtbaar te trillen. Baker stapte de overloop op.

'Laat je handen zakken,' zei Baker, 'en doe open die deur. Snel.'

'Waarom?' vroeg Dixon.

'Mond dicht,' zei Baker. 'Draai die sleutel nou maar om.'

Ze gingen naar binnen. Baker sloot de deur en deed hem op het nachtslot. Het appartement zag eruit zoals hij had verwacht en gehoopt. Meubels, beter dan warenhuiskwaliteit. Een groot televisietoestel, dat als een schilderij aan de muur hing. Een verrijdbaar huisbarretje, voorzien van allerlei sterke drank, met op het glazen bovenblad een cocktailshaker, een vruchtenpers en mesjes om fruit mee te snijden. Het appartementencomplex zag er aan de buitenkant gewoontjes, bijna verwaarloosd uit. Maar achter de muren had Dixon zijn hok luxueus ingericht.

Een slimme, succesvolle marihuanadealer pronkte niet. De Chrysler was mooi maar niet patserig; cool genoeg om de aandacht van lekkere meiden te trekken, maar niet die van de politie. Baker had geen dure sieraden om Dixons polsen of vingers gezien, evenmin om zijn nek. Ja, Dominique Dixon was slim, en dat maakte Baker eerder nijdig dan dat hij ervan onder de indruk was. Waarom wisten zoveel mensen zoveel beter dan hij hoe ze het voor mekaar moesten krijgen? Baker zou die slimmeriken vragen hebben kunnen stellen en daar misschien iets van hebben opgestoken. Maar dat deed hij nooit. Hij voelde alleen maar de neiging om zulke mensen te mollen.

'Ga met je reet op die bank zitten.' Baker wees naar Dixons met rood linnen overtrokken sofa. Tegen Kruger zei hij: 'Zorg dat ie daar blijft. Ik wil hier even rondkijken.'

Baker wierp Kruger de sleutel van de Honda toe en liep vervolgens door een gang naar een slaapkamer. Er stond een kingsize bed in met een eenvoudig, rechthoekig hoofdeinde. Aan weerszijden stonden bijpassende houten tafeltjes. Het vormde een laag, gestroomlijnd geheel. De ladekast had hetzelfde eenvoudige ontwerp als de bijzettafeltjes en was van hetzelfde donkere hout. Op het tapijt zag Baker een nummer van *Maxim* liggen en bij het bed lag een pornoblad. Dus die knul hield toch van vrouwen. Maar waarom kleedde en gedroeg hij zich dan als een flikker? Baker had te lang opgesloten gezeten. Hij begreep niets van die nieuwe wereld.

Hij doorzocht Dixons ladekast, voelde met zijn hand onder de jeans en maakte opgerolde sokken los. Hij vond een paar honderd dollar in briefjes van twintig, die plat tussen Dixons opgevouwen onderbroeken lagen. Baker stak het geld in zijn zak. In een gevoerd doosje vond hij een Omegahorloge met een blauwe wijzerplaat en een ring met een onyxsteen. Beide stak hij in de andere zak van zijn broek. Hij liep de badkamer in, rook aan de reukwaters van de jongen en deed een ruimhartige hoeveelheid van iets wat hij lekker vond op zijn gezicht. Het flesje was van een mooie tint groen, mannelijk. Baker controleerde of de dop er goed op zat. Hij schoof het flesje in de binnenzak van zijn oude, karamelkleurige leren jasje.

Zo is het dus om geld te hebben, dacht hij toen hij terugliep door de gang. Maar hij was tevreden noch klaar.

Kruger stond in de woonkamer gehoorzaam zijn pistool op Dixon te richten, die nog steeds op de bank zat. Baker moest bijna lachen bij de aanblik van Kruger. Net als in B-films hield hij zijn schietijzer schuin. Toch onderdrukte hij zijn geamuseerdheid, want de blanke jongen was zo gehoorzaam, dat het eigenlijk een beetje hartverwarmend was. Het was inmiddels een poos geleden dat iemand zo naar hem luisterde als Kruger.

'Iets gevonden?' vroeg Kruger.

'Neuh. Niets, nog geen dollar.'

Baker liep naar de bar op wieltjes en bekeek de flessen. Hij was niet echt een man van sterke drank, want met bier en zijn voorspelbare uitwerking hield hij zichzelf in de hand. Maar dit was een gelegenheid waarop een slokje gedronken moest worden. Een fles wodka met vliegende witte vogels op het etiket liet hij ongemoeid. Hij pakte een fles Schotse whisky, Glen van het een of ander, vijftien jaar gerijpt. Hij schonk slordig een stevige bodem in een bekerglas en proefde. Het smaakte rokerig en scherp. Hij liep met het glas naar een stoel tegenover de bank. Het was een bijpassende stoel, eveneens met rood linnen bekleed. Baker schatte de hoogte ervan in en zag dat dit een goede plek was om de jongen neer te zetten als praten tot niets leidde.

'Zo,' zei Baker, terwijl hij de whisky in het glas rond liet draaien. 'Laat me verduidelijken waarom we hier zijn.'

'Dit deugt niet,' zei Dixon bits. 'Jullie hebben me onder schot gedwongen om mijn eigen huis binnen te gaan.'

'Jij en ik zullen het beter met elkaar kunnen vinden, als jij niet net doet of je groot en slecht bent. Want we weten alle twee dat jij dat niet bent.' Baker keek naar Kruger. 'Laat zakken die revolver, Cody. Die hebben we niet nodig. Tenminste, ik denk van niet. Of wel, Dominique?'

'Wat willen jullie?' vroeg Dixon, timide nu.

'Daar kom ik zo op. Ik wil je eerst een verhaal vertellen.' Baker nam een stevige slok whisky en zette het glas voor zich neer op het glazen blad van de tafel. 'Toen ik in Jessup zat, heb ik heel wat kerels uit Baltimore leren kennen. Dat is een ander slag criminelen dan die wij hier hebben. Ik zeg daarmee niet dat ze wreder zijn dan de jongens uit DC. Gewoon anders. Want ze doen allerlei abnormale dingen om te krijgen wat ze willen. Zo kende ik een huurmoordenaar die zijn slachtoffers neerschoot met een oud .22 pistooltje. Elke keer een schot op dezelfde plaats, een bepaald botje in de nek. Gegarandeerde duisternis,' zei hij.

'Een andere knaap, Nathan Williams ofwel Black Nate, ripte dealertjes door een bullepees te laten knallen op het trottoir. Ik zeg je, die vent droeg geen revolver. Alleen maar een bullepees. Droeg hem opgerold op zijn heup, zoals een revolverheld een holster. Straatdealertjes gaven hun handel onmiddellijk af, lieten hun pakjes zo aan zijn voeten vallen. Dat was Black Nate.

Maar dan had je nog een andere gast. Hij overtrof iedereen. Ik zal hem Junior noemen. Toen Junior een tiener was, sloot hij zich aan bij een stel overvallertjes, een stelletje ongeregeld dat drugsdealers beroofde. Uiteindelijk, de rest van zijn maten was dood of zat in de bak, begon hij voor zichzelf. Junior ging alleen achter de grote jongens aan, nooit achter knulletjes op straathoeken. Wat hij wilde, was erachter komen waar het geld zat en hij had er alles voor over om die informatie te krijgen. Een vent dreigen met dat je hem omlegt, helpt niet altijd. Ze weten immers dat ze toch dood zijn als ze de poet afgeven of hun contact verraden. En martelen is lawaaiig en smerig. Dus Junior begon die kerels te bruinwerken om ze aan het praten te krijgen. Je kent dat woord toch wel, Dominique?'

'Ja.' Dixons mondhoek trilde toen hij dit zei.

'Ja. Een vent reageert alleen al bij het horen van dat woord. Je vertelt hem dat je hem zijn man-zijn gaat afpakken en hij beantwoordt iedere vraag die je hem stelt, de hele dag door.'

'Wat wilt u?'

'Ik wil je voorraad, man. Ik wil je klantenlijst. Ik wil al die mooie spullen die jij hebt. Jij verdient het niet om ze te houden, want ik ben sterker dan jij. Wet van de jungle, toch? Je hebt vast weleens gehoord van Darvon.'

Dixon knikte. Hij kende de naam die Baker bedoelde, maar verbeterde hem niet.

'Nu weten we allebei dat jij massa's verkoopt. Dus waarom vertel je me niet waar je het bewaart?'

'Niet hier.' Dixon spreidde zijn handen. 'Ik heb momenteel niks. Alles is al verkocht aan mijn dealers.'

'Niet alles, man. Doe niet net alsof ik dom ben, want dat ben ik niet.'

'Het is weg.'

'Weg, hè? Je verkocht Cody en Deon zo pas nog een paar pond. Twee avonden terug? En jij, die een half postcodegebied bevoorraadt? Nee, ik geloof er niks van dat het weg is. Je hebt nog een heleboel over, denk ik. Dus je liegt tegen me. En daar houd ik niet van, Dominique.'

'Moet je horen, man...'

'Dacht dat ik tegen je gezegd had dat het voor jou meneer Charles was.'

'Meneer Charles. Laten we Deon bellen. Deon weet hoe ik werk. Hij zal u ook vertellen dat ik heel snel in- en verkoop.'

'Deon heeft hier niets mee te maken.'

'Waar is hij?'

'Niet hier.'

'Dat zie ik, maar...'

'Wat ik bedoel is: hij kan jou niet helpen.'

Baker dronk zijn glas met een grote teug leeg en zette het met een klap op de glazen tafel. Alsof hij gelanceerd werd sprong hij toen op uit de stoel en ging erachter staan.

'Opstaan, jongen. Kom hierheen.'

Dixon stond langzaam op van de bank. Hij liep wankel naar waar Baker stond.

Baker stapte achteruit om plaats voor hem te maken. 'Nu draai je je om en ga je met je gezicht naar de stoel staan. Leg je handen op de leuning.'

'Waarvoor?'

'Nú.'

Dixon deed wat hem was gezegd. Hij greep de rugleuning vast met zijn handen. Hij moest bukken om dat te kunnen doen en op het moment dat hij dit deed, drong tot hem door wat er gebeurde.

'Nee!' zei hij.

Met zijn rechterhand haalde Baker een mes uit de opgenaaide zak van zijn jasje. Op het heft van imitatiepaarlemoer zat een knopje en daar drukte hij op. Uit het heft schoot een lemmet. Bij het horen van dit onmiskenbare geluid, sloot Dixon zijn ogen. Baker, die vlak achter hem stond, legde het lemmet tegen Dixons hals. Hij streek het zacht omlaag tot het de verdikking van Dixons halsslagader bereikte en daar oefende hij er meer druk op uit, maar zonder in de huid te snijden.

'Waar is de marihuana?'

Dixons keel was zo droog, dat hij niets kon uitbrengen.

'Ik zal je helpen om je tong te vinden, jongen.'

Met zijn vrije hand maakte Baker de gesp van Dixons riem los en daarna trok hij de knoop uit het knoopsgat aan de voorkant van diens broek. Hij sjorde ruw aan de broek, tot die om Dixons gelaarsde voeten op de grond viel.

Dixon stond in zijn boxershort. Zijn magere, blote benen trilden. Zijn ogen hadden zich met tranen gevuld.

Cody Kruger stond er vlakbij. De revolver hing langs zijn zij en alle kleur was uit zijn gezicht weggetrokken. Van zijn lef leek niets meer over. Hij zag er heel jong uit.

Nog steeds met het mes tegen Dixons keel, zette Baker een stap naar voren en hij perste zich tegen Dixons achterste.

'Daar word je emotioneel van, hè?' zei Baker. 'Maar weet je, voor mij stelt dit helemaal niks voor. Al die tijd dat ik zat? Ach, man, jouw reet is voor mij niet meer dan het zoveelste gat. Je mond; zelfde verhaal.'

'Alstublieft,' zei Dixon smekend. Aan zijn neus hing een snotsliert.

'Alstublieft wat? Wil je graag dat ik het doe?'

'Ik zal u vertellen waar het is.'

Baker grinnikte. 'Echt waar?'

'In een witte bestelwagen. Staat naast mijn auto. De sleutels zitten in mijn zak, de linkerbroekzak.'

'Pak de sleutels, Cody,' zei Baker.

Voorzichtig haalde Kruger de sleutels uit de zak van de broek die om Dixons enkels lag.

'Ik zal gaan kijken, meneer Charles,' zei Kruger. Hij leek erop gebrand om uit het appartement weg te komen.

'Doe maar,' zei Baker. 'Pak je auto en zet hem achter het busje. Laad alles wat hij erin heeft zitten over in de Honda. Let erop dat niemand het ziet, begrepen?'

'Doe ik.'

'Bel me zodra we kunnen rijden.'

Nadat Kruger was vertrokken, bleef Baker tegen Dixon aan geperst staan. Baker voelde een huivering door Dixons schouders trekken.

'Huil maar als je zo nodig moet,' zei Baker. 'Het valt niet mee om erachter te komen wie je bent.'

'Ik wil zitten.'

'Je doet maar,' zei Baker. 'Maar we zijn nog niet klaar.'

Alex en Vicki vreeën, nadat hij was thuisgekomen van zijn avond met de gebroeders Monroe. Voor beiden kwam dit onverwacht en het gebeurde zodra Alex in hun kingsize bed stapte. Hij had verwacht dat ze sliep, zoals vrijwel altijd wanneer hij in bed kroop. Maar ze was wakker en draaide zich naar hem om en ging tegen hem aan liggen, ontspannen en natuurlijk, zoals een vrouw en man doen na zoveel jaren. Ze kusten en streelden elkaar langdurig. Want voor allebei was dit het fijnste gedeelte en ze voltooiden het met Vicki's sterke dijen tegen hem aan gedrukt; haar lippen koel. Vicki en Alex kwamen rustig klaar in het duister van de kamer.

Daarna spraken ze over zijn avond. Vicki lag op Alex' arm met haar hoofd op zijn borst.

'Was hij kwaad op je?'

'De oudste broer? Nee. Eerder onverschillig. Hij heeft zijn schuld ingelost en ik denk dat hij de haat achter zich heeft gelaten. Op de een of andere manier kreeg ik de indruk dat mijn aanwezigheid hem niets deed. Hij wil alles wat hem is overkomen achter zich laten. Dat is niet makkelijk voor hem geweest.'

Dit leidde tot het onderwerp Charles Baker en de vergissing die James had begaan door de brief te redigeren.

'Maak je je zorgen over die Baker?' vroeg Vicki.

'Nee,' loog Alex.

'Maar stel dat hij hier op komt dagen? Je hebt immers aan die jongste broer beloofd de politie erbuiten te houden?'

'Ik heb helemaal niets beloofd. Bovendien heeft het geen zin om ons daar nu zorgen over te maken.'

Het was heerlijk om naakt met Vicki in bed te liggen en te praten zoals ze al een poos niet meer gepraat hadden. Hij vertelde haar dat hij overwoog om de zaak aan Johnny over te dragen. En zij was blij en hield hem stevig vast en erkende dat zij ook bang was en ze vroeg hem wat er daarna kwam, nadat hij hun zoon het beheer over de broodjeszaak had gegeven.

'Ik ben een jonge vent,' zei Alex. 'Heus. Ik heb nog twintig jaar werkkracht in me, misschien wel langer. Dit keer wordt het niet iets uit plicht, maar iets uit hartstocht.'

'Maar wat ga je dan doen?'

Alex staarde in het donker naar het plafond, vaalwit van het maanlicht dat door de rolgordijnen van hun slaapkamer filterde.

Nadat Vicki in slaap gevallen was, stapte Alex uit bed en ging naar de keuken, waar hij zichzelf een glas rode wijn inschonk. Hij nam het mee naar de woonkamer en ging in zijn favoriete stoel zitten. Hij was van plan om daar met zijn wijn te wachten tot Johnny thuiskwam. Zodra hij Johnny's auto op de oprit hoorde, zou hij naar boven gaan om zijn zoon niet in verlegenheid te brengen. Een jonge vent van Johnny's leeftijd hoefde niet te weten dat zijn vader 's nachts nog altijd wakker bleef uit bezorgdheid om zijn zoon.

Met de ene zoon dood was het moeilijk om de andere los te laten. Maar hij wist dat hij dat moest doen, zodat Vicki en hij verder konden gaan met hun leven. De tijd begon te dringen. Met het verstrijken der jaren scheen het Alex toe dat de tijd sneller ging. Hij wilde bevrijd raken van dat ding, de druk op zijn schouders die hem vijfendertig jaar had dwarsgezeten. En nu had hij het gevoel dat het kon. Hij was eraan toe om zich ervan te bevrijden en naar wat er daarna kwam toe te rennen.

Alex was blij dat Ray Monroe zijn zaak was binnengestapt. Hij was blij James ontmoet te hebben. In zekere zin leek het alsof het wolkendek een klein beetje was gebroken.

Alex dacht na over de Monroes en over het gesprek dat die

avond in de garage was gevoerd. De gebruikelijke onderwerpen die mannen onder elkaar bespreken; het schertsen en uitdelen van vriendelijke plaagstoten, zoals broers dat doen. Een uitdrukking die over Raymond Monroes gezicht gleed.

En hij dacht: er klopt iets niet.

20

Pete Whitten kwam rond halfdrie Pappas and Sons binnengelopen, na de lunchdrukte, toen de meeste klanten waren opgehoepeld. Hij nam plaats op de kruk het dichtst bij de kassa, waar Alex geld stond te tellen.

Alex stopte daarmee, legde een stapel bankbiljetten in het vak van de tientjes en sloot de kassala. Over het buffet heen schudde hij Whitten de hand.

'Pete.'

'Alex. Da's lang geleden.'

'Te lang.'

Het was meer dan twintig jaar geleden. De laatste keer dat hij Pete had gezien, de keren dat hij zijn foto in kranten zag niet meegerekend, was op de begrafenis van Lou Cachoris, Billy's vader. Meneer Cachoris was in de jaren tachtig overleden, een jaar of twaalf na het incident in Heathrow Heights. Het verhaal ging dat hij zich bewust het graf in gedronken had na de moord op zijn zoon, maar dat kwam van Grieken die Grieks deden over de dood. Volgens de krant was een hersentumor de doodsoorzaak.

Tijdens de gelegenheid tot afscheid nemen in het uitvaartcentrum Collins op University Boulevard, kwam Alex Pete toevallig tegen. Pete was kort daarvoor getrouwd. Hij ging gekleed in een pak waarvan het jasje brede schouders had en hij droeg een rode stropdas. Zijn haar was met gel bewerkt en stond in piekjes omhoog. Kortom: Pete was helemaal in de 'punk' zakenmanstijl van toen. Was hij buiten geweest, dan zou hij ongetwijfeld ook zijn zonnebril van Vuarnets op gehad hebben.

'Mag ik je voorstellen aan mijn vrouw, Anne,' zei Pete.

Alex groette haar; een knappe blondine, met een smalle taille, smalle enkels en iets duurs aan. Hij stelde hen beiden voor aan Vicki, die een confectiejurkje droeg. En ook al waren ze alle vier pas in de twintig, toch leken ze zich bewust van hun status en van wat de toekomst hun redelijkerwijs wel of niet zou brengen.

Maar Alex was trots om daar met Vicki te staan en hij kwam graag met haar voor de dag. Ze maakte een, tja, aardiger indruk dan Anne.

Alex had bij zichzelf overlegd of hij naar het rouwcentrum zou gaan. Hij wist dat als hij ging de *moetrah*, het gefluister, boze gezichten en starende blikken van de bloedverwanten van Cachoris hem ten deel zouden vallen. Iedereen wist dat hij die dag in de auto zat en niets had gedaan om zijn vriend te helpen. Maar om wat Billy voor hem geweest was, vond hij het niet meer dan fatsoenlijk dat hij diens vader de laatste eer bewees.

Na met Pete en Anne gesproken te hebben, liep Alex naar de open kist. Hij kuste de *ikona*, sloeg zijn *stavro* en keek neer op het lichaam van Lou Cachoris. Zijn gezicht zag eruit of het met een houten hamer plat geslagen was. Iemand had een foto van Billy als tiener onder de mouw van zijn begrafenispak geschoven. Toen Alex dit zag, boog hij zich impulsief voorover en drukte een kus op meneer Cachoris' voorhoofd. Het leek net alsof hij de kunstappels kuste die zijn moeder altijd op hun eetkamertafel had staan. In stilte bad hij voor Billy en om hoe de dingen voor de vader en de zoon uitgepakt waren. Toen Alex zijn ogen weer opendeed, stond er een oom of een neef naast hem, die op zachte maar besliste toon zei dat de familie geen prijs stelde op zijn aanwezigheid en dat hij moest vertrekken.

Hij keek om zich heen, Pete en zijn vrouw waren nergens te bekennen, die hadden het rouwcentrum al verlaten, en hij wist Vicki's aandacht te trekken. Toen zij de rouwkamer uit liepen, kwam de priester van St. Connie's net binnen. Terwijl Alex over het middenpad weg liep, voelde hij vele blikken op zich rusten; de jongen die zijn vriend niet had bijgestaan tegen de *mavres*, de jongen die nu het teken droeg, het lelijke oog. Buiten in de hal hoorde hij de aanwezigen het 'Everlasting Be Thy Memory' aanheffen, het lied waardoor iedereen zich beter hoorde te voelen, maar hij voelde zich er alleen maar zwaar klote door. Althans: dat gevoel had Alex eraan overgehouden, altijd wanneer hij dat lied weer hoorde. Verdriet en iets wat schaamte benaderde.

En nu zat Pete Whitten bij hem in de zaak, knap, succesvol en betrekkelijk ongeschonden door de tijd. Het pak zou wel van Canali zijn, de das van Hermes, de zonnebril in zijn borstzakje een Revos. Zijn haar zat perfect warrig en zijn jasje paste hem onberispelijk. Pete zag er goed uit.

'Ik moet je mijn verontschuldiging aanbieden,' zei Pete.

'Waarvoor?'

'Ik ben nooit binnengekomen om gedag te zeggen of iets te gebruiken in je zaak, terwijl ik maar een paar straten bij je vandaan werk, bijna mijn hele carrière al.'

'Da's best.'

'Mijn meeste lunches zijn zakenlunches. Allemaal op mijn onkostenrekening. Dus ik eet altijd in restaurants.'

'Dit is een restaurant,' zei Alex.

'Je weet best wat ik bedoel.'

'Tuurlijk.'

Pete haalde zijn arm van het buffet en veegde iets denkbeeldigs van zijn mouw. Hij keek rond en knikte goedkeurend.

'Ziet er goed uit,' zei Pete. 'Je hebt een aardige tent.'

'We houden het schoon.' Alex wees naar het koude keukengedeelte, waar Johnny en Darlene in een boek stonden te kijken dat opengeslagen op het werkblad lag. 'Dat is mijn zoon John.'

'Knap joch. Vernoemd naar je vader?'

'Ja. Johnny heeft vandaag een lekkere tonijnsalade gemaakt. Met kerrie erin. Een combinatie die ik zelf nooit overwogen zou hebben. Maar de klanten vonden het heerlijk. Zal ik ze zo'n broodje voor je laten maken?'

'Bedankt, maar ik heb al gegeten.'

'En, wat kan ik voor je doen, Pete?'

'Alex, we hebben heel wat bij te praten. We moesten maar eens wat afspreken. Jij, ik, onze vrouwen. Een etentje of zo.'

'Best.'

'Maar daarvoor kwam ik niet langs. Ik heb toch wel verontrustend nieuws.'

Pete vertelde Alex over de brief en zijn ontmoeting met Charles Baker. Pete beschreef het gesprek met Baker uitvoerig, sloeg geen detail over. Daarvoor was Pete advocaat, dacht Alex, die verbazing veinsde.

Kennelijk was de ontmoeting precies verlopen zoals Alex verwachtte, gelet op Petes beroepservaring en persoonlijkheid. Pete had Baker de deur gewezen en hem gedreigd juridische stappen te zullen ondernemen indien hij zijn pogingen tot afpersing niet staakte.

'En wat is jouw indruk?' vroeg Alex. 'Denk je dat het daarmee afgelopen is?'

'Daarover kan ik niets met zekerheid zeggen, ook daarom ben ik hier. Ik wilde je waarschuwen dat dit sujet, deze Baker, vrij rondloopt. Als ik me goed herinner, is hij degene die jou aanviel.'

'Ja.'

'Wie weet komt hij nu naar jou toe. Let wel, ik zeg alleen dat dit mogelijk is. Tijdens die ontmoeting heb ik hem natuurlijk duidelijk gemaakt wat de consequenties zouden zijn als hij nogmaals contact zocht. Maar mijn indruk van hem was dat hij niet bijster slim is. Bovendien zou hij gewelddadig kunnen zijn. Tenslotte heeft hij dat in het verleden bewezen.'

'Ik begrijp het.'

'En misschien zijn er anderen bij betrokken. Ik doel op de jongen die Billy neerschoot. En was diens broer er ook niet bij?'

Alex nam even de tijd, om de indruk te wekken dat hij hierover nadacht, en toen knikte hij.

'Ze zouden er alle drie bij betrokken kunnen zijn,' zei Pete. 'Je weet toch hoe dat soort mensen zijn.'

'Dat soort mensen?'

'Crimin**é**len, Alex. Ga nou niet overgevoelig doen, zeg. We hebben het hier over feiten en statistieken. Criminelen beteren hun leven doorgaans niet. Ik ben een realist en ik zou toch denken dat jij dat ook was. Ik probeer je alleen maar op de hoogte te brengen van wat er nu speelt.'

'Goed,' zei Alex. 'Maar wat moet ik doen als Baker contact met me zoekt?'

'Ik gaf hem een laatste kans. Mocht hij je benaderen, bel dan onmiddellijk de politie.' Pete haalde zijn kaartje uit zijn borstzak en schoof het over het buffet. 'En je schakelt mij natuurlijk in. Ik beschik over, zeg maar middelen waarover hij waarschijnlijk niet beschikt. Privédetectives, politie… ik ken mensen bij Justitie. Als Baker weer van zich laat horen, kunnen we korte metten met hem maken.'

'Dat waardeer ik, Pete.' Alex pakte het kaartje en legde het op de kassa. 'Dat meen ik.'

'Ik vond het ernstig genoeg om het je te laten weten. Hij kwam naar mijn huis, in de Heights, en heeft het briefje kennelijk zelf in de bus gestopt.'

'De Heights?' Alex kon het niet nalaten.

'Friendship Heights,' zei Pete.

'En de brief?'

'Was op een pc getypt en geprint. Hij dacht dat hij slim was, maar de printer kan ook achterhaald worden. Net zoals zijn vingerafdrukken.'

'Zo, zo.'

'Ik verwacht geen problemen. Maar ik vond dat je het moest weten.'

'Zeker.'

'Het is gek,' zei Pete. 'Door die ontmoeting met Baker moest ik weer denken aan die dag. In de loop der jaren heb ik niet zo vaak aan het incident gedacht, waarschijnlijk omdat ik zelf zo veranderd ben. Naar mijn gevoel lijk ik in niets meer op degene die ik op mijn zeventiende was. Is dat voor jou ook zo?'

'Ja,' zei Alex, die een einde wilde maken aan dit gesprek.

Pete liet zich van de kruk glijden en schudde Alex de hand. 'Ik moet terug naar kantoor. Een etentje en bijpraten, moeten we echt doen.'

'Klinkt goed.'

'Het beste, Alex.'

'Tot ziens.'

Alex keek hem na. Er kwam geen etentje. Geen van tweeën hadden ze daar behoefte aan. Pete was nog steeds de jongen die hij op zijn zeventiende was, maar zelf zou hij dat nooit weten. Die dag was hij gevlucht en hij had zich zo bevrijd. Daarna werd het voor hem een rechtenstudie, een degelijke en lucratieve carrière en een huis in de Heights. In zekere zin vluchtte hij nog steeds. Billy daarentegen had zich geweerd. Het laatste wat Billy deed, voordat hij werd doodgeschoten, was naar hem wijzen en roepen dat hij 'm moest smeren. Je kon veel van Billy zeggen, en deels had hij daar zelf niet echt iets aan kunnen doen, maar Billy was wél een vriend geweest. En wat hemzelf aanging, hij had niet gehandeld. Hij, Alex, was enkel de jongen op de achterbank van de auto geweest.

'Pap?'

Alex draaide zich om. 'Ja?'

'Wat vond je van de specialiteit van de dag?' vroeg John Pappas.

'Het werkte. De kerrie was een lekkere, hoe zal ik het zeggen, aanvulling op de tonijn. Alleen...'

'Wat?'

'Ga je een Indiase tent van de zaak maken?'

'Ja, pap, da's nou net wat ik van plan ben.'

'Straks gooi je het bestek nog weg en moeten de klanten met hun handen eten.'

'Dat is Ethiopisch.'

'O, serieus?'

'Je hoeft je echt geen zorgen te maken.'

'Wat ik ermee zeggen wil, je hebt vandaag twee keer zoveel hamburgers en kipfilet-kaas verkocht als broodjes tonijn. Ja? Verlies je levensonderhoud niet uit het oog. Da's alles.'

'Ben ik ook niet van plan.'

'Mooi zo. Alsjeblieft.' Alex haalde een stel sleutels uit zijn zak. Ze waren van de voor- en achterdeur en de diepvrieskast. Hij gaf ze aan Johnny. 'Die heb ik voor jou laten maken.'

'Bedankt.'

'Ik ben heel tevreden over je.'

'Dank je.'

'En vandaag mag jij afsluiten. Ik moet ergens heen. Ik neem de rest van de middag maar vrij, denk ik.'

'Meen je dat nou?'

'Afsluiten is een makkie. Het personeel kent zijn taken en weet ook wat er schoongemaakt moet worden. Darlene helpt je met de bestellingen. Over een halfuur scheur je de kassarol af. Wat het geld betreft: morgen zijn er geen rekeningen te betalen en het is ook geen betaaldag. Dus je stopt ongeveer vijftig piek in biljetten en kleingeld in de metalen geldkist, bergt die op in de diepvries en de rest neem je mee naar huis en geef je aan mama.'

'Dat lukt me wel.'

'Zit er niet over in dat je misschien een vergissing maakt. Zorg er alleen wel voor dat je bij vertrek de deuren afsluit. Morgenochtend kan ik wat er eventueel nog te doen valt afhandelen.'

'Vertrouw je me?'

'Natuurlijk, waarom zou ik je niet vertrouwen?'

'Nou, wie weet bedenken we met z'n allen dat we X-tabletten in het eten gaan gooien of zoiets, zodra jij weg bent.'

'Jij!' Alex maakte een wegwerpgebaartje met zijn hand. Maak dat je wegkomt. Je hindert me. Ik hou van je.

John Pappas lachte zijn vader toe en liep weg over de rubbermatten.

Darlene stond met haar rug naar de bakplaat gekeerd naar Alex te kijken en liet een spatel in haar hand ronddraaien.

'Ik ben de rest van de dag weg, Darlene.'

'Da's voor het eerst.'

'Wen er maar aan.'

Hij ging op Tito af, die een pan schoonspoot met de uittrekbare slang met de jetstraalkop.

'Gaat u weg, baas?'

'Ja. Hoe was je afspraakje?'

Met een lachje gaf Tito Alex een knipoog.

'Brave jongen,' zei Alex, waarna hij de zaak via de achterdeur verliet.

Raymond Monroe en Kendall Robinson zaten hand in hand rustig met elkaar te praten in haar kantoortje. Het was laat in de middag en Kendall had de jaloezieën omlaag getrokken. Ze had een beetje gehuild, maar dat was nu over en ze hield een verfrommeld papieren zakdoekje in haar vrije hand.

'Sorry,' zei ze.

'Je hoeft je niet te verontschuldigen. Iedereen hier verdient een goede huilbui op z'n tijd. En niet alleen de patiënten.'

'Zij zijn sterker dan ik, meestal.'

'Waarom moest je zo huilen?'

'Ach, ik weet het niet. Ik had weer een gesprek met soldaat Collins, de jongen die ze Dagwood noemen, weet je wel?'

'Ja, die de vrijwillige amputatie overweegt.'

'Hij weet het inmiddels zeker. Ik heb zijn verzoek gisteren ingediend. Ik ging alleen maar even bij hem langs om te zien hoe het met hem ging.'

'En?'

'Het gaat prima met hem. Ik was degene die kwaad werd toen ik zijn kamer uit liep. En opeens sloeg die woede om in emotie.' Kendall gooide het zakdoekje in de prullenbak naast haar bureau. 'Ik liep pas geleden op Wisconsin Avenue in Maryland langs een bioscoop, waar die film draait met dat meisje dat een machinegeweer in haar geamputeerde been laat implanteren. En dan weet je gewoon dat daar jongeren naar zitten te kijken die om die rotzooi lachen en ervoor klappen. Terwijl op hetzelfde moment jonge mannen en vrouwen sneuvelen of armen en benen verliezen; en waarvoor? Zodat die rijke kinderen benzine in de auto's kunnen gooien die hun mammies en pappies voor hen gekocht hebben? Zodat ze hun jeans van tweehonderd dollar kunnen kopen?'

'Dat was de bedoeling,' zei Monroe. 'Gebruik uw belastingverlaging om te consumeren.'

'Het is de bedoeling dat ze vergeten dat er een oorlog gaande is. Geen doodskisten, geen doden. Ik was indertijd nog niet geboren en jij evenmin, maar droeg dit hele land niet bij en getrooste het zich geen opofferingen tijdens de Tweede Wereldoorlog?'

'Dat heb ik vaak genoeg van mijn vader moeten horen.'

'Vroeger was het "Vraag wat je voor je land kunt doen". Nu is het "Laten we naar *Dancing with the Stars* gaan kijken". "Kom, we gaan naar het winkelcentrum".'

'Schieten die soldaten er iets mee op, als jij het voor gezien houdt?'

'Kom, zeg. Dacht je nou werkelijk dat ik ermee ophield?'

'Je hebt pit, Kendall.'

'Ik moet nodig wat van die negatieve energie kwijtraken.' Met haar vinger trok ze een kringetje in zijn handpalm. 'Kom je vanavond? Marcus zou dat ook leuk vinden.'

'Ik wil niets liever, dat weet je. Maar er spelen dingen met mijn broer waar ik een oogje op moet houden. En ik wil ook even kijken hoe het met mijn moeder is.'

'Een man van vijftig die...'

'Ik ben negenenveertig.'

'Nog steeds bij zijn moeder woont. Volgens mij wordt het tijd voor die man om nog eens goed na te denken.'

'Ik snap wat je bedoelt. Maar uitgerekend jij... jij hebt het over verantwoordelijkheid nemen, over hoe we allemaal moeten bijdragen. Wanneer iemand zich opoffert, dan moeten zij die dat niet deden... nou ja, steun verlenen.'

'Ik weet het, Ray. Jij hebt een last die je met je meedraagt. Maar luister nou eens, ik vraag je niet om plechtige beloften of een ring. Ik ben het alleen wel zat om je weekendtas bij mij thuis op de grond te zien staan. Om te beginnen zou een eigen klerenkast al iets zijn.'

'Da's waar.'

'En voor Marcus is het goed als er permanent een man in huis is.'

'Ben ik geschikt, denk je?'

'Even serieus. Marcus houdt van je, Ray.'

'En ik van hem. Ik liep erover te denken om hem mee te nemen naar een wedstrijd van de Wizards. Binnenkort spelen ze thuis. De kaartjes gaan me een rib uit mijn lijf kosten, maar dat moet dan maar.'

'Hij hoeft maar in de buurt van dat Verizon Center te komen of hij begint al te stralen.'

'Jij mag ook mee.'

'Om mij af te kopen, zul je met meer dan een kaartje van tien dollar en een hotdog over de brug moeten komen.'

Monroe gaf een kneepje in haar hand. 'Gun me wat tijd.'

21

De voorzitter van de Historische Vereniging had een kantoor in een openbaar gebouw nabij de antiek- en theezaken. Het pand bevond zich in een deel van de stad waar veel victoriaanse huizen stonden op door tuinarchitecten fraai vormgegeven percelen. Vanuit dit openbare gebouw kon men een huis met zes slaapkamers zien, dat ooit toebehoorde aan ene meneer Nicholson. Vijfendertig jaar geleden gooide Raymond Monroe, een tiener uit de nabijgelegen zwarte woonwijk, een steen door een van de slaapkamerruiten, nadat meneer Nicholson hem te weinig had betaald voor het maaien van zijn gazon. De politieman die naar het huis van de familie Monroe kwam, had deze Raymond stevig aan de tand gevoeld en hem een ernstige waarschuwing gegeven. Tegen de vader van de jongen, Ernest Monroe, zei hij dat zijn zoon een 'heethoofd' was en dat hij nog één kans kreeg.

Alex Pappas wist niets van dit alles toen hij in het kantoortje zat van Harry McCoy, de zelfbenoemde archivaris van de Vereniging. McCoy was een grote, zware man met getatoeëerde onderarmen en een dikke pens, wiens bril met draadmontuur zijn bootwerkersuiterlijk iets verzachtte. Hij had Alex enthousiast in zijn kantoor verwelkomd, blij met de gelegenheid om over plaatselijke geschiedenis te kunnen praten. Het kantoor hing vol met ingelijste foto's van zaken, straten, huizen en inwoners van de stad, die teruggingen tot de vorige eeuwwisseling. Alle mensen op de foto's waren blank. Geen van die foto's, veronderstelde Alex, gaf het leven in Heathrow Heights weer.

'U bedoelt Nunzio's,' zei McCoy, nadat Alex de supermarkt met de houten voorveranda beschreven had.

'Ja!'

'Die bestaat inmiddels niet meer, hoor. Waar Nunzio's stond, zijn huizen gebouwd. De eigenaar hield ermee op en verkocht het pand. Uiteindelijk zou hij toch over de kop zijn gegaan. Met de Safeway, die aan de grote weg, kon hij niet concurreren.'

'Hebt u zijn naam voor me?'

McCoy had een dossiermap gepakt en bekeek de inhoud ervan op zijn bureau. 'Ha, hier heb ik het.' Hij keek over de rand van zijn bril. 'Salvatore Antonelli. Zijn vader, die met de winkel begon, heette Nunzio.'

'Leeft Salvatore nog?'

'Dat weet ik niet, maar daar valt zo achter te komen. Ik meen dat ze hier in de stad wonen. Die naam moet in het telefoonboek staan, tenzij hij is overleden of verhuisd. Kijkt u gerust even.'

Dat deed Alex en hij nam wat gegevens over in een schrijfblokje.

'Mocht u meer nodig hebben,' zei McCoy, 'in Heathrow Heights woont een man die zo'n beetje zorg draagt voor hun historisch materiaal.'

'Ik zie hier geen afbeeldingen van die buurt.'

'De bewoners houden die dingen liever in Heathrow Heights zelf. Er staat daar een oud schoolgebouwtje, dat sinds zwarte kinderen naar blanke scholen buiten de wijk werden gereden dienstdoet als buurthuis. Daar hangen hun foto's.'

'Hebt u de naam van die man voor me?'

'Ja, ik zal u ook zijn telefoonnummer geven. Hij vindt het leuk om met mensen over zijn buurt te praten. Hij is er trots op, en terecht. Aardige vent, die Draper.'

Alex stond op toen McCoy hem de contactgegevens van Rodney Draper gaf, die hij uit de Rolodex op zijn bureau had overgenomen.

'Dit is uw hobby, zei u?' vroeg McCoy.

'Ik heb een zaak, die eerst van mijn vader was. Ik wil graag in contact komen met mensen, immigranten en hun nakomelingen dus, die ook zo'n familiezaak hebben. Zulke zaken zijn aan het verdwijnen, weet u.'

'Zoals de meeste dingen waaraan we met liefde terugdenken,' zei McCoy. 'Is geschiedenis uw grote hobby?'

'Niet echt,' zei Alex. 'Laten we het erop houden dat ik geïnteresseerd ben in het verleden.'

Deon Brown sloot de kofferbak van zijn Mercury, die dicht tegen het hek van zijn moeders rijtjeshuis geparkeerd stond, in de steeg achter Peabody Street. Hij had de kleren die hij nodig had gepakt, zijn scheer- en toiletspullen, zijn Paxilrecept, een zak wiet, al zijn geld, het eigendomsbewijs van zijn auto en, voor zover daar nog ruimte voor was in de plunjezak die hij had gekocht bij de dumpzaak in Wheaton, wat spulletjes uit zijn jeugd die hem dierbaar waren. Hij had zijn baan bij de sportschoenenzaak in Westfield Mall opgezegd. Zo pas had hij zijn spullen achter in de auto opgeborgen en hij was klaar voor vertrek. Maar eerst moest hij met zijn moeder praten.

Deons mobiel was de hele dag gegaan, maar hij had niet opgenomen en Cody en Dominique zijn voicemail laten inspreken. Afgaand op de ingesproken berichten kon Deon een verontrustend plaatje construeren. Cody en Charles Baker hadden Dominique van zijn voorraad beroofd en waren nu op stuntelige wijze bezig zijn handel over te nemen. Hoewel Cody het niet met zoveel woorden zei, maakte hij wel kenbaar dat hij goed nieuws had voor Deon en dat Deon zo snel mogelijk moest bellen of naar de flat komen, zodat hij hem het nieuws persoonlijk vertellen kon. 'Ik heb je hier nodig, man,' zei Cody. Deon kreeg de indruk dat Cody hem naar zijn flat riep omdat hij niet alleen wilde zijn met Baker, uit wiens koker het plan ongetwijfeld was gekomen. Er sprak iets van wanhoop uit Cody's stem en dat was voor Deon voor het eerst. Cody had iets stoutmoedigs gedaan en er een kick door gekregen, maar hij leek tegelijk te weten dat hij er een puinzooi van had gemaakt.

De berichten van Dominique bevestigden Deons indruk. Dominique zei dat Baker en Kruger hem onder bedreiging van een mes en een revolver hadden beroofd. Dominique, die zijn woede nauwelijks wist te bedwingen, zei dat hij en zijn broer Deon onmiddellijk wilden zien; dat Deon zijn telefoon moest opnemen; dat als hij niet reageerde, Dominique en zijn broer ervan uit zouden gaan dat Deon bij de zaak betrokken was.

Tegen het eind van de dag schakelde Deon zijn telefoon uit en gooide hem in Quackenbos Street in een put. Wanneer hij de stad uit reed, kocht hij wel een andere wegwerpmobiel.

Bij zijn moeder in de keuken ging een licht aan. Ze was zojuist thuisgekomen van haar werk en dan maakte ze altijd een tussendoortje voor zichzelf om het te kunnen uithouden tot het avondeten.

Deon had de dag ervoor dienst genomen. Hij was teruggegaan naar het rekruteringscentrum op Georgia Avenue, had daar een gesprek van een paar uur met ene sergeant Walters en tekende. De sergeant sprak van avontuur en persoonlijke groei, maar de beweegreden achter Deons besluit was praktisch en niet spiritueel. Hij zag maar een uitweg uit zijn huidige leven en dat was het leger. Hij had nog wat tijd voordat hij zich moest melden voor de basistraining in Fort Benning in de staat Georgia. En die tijd zou hij zoekbrengen met er door het zuiden toerend heen rijden in zijn auto. Hij zou zijn geld opmaken aan hotels en lekker eten. Hij had gehoord dat je in Myrtle heel wat lol kon beleven. Hij wilde naar Daytona en daar met zijn auto over het strand rijden. Hij zou de Marauder in Georgia verkopen, voordat hij zich meldde bij het opleidingskamp.

Zijn moeder zou verdrietig zijn en ook bezorgd. Hij zou haar vertellen dat het helemaal niet zeker was dat hij in een gevechtssituatie terecht zou komen; dat het leger zou beslissen waar hij het meest geschikt voor was, zodra de basistraining voltooid was.

Volgens de sergeant waren er allerlei manieren waarop een jonge man in uniform kon dienen, ofschoon hij wel zei dat een van die manieren uitzending naar oorlogsgebied was. 'Aan vrijheid hangt een prijskaartje,' zei de sergeant. 'Die krijg je niet cadeau.'

Deons moeder zou informeren naar hoe dat zat met zijn depressie en zijn medicatie. Ze zou zich afvragen hoe ze een jongen met zijn problemen konden aannemen. Sergeant Walters had hem verzekerd dat het allemaal dik in orde kwam.

Wat Deon te doen stond, was ervoor zorgen dat zijn moeder het huis verliet; haar ervan overtuigen dat ze moest inpakken wat ze nodig had en moest verhuizen naar La Juanda in Capitol Heights. Zijn zus had een gezin, maar ze zou hun moeder in huis nemen. Niet voorgoed. Maar lang genoeg om deze ellende met de Dixons te laten overdrijven. En wat Charles Baker betrof, die had ze nooit de sleutel gegeven. Mocht hij naar het huis in Peabody Street komen, dan stond hij voor een dichte deur.

Al deze zaken moesten nu geregeld worden.

Zijn moeder, La Trice, was de keukendeur uit gekomen en stond op het stoepje aan de achterkant van het huis. Hij liep door het hekje in de omheining van harmonicagaas de tuin in. Ze keek hem onderzoekend aan en omdat hij haar zoon was, zag ze, ondanks de rust die hij veinsde, aan zijn gezicht dat er iets mis was.

'Wat is er, Deon?' vroeg ze.

'Mama, we moeten praten.'

'Kom erin. Dan maak ik iets te eten voor ons.'

Zonder protest liep hij achter haar aan. Hij wilde graag samen met haar eten. Daarvoor was tijd genoeg.

Het adres van Salvatore Antonelli dat Alex uit het telefoonboek had geplukt, leek op het eerste gezicht raak. Het huis stond in een zijstraat van Nimitz Drive, in een naoorlogs, voor veteranen gebouwd wijkje in Wheaton, niet ver van Heathrow Heights. Het had een met houten spanen afgedekt dak. Een rolstoelopgang leidde naar de voordeur. Antonelli was hoogstwaarschijnlijk ook een veteraan uit de Tweede Wereldoorlog en moest ergens in de tachtig zijn. De opgang zou wel voor hem zijn gebouwd.

Terwijl Alex naar de deur liep, zag hij door het erkerraam dat er schilders bezig waren in de lege woonkamer. Hij klopte aan en wachtte. Al snel werd er opengedaan door een gedrongen jonge man met een diepbruine huidskleur.

'Ja?'

'Ik zoek meneer Antonelli,' zei Alex. 'Salvatore, een oude man.'

'Oude man ies dood.'

'Het spijt me dat te horen.'

'Wij skilderen. Familie gaat nu huis verkopen.' De slimme jonge man overhandigde Alex een kaartje. 'U moet skilder? Wij doen goed werk, goedkoop.'

Op het kaartje stond de naam Michael Sobalvarro. Eronder 'Wij Schilderen'.

'Bedankt, Michael. Ik zal het onthouden.'

Terug in zijn Cherokee, toetste Alex het nummer in van Rodney Draper. Er werd opgenomen door een vrouw en toen Alex haar vertelde dat hij een vraag had over de geschiedenis van Heathrow Heights, gaf ze hem het telefoonnummer van Drapers werk. Alex bedankte haar en toetste het nummer in. Hij kreeg de telefoniste-receptioniste van Nutty Nathans aan de lijn, een grote zaak in elektronica en huishoudelijke artikelen. Alex kende het bedrijf van de agressieve reclame die het maakte, maar ondanks dat heerste er een sfeer waaraan het de ketens ontbrak. Jaren geleden had hij er in het filiaal op Connecticut een televisie gekocht van een verkoper die McGinnes heette. Alex herinnerde hem zich omdat de uitermate vriendelijke en deskundige man onmiskenbaar stoned was.

'Draper,' zei een stem aan de andere kant van de lijn, nadat Alex was doorverbonden.

'Ja, u spreekt met Alex Pappas. Ik vroeg me af of ik u even een vraag kon stellen over de geschiedenis van Heathrow Heights, meneer McCoy van de Historische Vereniging verwees me naar u.'

'Aan welke organisatie bent u verbonden?'

'Aan geen enkele. Ik wilde iets weten. Het gaat over een schietincident dat zich in 1972 voordeed voor de vroegere buurtsupermarkt Nunzio's. Ik ben op zoek naar een vrouw... de vrouw die ten tijde van het incident in Nunzio's stond. Ze trad op als getuige bij de rechtszaak. Er is veel om die zaak te doen geweest.'

Een reactie bleef uit. Alex dacht dat de verbinding was verbroken.

'Hallo?'

'Ik herinner het me,' zei Draper ten slotte.

'Ik zou graag in contact met haar komen, als het kan.'

'Tja, meneer...'

'Pappas.'

'Ik zal u moeten terugbellen. Ik ben bezig met het opstellen van een advertentie en de acquisiteur van *The Post* staat er voor mijn deur op te wachten.'

'Mag ik u dan mijn mobiele nummer geven?'

'Ik heb een pen bij de hand.'

Alex gaf zijn telefoonnummer. 'Wilt u me alstublieft terug-bellen?'

De verbinding werd verbroken. Dan ging hij nu maar op huis aan. Alex verwachtte er weinig van. Hij had het gevoel dat hij niets van Rodney Draper zou horen.

Cody Kruger zat aan de keukentafel grammen wiet te wegen en in zakjes te stoppen. Voor hem lag een berg hydrowiet met kleve-rige knopjes. Kruger werkte zorgvuldig, zoals Deon hem ooit op het hart gedrukt had, wanneer hij de marihuana woog en ver-deelde. Hij mocht graag denken dat hij sneller en efficiënter werkte als hij high was, maar in werkelijkheid maakte de THC hem trager en slordiger. In de asbak die naast hem stond lag een dikke joint te smeulen. 'Kryptonite', een live in Club Neon opgenomen nummer van TCB, klonk keihard in de kamer, via Krugers iPod, die hij had aangesloten op zijn geluidsinstallatie. Kruger was knetterstoned en zong vals het refrein mee.

Charles Baker liep boos en prikkelbaar naar de installatie en zette het geluid zachter.

'Ben je nou nog niet klaar?'

'Wil het goed doen,' zei Kruger. 'Als je die troep niet goed af-weegt, krijg je klachten.'

'Hé, man, hoeveel zullen we verdienen met dit hier, denk je?'

'Drie-, vierduizend. Er lag nog geen kilo in die bestelbus.'

'Stelt ook geen reet voor,' zei Baker.

'Je zit ook niet na een dag al gebakken.'

'Da's waar. Maar zodra dat contact ons gaat leveren, dan zitten we in de lift.'

'Ik dacht dat je zei dat Dominique dat niet verraden had.'

'Hij beweerde dat hij niet wist wie zijn contact was. Beweerde dat alleen zijn broer hem kende. Dominique zei dat hij met zijn broer ging praten en dat hij jou op je mobiel zou bellen om een ontmoeting te regelen.'

Kruger knikte, maar zei niets. Het noemen van Dominiques broer bracht hem van zijn stuk. Afgaand op wat Deon over Calvin Dixon had gezegd, zou die wat Dominique was geflikt niet luchthartig opnemen. En zijn leverancier zou hij al helemaal niet overdragen. Een dealer liet zich nog liever doodschieten dan dat hij zijn bron verraadde. Zelfs hij, Kruger, wist dat. Maar meneer Charles scheen het niet te begrijpen. Meneer Charles dacht dat hij maar kon blijven nemen zonder te betalen.

'Heb je me gehoord, jongen?'

'Ja.'

'Jij staat zo stijf van de dope, dat je niet kunt praten.'

'Mij mankeert niks.'

'Maken al die stappen die we zetten je bang?'

'Nee.'

'Als je bang bent, moet je het zeggen.'

'Ben niet bang.'

'Mooi,' zei Baker, 'want ik heb je vanavond bij iets nodig.'

'Wat?'

'Ik moet een lift naar Maryland hebben. Een man daar is me wat geld schuldig.'

'We hebben geld hier op tafel liggen.'

'Dit is van een heel andere orde. Man staat al meer dan dertig jaar bij me in het krijt. Rente op rente. Die zal heel wat moeten dokken.'

'Ik moet dit afmaken. U mag mijn auto lenen.'

'Hoe moet ik rijden zonder rijbewijs? Als de bouten me aanhouden zit ik zo weer in de bak.'

Kruger bevochtigde met zijn tong de klep van een zakje met dertig gram erin en plakte het dicht. Als hij bleef doorwerken, liet meneer Charles het plan misschien varen.

'Ik heb het aan een oude kameraad van me gevraagd, maar die liet me zitten. Nou weet ik dat jij geen schijterd bent, zoals hij.'

'Ik ben hier bezig.'

'Dacht dat jij hart in je lijf had, man.'

'Ik heb klanten spul beloofd voor morgenochtend. Ik moet dit klaar hebben voordat ik aan iets anders kan denken.'

'Oké. Dan loop ik naar de Avenue, zoek een barkruk op en drink een biertje. Over een paar uur ben jij wel klaar.' Baker schoot zijn leren jasje aan. 'Wat is de deurcode, voor wanneer ik terugkom?'

'Die ken ik.'

'Zeg het.'

'Klop-klop-pauze-klop.'

'Mooi. Zie je straks, jongen.'

Nadat Baker de deur uit was, zat Kruger ijverig te wegen en zakjes te vullen. Hij zou het lekker hebben gevonden om hier de hele avond te zitten, werken, stoned raken, naar muziek luisteren, nadenken over de spullen die hij kon gaan kopen met het geld dat deze wiet zou opbrengen. De nieuwe Vans en Dunks, de rocksterachtige T-shirts, de rugbyclubtruitjes met bijpassende petten.

Als Deon hier was zouden ze kletsen, lol maken, hardop dromen over de dingen die ze zouden kopen. Hij vroeg zich af waar Deon was en waarom hij zijn mobiel niet opnam. Deon was zijn vriend geweest, maar Deon leek ervandoor te zijn. En nu had hij alleen Charles Baker nog.

Kruger had zijn revolver in een put gegooid op het parkeerterrein voor Dominiques huis, nadat hij de wiet van de witte bestelbus in zijn Honda had overgeladen. Hij had het vreselijk gevonden om een jongen van zijn eigen leeftijd onder schot te houden terwijl meneer Charles deed wat hij deed. Kruger wilde geen revolver meer hebben. Hij wilde nooit meer zoiets doen.

Cody Kruger begon te ontnuchteren. Hij wist dat meneer Charles dat ritje naar Maryland niet vergeten zou. Zo dadelijk was hij weer terug, klop-klop-pauze-klop. Wanneer meneer Charles het zich in zijn hoofd had gehaald om te gaan jagen, kon je niet anders doen dan hem zijn zin geven. Kruger zou hem naar de man rijden die hem geld schuldig was, omdat nu Deon wegviel, meneer Charles zijn enige vriend was.

22

Raymond Monroe klapte zijn mobiel dicht en duwde de telefoon in de zak van zijn jeans. Hij stond in Gavins Garage, waar James Monroe, onder de motorkap van een Caprice Classic uit 1989 gedoken, een defecte waterpomp losmaakte met de bedoeling die te vervangen. Op de rand van het spatbord balanceerde een open blikje Pabst Blue Ribbon. James ging rechtop staan, pakte het blikje en nam een grote slok.

'Dat was Rodney Draper die net belde,' zei Raymond.

'Rod de Haan,' zei James glimlachend. Hij gebruikte de bijnaam die ze hem vanwege zijn gekke neus als jongens hadden gegeven. 'Wie had gedacht dat die jongen ooit nog eens een groot bedrijf zou leiden?'

'Rodney heeft altijd hard gewerkt. Mij verbaast het niet.'

'Wat moest hij?'

'Alex Pappas heeft hem vandaag opgebeld. Kwam met een vraag over de geschiedenis van Heathrow Heights. Rodney heeft die niet meteen beantwoord. Wilde eerst met mij praten.'

James keek in zijn bierblikje, schudde het en nam nog een slok.

'Alex probeert miss Elaine op te sporen,' zei Raymond.

'Hoe dat zo?'

'Om met haar te praten, veronderstel ik. Ik denk dat ook hij de boel eindelijk wil afsluiten.'

'Wat heb je tegen Rod gezegd?'

'Dat hij moest wachten.'

'Ray...'

'Wat?'

'Charles Baker heeft me vandaag benaderd. Hij wilde een lift naar het huis van Pappas. Wilde dat ik met hem meeging. Hij zei niet waarom.'

'Zei Charles nog hoe het is afgelopen met Whitten?'

'Nee.'

'Dan is het misgegaan. En nu wil hij Pappas uitschudden. Dit keer niet tijdens een lunch in een duur restaurant. Dit keer zal Charles het op zijn oude manier aanpakken.'

'Nou, ik heb hem verteld dat ik het niet deed,' zei James. 'Ik heb hem gezegd dat ik er niets mee te maken wil hebben.'

'Als Charles die man of zijn gezin iets aandoet, dan is het voor mij hetzelfde alsof hij mijn broer in de drek wil trekken.'

'Charles kan er niets aan doen dat hij zo is.'

'Zat mensen hebben een rotjeugd gehad. Ze hebben geleerd daarmee om te gaan.'

'Hij heeft nooit iemand vermoord,' zei James.

'Nee,' zei Raymond, zijn broer recht in de ogen kijkend, 'dat heeft hij nooit gedaan.'

'Ik ga weer terug naar mijn waterpomp.'

'Ga je gang,' zei Raymond Monroe.

Calvin Dixon en zijn vriend Markos zaten op pluchen stoelen in de woonkamer van Calvins riante koopflat aan V Street, achter het Lincoln Theater in het hartje van Shaw. Ze rookten sigaren en dronken exclusieve bourbon, waarvan maar één vat was gemaakt, met een glas water ernaast. De fles stond tussen hen in op een tafeltje van ijzer en glas. Ze hadden alles wat ze zich konden wensen: vrouwen, geld, snelle auto's en ze waren aantrekkelijk om te zien. Maar op deze avond maakten ze geen gelukkige indruk.

'Heb je gebeld?' vroeg Markos, een knappe jongen met de huidskleur van zijn Ethiopische vader en de krachtige gelaatstrekken van zijn Italiaanse moeder.

'Ik wilde eerst met jou praten,' zei Calvin, een zwaarder, robuuster versie van Dominique.

'Wil jij nog wat water? Ik ga toch halen.'

'Graag.'

Markos stond op en ging naar de open keuken, die was toegerust met een Wolf-inductiekookplaat en inbouwoven, een Asko-afwasmachine en een *side-by-side* koelkast van het merk Sub-Zero. Uit een in het marmeren aanrecht ingebouwd filtreerapparaat schonk hij twee glazen water in en hij nam ze mee terug naar zijn stoel. Met zijn hand pakte hij ijsblokjes en liet ze in het water vallen.

Calvin schonk nog wat bourbon in uit een genummerde fles Blanton's. Ze proostten met hun whiskeyglazen en dronken.

'Hoe bevalt dat peukie?' zei Markos, doelend op de Padron-sigaar waaraan Calvin zoog.

'Lekker,' zei Calvin. 'De 64 is stukken beter dan de 23, als je het mij vraagt.'

De slaapkamerdeur ging open en in de deuropening stond een vrouw. Ze was erg jong, had zwart haar en leek enorm energiek. Ze was een mix van Bolivia en Afrika. Haar borsten spanden tegen de stof van het overhemd dat ze droeg en haar kont was het omgekeerde hart dat zo dikwijls werd verbeeld maar hoogstzelden echt bestond. Ze heette Rita. Calvin had haar opgeduikeld in een kapsalon in Wheaton, nadat ze zijn haar had gewassen en hem een hoofdhuidmassage had gegeven.

'Riep je me?' zei Rita tegen Calvin.

'Nee, schat. Geef ons nog even wat privacy, oké?'

Ze pruilde even, waarna ze de slaapkamer weer in ging en de deur achter zich dichttrok.

'Die meid dacht zeker dat we haar naam noemden,' zei Calvin.

'Ik vroeg je naar je peukie, niet naar je neukie,' zei Markos.

Calvin voelde zich niet beledigd en moest een beetje lachen. Rita was een stuk en een slet. Alle twee keken ze op dezelfde manier tegen vrouwen aan, ook over en weer als het om een scharrel ging.

'Hoe gaat het met Dominique?' vroeg Markos.

'Blijft voorlopig bij mijn ouders thuis. Hij wil nu niet in zijn flat zitten. Ik sluit niet uit dat hij er voorgoed mee kapt. Maar afwachten.'

'We vinden wel iemand anders voor de verkoop.'

'Mee eens.'

'Vraag is: wat doen we aan ons probleem?'

'Die ouwe heeft mijn kleine broertje zowat in zijn kont verkracht. Die witte knaap hield hem onder schot en keek toe.'

'Zowat is geen verkrachting.'

'Die haar is zo dun, dat je hem niet kunt kloven. Hang dat gelul maar tegen Dominique op.'

'En dat andere joch dat erbij hoort?'

'Deon? Dominique zegt dat hij er niet bij betrokken was. We hebben geprobeerd hem te bereiken om dat bevestigd te krijgen, maar hij neemt niet op. Dat mobieltje van hem ligt waarschijnlijk te rinkelen op de bodem van de Anacostia. Als hij slim is heeft hij het weggesmeten toen hij de stad verliet. Maar over hem maak ik me geen zorgen. Het gaat om die andere twee.'

'Zijn we terug bij de oorspronkelijke vraag: wat gaan we eraan doen?'

Markos trok aan zijn sigaar en keek zijn vriend aan. Beiden waren ze agressieve, geoefende vechtersbazen die in hun jeugd geregeld naar huis waren gegaan met een trofee van The Capitol Classic, het jaarlijks in het oude DC Convention Center gehouden vechtsporttoernooi. Ze waren nog nooit weggerend voor welke fysieke uitdaging of confrontatie ook. Maar dit was anders, een stap die ze nog moesten zetten. Geen van de twee zag het als een moreel besluit. Ze hielden gewoon van hun levensstijl en wilden die niet bedreigd zien door een mogelijk verblijf in de gevangenis.

'Ik heb met Alvin gesproken,' zei Calvin. Alvin zat in de beveiliging bij een club waar ze vaak kwamen. Hij had connecties met de onderwereld in het noordelijk deel van de stad.

'En wat zei hij?'

'Hij zei dat die jongens eerder een dodelijke injectie zouden nemen dan dat ze ons verlinkten. Die belofte en hun aanpak maken dat hun business floreert.'

'Dit is wat jij wilt doen?'

'Leg de verantwoordelijkheid nou niet op mijn schouders,' zei Calvin. 'Ik wil jou horen zeggen dat jij er ook achter staat.'

Markos knikte naar de Razor, die op de tafel lag. 'Bel maar.'

Calvin klapte zijn mobiel open.

'Hoe lang blijven we hier zitten?' vroeg Cody Kruger.

'Niet te lang, verwacht ik,' zei Charles Baker.

'Weet u zeker dat dit zijn huis is?'

'De site waarop je mensen kunt opsporen bracht me hierheen. Er waren drie Alexanders Pappas in onze omgeving. Maar er was er maar een van de juiste leeftijd. En in deze buurt is hij opgegroeid. Het moet hem dus zijn.'

'Oké, maar waarom denkt u dat hij naar buiten komt?'

'Omdat ik slim ben,' zei Baker. 'Morgen is het vuilophaaldag in Montgomery County. Je ziet toch al die vuilnis- en recyclingbakken aan de stoeprand staan?'

'Hmm,' zei Kruger.

'Die Alex Pappas heeft de zijne nog niet buitengezet, maar dat komt nog wel. Al die gasten in de buitenwijken doen dat de avond tevoren, dan hoeven ze er 's morgens niet mee te klooien.'

Ze stonden nu ongeveer een uur in de straat. Het leek erg laat, omdat er niemand door de schone middenklassebuurt liep en in veel huizen de lichten al uit waren. Het had geregend en om de straatlantaarns hingen aureolen van regenbogen en nevel.

'Waarom klopt u niet gewoon bij hem aan?'

'Omdat ze me er dan van kunnen beschuldigen dat ik op verboden terrein gekomen ben,' legde Baker geduldig uit. 'Ik spreek hem op straat aan, op de openbare weg.'

Achter hen kwam een auto aan gereden, zijn koplampen verlichtten het interieur van de Honda. Baker en Kruger zagen de auto passeren, vaart minderen en stoppen aan het trottoir voor het huis van de Pappas'. Het was een goed onderhouden, lichtblauwe Acura coupé. Auto van een vrouw, dacht Baker, totdat er aan de bestuurderskant een goedgeklede jongeman uitstapte.

'Blijf hier,' zei Baker, die de situatie in een oogopslag overzag en snel handelde, want zo hoorde een doortastende vent het aan te pakken. Dit moest de zoon des huizes zijn, en dat was prima. Breng een boodschap over aan de jongen en de man zou de boodschap luid en duidelijk doorkrijgen. Doe wat ik je vraag, want ik weet je familie te vinden. Reken maar.

Baker stapte uit toen de jongeman, halverwege de twintig zo te zien, de auto afsloot met zo'n dingetje in zijn hand. Hij was zich van Bakers nadering bewust en deed net alsof hij niet bang was. Hij keek Baker aan en knikte hem ter begroeting toe, maar ondertussen liep hij om de auto heen naar het trottoir met de bedoeling snel zijn huis in te gaan.

'Wacht even, jongeman,' zei Baker, die hem de weg blokkeerde maar er goed op lette dat hij hem niet aanraakte of te dichtbij kwam.

'Ja?' zei John Pappas, vriendelijk maar op zijn hoede.

'Woont de familie Pappas hier?'

'Ja, ik woon hier. Wat kan ik voor u doen?'

Wat kan ik voor u doen? Baker moest bijna lachen. De jongeman sprak nu op strenge toon, alsof hij het fort verdedigde. Dat joch probeerde iets te zijn wat hij niet was. Baker nam hem op.

Keurig en uitgedost in mooie kleren, het zwarte overhemd droeg hij over zijn broek heen, zoals al die modieuze jonge kerels deden. Baker bekeek John Pappas en voor zijn geestesoog lichtte het woord op, als een neonreclame aan de gevel van een bar die Prooi heette.

'Ik wil gewoon een minuutje van je tijd,' zei Baker. 'Oké?'

Alex Pappas lag in bed naast zijn slapende vrouw te wachten tot Johnny thuiskwam. Hij hoorde de Acura stoppen, maar daarna hoorde hij kort na elkaar twee autoportieren dichtgeslagen worden. En even later hoorde hij stemmen. Alex stapte uit bed. Johnny bracht 's avonds laat nooit iemand mee naar huis, geen vrienden en geen vrouwen. In dat opzicht hield hij rekening met hen.

Door het raam van hun slaapkamer, die aan de voorzijde van het huis lag, zag Alex Johnny op straat staan en tegenover hem stond een wat oudere zwarte man. Ze spraken met elkaar. De zwarte man glimlachte, maar Johnny niet. Twee huizen verderop stond een Honda geparkeerd, met draaiende motor, gezien de rokende uitlaat. Op het oog, zat er een blanke, jonge man achter het stuur.

Alex schoot snel in zijn jeans en zijn New Balancegympen. Aangezien hij geen revolver of een andersoortig wapen in huis had, greep hij de zware, lange staaflantaarn die altijd naast het bed stond en hij negeerde Vicki, die wakker was geworden en 'Wat is er?' en 'Alex, wat ís er?' zei.

Hij liep langs de slaapkamer van Gus en ging de trap af.

'U bent zijn vriend, zegt u?'

'Nee, nee, ik beweer niet dat we vrienden zijn,' zei Baker. 'Kennissen, zeg maar.'

'Als u het niet erg vindt,' zei John, 'ik moet nu echt naar binnen.'

Hij wilde om Baker heen stappen, maar Baker ging voor hem staan.

'Ik ben nog niet klaar,' zei Baker. Hij legde zijn wijsvinger tegen zijn ooghoek en trok die omlaag, zodat het oog helemaal scheef kwam te staan. 'Dat heb ik je vader bezorgd. Ja. Ik.'

John kneep zijn ogen samen en hij voelde zich warm in het gezicht worden. 'Kom ter zake.'

'Hé, kijk es aan!' zei Baker grinnikend. 'Staat daar met geballe vuistjes en roze wangetjes. Je bent net die Raggedy Andypop. Je gaat me toch zeker geen pijn doen?'

'Maak dat u wegkomt.'

'Best.' Baker lachte. 'Ik ga al. Maar niet omdat een knaap als jij me dat zegt. Zeg maar tegen die ouwe van je dat ik langs ben geweest. Vijftigduizend dollar, zeg dat maar tegen hem. Meer hoeft hij niet te weten. Hij hoort binnenkort wel van me hoe en wat. Als hij de politie belt, pak ik jou. Begrepen, knapperd? Vertel hem dat maar.'

Toen Baker terugliep naar de Honda, hoorde hij de huisdeur opengaan, een bevelende stem en daarna snelle voetstappen op het trottoir. Hij liep vlug door en eenmaal terug aan de passagierskant van de Honda, draaide hij zich om en lachte naar de man van middelbare leeftijd, die met bloot bovenlijf boos naar hem toe gerend kwam met in zijn hand iets dat als een stalen knuppel oogde. Baker deed het portier open en liet zich op de stoel vallen.

'Rijden, joh!' zei hij, en Kruger reed met brullende motor weg.

Alex Pappas zette een sprint in. Hij rende naast de Honda mee, voordat die hem passeerde. Hij bleef de auto achtervolgen, al wist hij dat hij hem nooit zou inhalen.

'Laat mijn gezin met rust!' schreeuwde Alex.

De Honda ging de hoek om en verdween uit zicht. Alex minderde vaart en bleef midden op de rijweg staan. Hij boog zich voorover en zette zijn handen op zijn knieën om weer op adem te komen. Zijn hart sloeg fladderig in zijn borstkas.

'Pap.' John stond achter hem. 'Pap, het is oké.'

Alex ging rechtop staan en draaide zich om. John had zijn mobiel gepakt en wilde gaan bellen. Alex trok het telefoontje uit zijn hand.

'Niet doen,' zei Alex. 'Geen politie.'

'Wat? Ben je mal!'

'Ik leg het zo uit. Vooruit, kom mee naar binnen.'

Ze liepen naar huis. Al lopend sloeg Alex een arm om zijn zoon heen.

'Gaat het, pap?'

'Ja. Zei hij hoe hij heette?'

'Hij zei dat hij degene was die jou je oog had bezorgd.'

'Hij heeft je toch niets gedaan, hè?'

'Nee.' John keek naar de staaflantaarn en glimlachte liefdevol naar zijn vader. 'Wat wilde je met dat ding gaan doen?'

'God mag het weten. Ik had geen plan. Ik zag hem met jou staan praten en toen greep ik die lantaarn en rende ermee naar buiten.'

Bij de voordeur stond Vicki op hen te wachten.

Het was erg laat toen Raymond werd gebeld. Hij zat bij zijn moeder thuis in de oude leunstoel van zijn vader televisie te kijken zonder iets te zien, zoals mensen doen wanneer ze met hun gedachten heel ergens anders zijn. Hij haalde de mobiel uit zijn zak en toen hij opnam, hoorde hij de stem van Alex Pappas. Weg was het vriendelijke stemgeluid dat hij de afgelopen paar dagen was gaan waarderen en waarbij hij zich prettig was gaan voelen.

Alex beschreef het bezoek van Charles Baker, diens poging tot afpersing en gesprek met John.

'Hij sprak mijn zoon aan, pal voor mijn huis,' zei Alex. 'Waar mijn vrouw slaapt. Begrijp je wat ik zeg, Ray? Hij kwam naar mijn huis en bedreigde mijn zoon.'

'Ik begrijp het helemaal,' zei Raymond. 'Heb je...'

'Nee, ik heb de politie niet gebeld. Maar de volgende keer doe ik dat wel! En ik wil dat je dat weet.'

'Ik snap het,' zei Raymond. 'Bedankt, Alex. Bedankt dat je dat voor mijn broer hebt gedaan.'

'Je zult hier echt iets aan moeten doen,' zei Alex, op een toon waaruit de woede was verdwenen.

'Dat zal ook gebeuren,' zei Raymond.

Even later belde hij James in diens flat op Fairmont Street.

'Waar woont Charles Baker?' vroeg Raymond.

'Hoezo?'

'Zeg op!'

'Ik weet het niet precies. Hij zit in een groepshuis op Delafield. Zo'n plek voor mannen die voorwaardelijk vrij zijn. Zei dat hij in een huis zat in het 1300-blok, in noord-west.'

Raymond brak het gesprek abrupt af. Hij stond op uit de leunstoel en ging zachtjes naar de kelder om zijn moeder niet wakker te maken. Daar, op de werkbank, stond het gereedschap van zijn vader in een stalen kist. Ernest Monroe, de busmonteur, had het altijd op orde en schoon gehouden. Na zijn dood had Raymond het af en toe gebruikt en altijd weer op de juiste plaats opgeborgen, zoals zijn vader gewild zou hebben.

Ernest had nooit een handvuurwapen in huis gehad. Volgens hem was dat gevaarlijk en onnodig en volgens hem vormde zoiets met jongens thuis alleen maar een verleiding die tot drama's kon leiden. Maar wel waren er thuis stukken gereedschap die hij had aangepast, voor het geval dat hij zijn gezin moest verdedigen en hij had ze aan zijn zoons laten zien. Een daarvan was een zware, lange monteursschroevendraaier met een platte kop, die door Ernest tot een punt was gevijld.

Raymond pakte de schroevendraaier uit de kist.

23

Op weg naar zijn werk vulde Alex Pappas dikwijls de tank van zijn Cherokee bij de zelfbedieningspomp op Piney Branch Road. Dit diende twee doelen. De benzine was betrekkelijk goedkoop bij dit tankstation en, als hij dat wilde, kon hij terwijl hij daar toch was even gaan kijken bij het bedrijfspand dat hij als beleggingsobject bezat. Het lag er namelijk pal achter.

Het was niet verstandig om een pand leeg te laten staan, want zonder huurder was een eigenaar kwetsbaar voor vandalen en mogelijk zelfs krakers. Maar Alex hoefde zich wat dat aanging niet al te veel zorgen te maken, aangezien het pand in een fatsoenlijke buurt stond en zichtbaar was vanaf een drukke verkeersweg. Daarbij was het van zichzelf redelijk onneembaar. Het was een bakstenen gebouw zonder ramen. Voorheen diende het als een onderstation van het elektriciteitsbedrijf en het viel, voor zover dat ging, nauwelijks op tussen de huizen in die wijk.

Hoe goed beveiligd het ook was, toch moest hij een huurder zien te vinden, al was het maar om van Vicki's gezanik af te komen. Ze had natuurlijk gelijk. Ze had bijna altijd gelijk wanneer het om geld ging.

Alex stond hierover te peinzen, terwijl hij het mondstuk van de slang in de tank van zijn auto hing en naar zijn bedrijfspand keek. Vanwaar hij stond, kon hij de brede deur van gegolfd metaal zien en het voorterrein dat de Iraniër, de laatste huurder, op eigen kosten had vergroot, zodat de klanten voor zijn vloeren en tapijten er konden parkeren.

Toen de tank vol was, reed Alex om naar de voorzijde van het pand en parkeerde daar. Uit het dashboardkastje pakte hij zijn Craftsmanmeetband en een stel sleutels, waarvan er een op de metalen deur paste.

Later reed hij Piney Branch Road af. Zijn vingers trommelden op het stuur. Piney Branch werd 13th en een eind verder sloeg hij af naar New Hampshire Avenue en reed naar Dupont Circle. Die route reed hij al meer dan dertig jaar. Meestal dacht hij onderweg aan alledaagse kleine en grote dingen. Maar dit keer niet.

Raymond Monroe trof zijn moeder in de woonkamer aan, waar ze naar het ochtendnieuws op televisie keek. Hij had zijn weekendtas in zijn hand.

'Ik ga, mama.'

'Naar je werk?'

'Ja.'

'Ik hoorde je bellen met die mensen van het ziekenhuis. Je zei iets over een afspraak die je had.'

'Ja, ik moet iets regelen. Ik liet ze even weten dat ik wat later kom.'

'En ik zie dat je vanavond niet thuiskomt.'

'Ik slaap bij Kendall en haar zoon.'

'Maak je om mij geen zorgen.'

'Doe ik ook niet. Jij bent net dat konijntje met die batterijen.'

'Dat gaat ook langzamer en langzamer op den duur.' Almeda Monroe keek op naar haar zoon. Haar mooie ogen lagen diep in haar door de tijd doorploegde gezicht. 'Alles goed met je broer?'

'Gaat best, ja. Drinkt te veel bier, maar ja.'

'Deed je vader ook. Als dat het ergste is wat een man doet...'

'Da's waar.'

'Ik ben getrouwd geweest met een goede man. En ik heb twee prachtige zoons grootgebracht. Ik zou zeggen dat mijn leven mooi is geweest. Vind je ook niet?'

'Nou en of.' Raymond boog zich om haar te kussen. 'Ik bel je vanavond, hoor.'

'Heb een gezegende dag, Raymond.'

Toen hij de straat uit reed in zijn Pontiac, kwam hij langs het huis van Rodney Draper. Hierdoor herinnerde Raymond zich dat hij hem moest bellen. Dat deed hij, terwijl hij naar noordwest reed, naar een straat die Delafield heette.

'Pappas and Sons.'

'Zou ik met Alex Pappas kunnen spreken?'

Alex, die bij de kassa stond, keek achterom naar John, Darlene, Blanca, Juana en Tito die zich gereedmaakten voor de lunchdrukte. Allemaal waren ze bezig zonder dat het hun gezegd moest worden en deden ze wat ze moesten doen op hun respectievelijke werkplekken.

'Daar spreekt u mee.'

'Met Rodney Draper. Ik zou u terugbellen.'

'Fijn dat u belt.'

'Tja, eerlijk gezegd zou ik dat, gelet op de situatie, niet gedaan hebben. Het is op verzoek van Raymond Monroe dat ik u help. Hij zei dat u zich aan uw gedeelte van de afspraak hebt gehouden, wat dat ook moge inhouden. Hij zei me dat ik u alle informatie moest geven die u nodig had.'

'Ik heb pen en papier bij de hand.'

De vrouw heette Elaine Patterson. De jeugd in Heathrow Heights placht haar miss Elaine te noemen. Inmiddels was ze een eind in de tachtig en had ze een slechte gezondheid. Na een beroerte was ze opgenomen in een verpleeghuis op Layhill Road, iets voorbij het metrostation Glenmont in Wheaton.

'Ze is een van onze dierbaarste buurtbewoners. Miss Elaine is nog schoolgegaan in het gebouwtje met één klaslokaal. Dat was voordat het federaal hooggerechtshof besloot dat onze jeugd recht had op goed onderwijs en de kinderen buiten Heathrow naar openbare scholen gingen.

De beroerte tastte een deel van haar hersenfuncties aan, maar andere doen het juist beter. Ze herinnert zich dingen uit het verleden haarscherp, maar weet soms niet meer wat ze gisteren heeft gedaan. Ze spreekt moeizaam en kan niet lezen of schrijven. Wanneer ik er de tijd maar voor kan vinden, heb ik gesprekken met haar over de geschiedenis van onze wijk.'

'Ik zal om haar gezondheid denken. Ik beloof u dat ik niet lang bij haar zal blijven. Zou u haar kunnen laten weten dat ik kom, zodat ze er niet van schrikt?'

'Dat zal ik doen. Maar het is me niet helemaal duidelijk waarnaar u op zoek bent.'

'Bedankt, meneer Draper. Fijn dat u gebeld hebt.'

Alex hing op en toen hij zich omdraaide, bleek Darlene achter hem te staan. Ze keek hem aan met haar grote bruine ogen, waar nu dikke wallen onder zaten. Heel even zag hij het meisje met de grote afro onder de krantenjongenspet met de kleine spiegeltjes boven de klep. Hij glimlachte.

'Speel jij luistervinkje?'

'Niks hoor, ik kwam je zeggen dat we vandaag zonder rosbief zitten.'

'Vanmorgen heb ik er een geleverd zien worden.'

'Hij ruikt raar. Ik zou hem nog niet aan mijn hond voeren.'

'Bel de slager dan en zeg hem dat hij een nieuwe brengt, voordat hier de lunchdrukte begint. Hij zal het niet leuk vinden, maar dat is dan jammer voor hem.'

'Ik dacht dat we Johnny dat konden laten doen. Laat hem die confrontatie maar eens aangaan, zoals wij iedere dag. Hij zal toch moeten leren om zulke problemen op te lossen.'

'Juist.'

'Want jij gaat immers steeds vaker weg.'

'Hmm.'

'Smeer je 'm vandaag weer vroeg, schatje?'

'Inderdaad.'

'Je bent toch niet van plan om je oude vriendin helemaal in de steek te laten?'

'Niet helemaal. John is nog niet zover dat hij het volledig kan overnemen. Maar jullie zullen me hier minder zien, en dat betekent iets meer druk op jou. Maar maak je geen zorgen, je krijgt opslag.'

'Tjongetjonge, je verpest me nog eens.'

'Je bent het waard. Zonder jou loopt hier alles mis.'

'Bloos ik nu? Ik word een beetje warm.'

'Hou daarmee op,' zei Alex. 'Zorg dat je klaar bent voor de lunch.'

Hij zag haar over de rubbermatten weglopen, met een spatel zwaaiend op de maat van de muziek in haar hoofd.

Raymond Monroe parkeerde de Pontiac halverwege Delafield en nam het 1300 blok in zich op. In meerderheid waren het hier vrijstaande, vierkante huizen in koloniale stijl, met grote voorveranda's en witgelakte zuilen. Ze lagen in de schaduw van enorme eiken en stonden op een zacht glooiende helling. Het was een prachtige straat en Monroe begreep niet een-twee-drie dat hier delinquenten ondergebracht zouden zijn. Maar toen hij het blok nog eens wat beter in zich opnam, viel hem hier en daar een minder fraai huis op. Er waren er twee of drie die er door hun verwaarlozing uitzagen als een doorgangshuis. Ze hadden geen houten façade maar waren bekleed met nepbakstenen of vinyl, hun tuinen waren met onkruid overgroeid en voor de deur stonden oude barrels geparkeerd.

Met één klop op een willekeurige voordeur, zou hij te horen krijgen wat hij weten moest. Mensen die lang ergens woonden en hun huis goed onderhielden, waren altijd graag bereid om de huizen aan te wijzen van mensen met een andere opvatting over onderhoud dan de hunne. Maar hij wilde niet dat iemand hem zich later herinnerde. Al turend onderscheidde hij de brievenbussen die uitpuilden van het reclamedrukwerk en brieven. Het kwam goed uit dat de postbode hier een vroege route liep.

Monroe stapte uit de Pontiac en trok zijn wijde nylon jack recht. De schroevendraaier zat in zijn binnenzak met de handgreep omhoog en de punt, waar nu een kurk op zat, omlaag.

Hij liep naar het verwaarloosde huis dat het dichtstbij stond en stapte de veranda op, terwijl hij ondertussen de straat in de gaten hield. Hij liep rechtstreeks naar de brievenbus en bekeek snel wat erin zat. In het huis kwam er een blaffende hond naar de gesloten deur gevlogen. Monroe zag dat alle post geadresseerd was aan een aantal mensen met dezelfde achternaam, waarna hij het trottoir weer op stapte. De hond blafte nog steeds toen hij de straat overstak en naar een huis met een beplating van roze-met-groene nepstenen liep. Het gras in de tuin moest nodig gemaaid. Op de veranda stonden oude stoelen. Monroe bekeek de inhoud van de brievenbus. Er lagen brieven en reclamedrukwerk, die aan verschillende mannen geadresseerd waren. Raymonds hart bonkte, toen hij aanklopte.

Toen de deur openzwaaide, stond er een man met een komisch lange neus voor hem.

'Ja?'

'Woont Baker hier?' vroeg Monroe.

De man keek hem met half toegeknepen ogen aan. 'Ja.'

Monroe liep de hal in. Zijn blik beval de man opzij te stappen en hem binnen te laten. Recht voor Monroe bevond zich een trap. Ernaast, dat zag hij door de open dubbele deuren, lag een woonkamer die ooit aardig ingericht, maar nu een puinzooi was. In een zwaar gehavende leunstoel zat een dikke man met de sportpagina's opengeslagen op zijn schoot.

'Waar is hij?' zei Monroe.

'Wie ben jij?' vroeg de dikke man.

'Waar is hij?' zei Monroe tegen de man met de tromboneneus.

'Ligt waarschijnlijk te slapen.'

'Jij bent zijn reclasseringsambtenaar niet,' zei de dikke man.

'In welke kamer slaapt hij?'

'Jij bent niet van de reclassering en hebt het recht niet om hier te zijn,' zei de dikke man.

'Als ik het tegen jou had, zou je het weten,' zei Monroe.

'Ik bel de politie.'

'Nee, dat doe je niet.'

De dikke man keek hierop weer in zijn krant en Monroe richtte zich tot de man met de lange neus. 'In welke kamer slaapt hij?'

De man gebaarde met zijn hoofd naar boven. 'Eerste deur rechts na de badkamer.'

Monroe nam de trap. Toen hij op de overloop stond, laaide het vuur in hem op. Hij liep naar de gesloten deur en gaf er een harde trap tegen. Deze begaf het niet meteen en hij gaf een tweede trap. De deur zwaaide open en Monroe blokkeerde de terugslag, toen hij de kamer binnenstapte.

Charles Baker, op zijn boxershort na naakt, wierp het dekbed van zich af en zwaaide zijn benen over de rand van het bed.

In één beweging trok Monroe de gepunte schroevendraaier uit zijn zak en verwijderde de kurk. Hij sprong op het bed. Met een harde linkse tegen Bakers kaak, sloeg hij hem terug op de matras. Hij ging schrijlings op hem zitten en drukte zijn linkeronderarm over Bakers borstkas. Hierdoor kon Baker geen kant op, en Monroe zette de punt van de schroevendraaier boven in Bakers hals. Hij drukte erop tot hij de huid doorboorde. Baker kreunde. Er drupte bloed over zijn adamsappel.

'Kop dicht houden,' zei Monroe zachtjes. 'Geen woord. Anders duw ik deze priem zo in je hersenen.'

Bakers geelbruine ogen bewogen niet.

'Laat Pappas en zijn gezin met rust. Blijf voorgoed uit de buurt van mijn broer. Ik vermoord je anders. Heb je het begrepen?'

Baker reageerde niet. Monroe duwde harder op het wapen en zag de punt van de schroevendraaier dieper in Bakers huid gaan. Het bloed stroomde nu langs zijn nek. Baker maakte een piepgeluidje van pijn, maar zijn blik bleef vast. Het was Monroe die met zijn ogen knipperde.

Hij werd misselijk en kreeg het opeens koud. Het vuur doofde in hem. Hij trok de schroevendraaier uit Bakers hals, kwam van hem af en stapte bij het bed vandaan.

Baker veegde het bloed af. Hij ging rechtop zitten, met zijn rug tegen de muur. Waar Monroe hem geslagen had, wreef hij over zijn kaak. Met een lachje keek hij Monroe strak aan.

'Je kunt het niet,' zei Baker. 'Eens zou je het gekund hebben. Maar nu niet meer.'

'Klopt,' zei Monroe. 'Ik heb het niet in me, en ik ben niet jij.'

'James en Raymond Monroe,' zei Baker minachtend. 'De brave jongens van de buurt. Zoons van Ernest en Almeda. Woonden in het schone huis dat ieder jaar een fris likje verf kreeg. Alles zo schoon en mooi. Enige wat eraan ontbrak was de appeltaart die in de vensterbank stond af te koelen terwijl de vogeltjes eromheen vlogen. Boften jullie effe.'

'Toen jij jong was, ben je tekortgekomen,' zei Monroe. 'Maar dat pleit je nu niet vrij.'

'Ik heb récht op dingen.'

'Laat ons met rust, Charles.'

'Ik zal erover nadenken,' zei Baker.

Monroe stopte de schroevendraaier weer in zijn jasje, verliet de kamer en ging de trap af. De mannen in de woonkamer bekeken hem niet toen hij het huis verliet.

In zijn kamer drukte Baker vingers tegen zijn hals en even later liep hij naar de trap. 'Trombone,' riep hij naar beneden, naar de woonkamer. 'Ik heb je hierboven nodig, man. Neem ook wat van die medische troep van je mee.'

Trombone, de 'moeder' van het huis, stelpte het bloed uit de steekwond zo goed en zo kwaad als het ging. Hij maakte hem schoon en behandelde hem met Neosporin en spoot er Mastisol op, een vloeibare hechting. Daar overheen plakte hij een gaasje. Vrijwel onmiddellijk ontstond er een bloedvlek.

'Je kunt er beter naar laten kijken,' zei Trombone.

'Ja, da's goed.'

Baker trok een zwarte broek aan, een lavendelkleurig overhemd en de leren schoenen met stempelversiering, zodat het leek alsof ze van krokodil gemaakt waren. Over het hemd droeg hij zijn donkerpaarse sportjasje met de witte stiksels op de revers. Hij was niet ontdaan. Integendeel. Hij voelde zich bijna in hoerastemming toen hij zich opmaakte om het huis te verlaten. Het bezoek van Ray Monroe had alleen maar bevestigd wat hij al wist. Hij was als een sterk dier, dat in het volle zicht trots rondloopt; een jager die zijn bedoelingen niet hoefde te verbergen. Want wie ging hem tegenhouden? Niemand bezat daartoe de wilskracht, leek wel.

Charles Baker wandelde Delafield in oostelijke richting uit. Op Georgia Avenue zou hij bus 70 nemen en naar Cody's flat gaan. De jongen was nu wiet aan het afleveren, maar kwam wel weer terug. In de flat zou hij een nieuwe brief opstellen, aan Pappas dit keer en zonder de subtiliteiten uit zijn brief aan Whitten. Cody kon hem helpen met de spelling en de grammatica. Hij was niet zo slim als James Monroe, maar hij moest het er maar mee doen.

Baker neuriede een wijsje terwijl hij met zelfverzekerde tred de straat uit liep. Zijn knobbelige polsen staken uit de te korte mouwen van zijn sportjasje en hij zwaaide losjes met zijn handen.

24

Alex Pappas zat met gebogen hoofd biljetten van een dollar te tellen onder het buffetblad. Niet met een speciale bedoeling, maar omdat hij het lekker vond om papiergeld tussen zijn vingers te voelen. Terwijl hij bezig was, draaide hij de biljetten zo dat George Washington steeds dezelfde kant uitkeek. Het was de zinloze fixatie van zijn vader geweest en het was ook de zijne geworden.

Aan het afnemende rumoer in de zaak hoorde hij dat de lunchdrukte voorbij was. Hij wist dit ook doordat de zon net door het grote raam binnenviel. Hij hoefde niet op de Coca-Colaklok aan de muur te kijken om te weten hoe laat het was.

Na de briefjes van één, telde hij die van vijf, tien en twintig, waarna hij ze teruglegde in hun respectieve vakjes. Hij verzuimde niet om het ene briefje van vijftig mee te tellen dat hij onder de geldla had geschoven. Door het percentage met een pinpas afgerekende verkopen in te schatten en dat bij het contante geld op te tellen, berekende hij de dagomzet. Omdat hij zijn hele volwassen leven al achter die kassa zat, was hij bedreven geraakt in rekenen.

Alex sloot de geldla en liep over de matten naar achteren, naar John en Darlene. In het passeren zei hij 'tot ziens' tegen Juana en Blanca, die stonden te lachen om iets dat een van de twee in het Spaans had gezegd. John en Darlene bespraken het menu voor de volgende week. Iedereen leek in een opperbest humeur. Het was vrijdag.

'Pak je jasje,' zei Alex tegen John. 'Dan gaan we even naar buiten.' En tegen Darlene zei hij: 'Waar is Tito?'

'Casanova loopt een bestelling.'

'Ik zag de bon, ja. Een adres op 22nd Street en L, dus hij had allang terug horen te zijn. Bel hem op zijn mobiel en zeg hem dat hij moet ophouden met gezellig doen. De afwas stapelt zich op.'

'Komt in orde,' zei Darlene. 'Zien we je op maandag?'

'Ik open,' zei Alex, 'zoals altijd.'

Alex en John pakten hun jasjes van de kapstok bij het afwasgedeelte en via een opening in het buffet gingen ze door de voordeur naar buiten. John liep met zijn vader mee naar het muurtje dat links en rechts decoratief geflankeerd werd door een struik. Alex ging op het muurtje zitten en keek naar de glinsterende stukjes kwarts in het beton.

'Toen ik jong was sprong ik hier de hele dag overheen,' zei Alex.

'Wij ook,' zei John. 'Gus en ik. We speelden hier altijd, terwijl jij binnen aan het werk was.'

Alex zag ze voor zich. John een jaar of elf, Gus een jaar of zes. John die achter het muurtje stond, klaar om zijn broertje op te vangen mocht hij vallen als de neus van zijn gymp achter het beton bleef haken.

'Dat weet ik nog.' Zonder het zich bewust te zijn wreef Alex over zijn schouder toen hij dit zei.

'Pap, gaat het wel?'

'Er is niks aan de hand.'

'Al dat geren van gisteravond.' John grinnikte. 'In je blote bast.'

'Ik mocht er wezen, nietwaar?'

'Even alle gekheid op een stokje, paps. Jouw vader is aan een hartkwaal overleden. Je moet jezelf in acht nemen.'

'Ach.' Alex wuifde het weg. 'Mijn vader rookte en hij at onge-zond. Ik zorg ervoor dat ik fit blijf.'

'Weet ik.'

'Maar ik heb niet het eeuwige leven. We moeten praten. Over de toekomst, bedoel ik. Ik wil dingen met je geregeld hebben voor het geval ik de pijp uit ga.'

'Pap, doe niet zo Grieks!'

'Ik zeg het alleen maar. Ik wil dat je mijn bedoelingen kent.'

'Oké.'

'Zie je het raam van de zaak?'

'Ja?'

'Als je de tijd meerekent dat ik als jochie bij mijn vader kwam werken, dan kijk ik al veertig jaar door dat raam naar deze straat. Alsof ik almaar weer naar dezelfde film kijk. Het wordt hoog tijd dat ik eens wat anders zie.'

'Ga je de zaak verkopen?'

'Nee! Maar we gaan wel wat anders doen, vanaf volgende week. Wij hebben er geen van tweeën baat bij om samen in de zaak te staan. Jij zult niet veel meer leren met mij in de buurt. En zoals jij bezig bent, word ik even overbodig als uiers aan een muilezel.'

'Die snap ik niet.'

'Een muilezel is steriel. Die kan geen muilezeltjes krijgen, dus haar uiers hebben geen functie. Er zijn geen nakomelingen om eraan te sabbelen.'

'Maar wat probeer je me nou te vertellen?'

'Waarom doen we niet het volgende? Vanaf maandag open ik, zoals altijd. Ik houd van die tijd van de dag, en jij bent een jonge vent en je moet nog een sociaal leven kunnen hebben. Ik weet nog hoe het voor mij was, toen ik jong was en hier werkte en 's ochtends om vijf uur op moest. Het had invloed op mijn lief-desleven, want ik kon niet tot laat op stap.' Alex wees even naar zijn slechte oog. 'Plus dat ik dit had.'

'Niets van dat al weerhield je om mama aan de haak te slaan.'

'Dat was chemie.' Alex grinnikte hier wellustig bij. 'Meteen al de eerste keer dat ze in de *magazi* kwam, kon ze haar ogen niet van me af houden.'

'Schep niet zo op.'

'Maar goed, zoals ik al zei: ik open en jij komt dan om een uur of acht voor het ontbijt. Om één uur trek ik aan mijn stutten, na het eerste uur van de lunchdrukte. Beetje bij beetje zal ik minder uren maken en jij meer. We zullen zien hoe het loopt, maar het zal niet erg lang duren, denk ik, voordat jij de tent zelfstandig kunt runnen.'

'Pap, ik...' John keek naar zijn voeten.

'Je bent sprakeloos, voor de verandering.'

'Ik kan niet zeggen dat ik het niet wil, want ik wil het wel. Maar ik had nooit verwacht dat je de zaak aan mij zou overdragen; nooit het gevoel dat ik er aanspraak op kon maken.'

'Je zult het prima doen. Daar twijfel ik niet aan. Maar je moet wel beseffen dat het niet niks is wat je op je neemt. We hebben het pand niet in eigendom. Ons vermogen is de zaak zelf. Iedere dag begin je weer van voren af aan. Iedere dag moet je die sleutel in het slot omdraaien. Het personeel wordt ziek, maar jij kunt niet ziek worden. Zij nemen vakantie, maar jij kunt dat niet. Als jij de deur afsluit om op vakantie te gaan...'

'Dan gaan de klanten het eens bij een ander proberen.'

'Doe jij er maar lollig over.'

'Doe ik niet.'

'Weet dat moeilijkheden je niet bespaard zullen blijven. De ketens, daarover hoef ik je niets te vertellen. Je zei zelf dat je daar niet mee kunt concurreren. De grote onzekerheid is de nieuwe huisbaas en de vastgoedbeheermaatschappij. Ze willen de huur verhogen. Laat meneer Mallios met die malakas onderhandelen. Dimitri krijgt ze wel op hun knieën.'

John draaide zijn hoofd om. In N Street kwam Tito aan gelopen. Hij was in gesprek met een vrouw die vijf tot tien jaar ouder was dan hij. Ze was gekleed in een mantelpak en leek bepaald niet iemand met een lage functie ergens. Ze scheen van Tito's gezelschap te genieten.

'Dat joch is een meidengek.' Alex wilde het spottend zeggen, maar het klonk bewonderend.

Tito nam afscheid van de vrouw, liep van haar weg en kwam naar de zaak.

'Je bent laat,' zei Alex, toen Tito naderde.

'Ik was alleen maar...'

'Ik heb ogen in mijn hoofd. Er staat afwas op je te wachten. Vooruit, Tito. Aan de slag!'

Tito knikte en ging door de voordeur naar binnen.

'Hij is een goede werker,' zei John.

'Dat zijn ze allemaal,' zei Alex. 'De beste ploeg die ik ooit heb gehad. Weet je, jij maakt dit niet mogelijk en ik evenmin. Zonder personeel geen zaak. Je moet goed voor ze zorgen, John. Af en toe heb je een slappe week; zijn er rekeningen die betaald moeten worden. Het gebeurt weleens dat je jezelf niet kunt uitbetalen. Maar al moet het uit je eigen zak komen, je hoort altijd voor je personeel te zorgen. Op betaaldag moeten ze het volle pond krijgen. Geef ze een lening wanneer ze die nodig hebben. Voor de feestdagen stop je een extraatje in hun loonzakje zodat ze hun kinderen en kleinkinderen een aardig cadeautje kunnen geven.'

'Zal ik doen.'

'Ik ga Darlene salarisverhoging geven.'

'Natuurlijk. Ze verdient het.'

'En nog iets. Ik verwacht van je dat je naar het Walter Reed blijft gaan. Mijn contact daar is Peggy. Ze zit in het Fisher House.'

'Na het werk zal ik wat lekkere taart bij haar langs brengen. Ik zal het iedere avond doen, als jij vindt dat dat moet.'

'De soldaten houden van zoetigheid. Perziktaart, kersenkwarktaart, dat soort dingen. Maak het niet te ingewikkeld.'

'Ik snap het.' John keek Alex schaapachtig aan. 'Pap?'

'Ja?'

'Als je de zaak aan mij overdraagt, zal ik een beetje willen moderniseren, weet je. De inrichting hier en daar wat veranderen.'

'Dat verwachtte ik.'

'Vind je dat niet erg?'

'Ik ga je vragen om twee dingen niet te veranderen,' zei Alex. 'Ten eerste de lampen boven het buffet. Ik weet dat je ze niet mooi vindt. Maar je grootvader en ik hebben die lampen samen opgehangen, vele zomers geleden. Die lampen betekenen iets voor me.'

'Goed.'

'En het bord. Het bord blijft.'

'Daar zou ik nooit aankomen, pap. Ik ben er trots op.'

'Ik ook.'

John Pappas keek geëmotioneerd.

Alex liet zich van het muurtje glijden en kwam voor zijn zoon staan. 'Wat is er?' vroeg hij.

'Ik wil op mezelf gaan wonen,' zei John. 'Een flat of zo kopen. Ik vind dat het tijd wordt.'

'Als jij dat wilt.'

'Ik ben vijfentwintig. Het is niks dat jullie 's nachts nog steeds wachten tot ik thuis ben. Wanneer ik voor de deur stop, zie ik bij jullie in de kamer het licht uitgaan.'

'Daar kan ik niets aan doen, Johnny. Maar hoor 's, als jij het huis uit wilt, vind ik dat je dat moet doen.'

'Ik liep er al een hele tijd mee rond. Ik heb het niet eerder gedaan omdat ik het beter vond om bij mama en jou te blijven. Ik dacht dat jullie het fijn vonden dat ik thuis bleef wonen, na Gus' dood.'

'Weet ik.'

'Je was er zo kapot van. Omdat Gus... Nou ja, ik weet dat Gus de allerbelangrijkste was in je leven.'

'Niet doen, John.'

'Het is goed voor ons allebei als we dat erkennen. Hij nam een bijzondere plaats in. Dat mogen we best zeggen.'

'John...'

'Dus ik vond het belangrijk om bij jou en mama te blijven. Als ik eerlijk ben, ik had jullie ook nodig. Ik was er vanbinnen beroerd aan toe. Ik hield ook van Gus, pap. Gus was mijn broertje.'

'Weet ik. Maar het gaat beter met ons. Het wordt beter met ons.'

John zette een stap in de richting van zijn vader.

Alex trok zijn zoon in zijn armen en omhelsde hem stevig. Onder het bord hielden ze elkaar vast.

Alex reed weer naar Maryland. Hij ging nogmaals bij het bedrijfspand langs om een paar onzekerheden over ruimte en haalbaarheid uit de weg te ruimen, die hem al vanaf de ochtend dwarszaten. Toen hij klaar was met meten en het bekijken van de binnenkant, was hij tevreden dat zijn gevoel juist was geweest.

Terwijl hij door Wheaton reed, onderweg naar het verpleeghuis waar Elaine Patterson verbleef, dacht hij na over zijn zoon John en over hoe hij had geleden na de dood van Gus. Wat was hij, Alex, naar binnen gericht en egocentrisch geweest. Het deed hem pijn dat Johnny wist dat Gus zijn lievelingszoon was geweest. Hij had het niet ontkend en dit droeg John nu mee, misschien voor de rest van zijn leven. Er zou een tijd komen waarin ze vrijelijker met elkaar konden praten over hun relatie. Voorlopig was dat hij de zaak aan hem had overdragen een begin, als gebaar en bevestiging.

Maar het gaat beter met ons. Het wordt beter met ons.

Helemaal gelogen was dat niet. Het ging beter met hem, Alex, dan eerst. Hij had leren leven met zijn verdriet. Hij had zich neergelegd bij de wetenschap dat hij nooit over de dood van Gus heen zou komen. Dat hij tot aan zijn eigen dood om Gus zou treuren.

Maar hij had Vicki en hij had John. De wonden die hij op zijn zeventiende opliep, begonnen te helen. Er lag een nieuwe uitdaging voor hem in het verschiet. Er was ruimte voor verdriet en ook voor goede dingen.

25

Lady, de bruine huishond in de arbeidstherapiezaal van het Walter Reed, draafde over het tapijt naar sergeant Joseph Anderson, die met de vingers van zijn rechterhand knipte. De labrador kwam naar hem toe en rook aan zijn hand, likte die en ze liet toe dat Anderson haar achter haar oren kroelde. De hond sloot haar ogen, alsof ze aangenaam doezelde.

'Ze vindt het lekker, wanneer ik haar daar aai,' zei Anderson.

'En ze hoeft je niet eens te leiden,' zei Raymond Monroe.

Sergeant Andersons linkeronderarm lag plat op de behandeltafel. Raymond Monroe zat naast hem en kneedde zijn spieren. Aan deze arm had hij een handprothese, die getooid was met een voortzettingstatoeage. Het woord 'Zoso' strekte zich uit over vlees en synthetisch materiaal.

'Ik houd er niet van als een vrouw me vertelt waar ik mijn hand moet leggen,' zei Anderson. 'Ik wil die plek graag zelf vinden.'

'Jij houdt van de uitdaging, hmm.'

'Wanneer ze beginnen te kreunen is het, ja, alsof ik net iets goed heb gedaan. Zoiets als "missie volbracht".'

Monroe zei niets.

'Denkt u dat het allemaal wel zal gaan, paps?'

'Hoe bedoel je?'

'Met de vrouwen. Ga ik het maken, denkt u, als ik hier weg ben?'

Monroe keek de jongen in de ogen. Hij keek bewust niet naar het netwerk van dikke rode littekens op de linkerkant van Andersons gezicht.

'Dat komt best in orde,' zei Monroe.

Lady liep weg, naar een soldaat aan de andere kant van de zaal, die haar had geroepen.

'Ik ben bepaald niet meer wat je knap zou noemen, is het wel?'

'Ik ben ook geen Denzel Washington.'

'Nee, maar ik denk dat u heel knap was toen u jong was. Vast heel wat vrouwtjes gehad, hè?'

'Zeker. Maar dat gaat ook met jou gebeuren. De vrouwen zullen je niet met rust laten, joh. Met jouw persoonlijkheid. Hoe noemen ze dat ook alweer? Spránkelend. Het komt allemaal best in orde met jou.'

'We zullen zien,' zei Anderson. 'Toch heb ik het gevoel dat ik het beste al heb gehad. Kent u dat gevoel?'

'Ja,' zei Monroe. 'Maar dat hoort erbij als je een vent van middelbare leeftijd bent. Jij komt net kijken.'

'Dat gevoel heb ik anders niet.'

'Misschien moet je hier eens over praten met de psych.'

'Ik praat liever met u.'

Monroe duwde zijn duimen diep in de *brachioradialis*, de grootste spier in Andersons onderarm.

'Het is gek,' zei Anderson. 'Mensen denken dat we daar zo'n beetje in de hel zaten. Begrijp me niet verkeerd, het was zwaar. Maar behalve de chaos van oorlog en de algehele teringzooi waarin we zaten, was er ook... Weet u, ik had vrede met mijn leven. Raar om dat te zeggen, ik weet het, maar het is zo. Ik werd iedere ochtend wakker en wist precies wat er van me verwacht werd. Er was geen enkele twijfel of keus. Mijn taak was niet het bevrijden van het Irakese volk of het brengen van democratie in het Midden-Oosten. Ik moest mijn maten beschermen. Dat was wat ik deed en nooit eerder voelde ik me zo tevreden. U moet me niet uitlachen, maar dat jaar in Irak, was het beste jaar van mijn leven.'

'Ik lach niet,' zei Monroe. 'Mannen zijn doelgericht, wordt wel gezegd. Jij had je taak en daardoor voelde je je goed.'

'En daarom ben ik somber, paps. Ik hoor dáár weer te zijn, bij mijn mannen. Omdat ik het niet heb afgemaakt. Als ik nu 's morgens wakker word, is er naar mijn gevoel geen enkele reden om uit bed te komen.'

'Wil jij iets doen? Ga mensen je verhaal vertellen wanneer je hier weg bent. Vertel hun wat je hebt gedaan. De mensen in dit land zijn momenteel zo verdeeld, ze hebben goede mensen zoals jij nodig die hun vertellen dat we één moeten zijn. Dat we de kloof weer moeten dichten.'

'Gaat u me nou niet op een voetstuk zetten. Ik ben niet op alles wat ik heb gedaan trots.'

'Ik evenmin.' Monroe staakte het kneden van Andersons arm. 'Luister eens, sergeant. Als je ouder wordt, zul je iets gaan beseffen. Hopelijk gebeurt dat bij jou sneller dan bij mij. Het leven is láng. Wie je nu bent, de dingen die je deed, jouw gevoel dat je leven nooit meer zo goed zal worden als vroeger? In de loop van je verdere leven zijn al die dingen niet van belang. Behalve als je ze dat toestaat. Ik ben niet meer hetzelfde als toen ik jong was. Wat heet, vandaag overkwam me iets... Laat ik het zo zeggen, ik heb een hele weg moeten afleggen om erachter te komen hoezeer ik veranderd ben. Wat je ook eerder hebt gedaan, het doet er niet toe. Wat ertoe doet is hoe je de omslag maakt. Het komt heus wel goed met jou.'

'Hebt u dat allemaal van een wenskaart, paps?'

'Rot toch op, man!' Monroe bloosde. 'Ik zei je toch dat je bij een psych moest wezen en niet bij.'

'Ik had het kunnen weten; een supporter van de Redskins is een optimist. Ik zie in uw toekomst geen Super Bowls met coach Gibbs aan het roer. Hoe oud is hij, negentig?'

'Denk je soms dat híj oud is? Als de coach van de Cowboys zijn broek nog hoger optrekt, knijpt ie zijn ballen nog af.'

'We ontmoeten jullie in de herfst.'

'Twee keer,' zei Monroe.

Hij ging verder met zijn werk. Hij draaide Andersons arm om en behandelde de *flexor ulnaris* en de *radialis*.

'Weet je, als ik je zo hoor,' zei Monroe, 'heb je echt een depressie. Je moet met de psychiater gaan praten.'

'Ze is lang niet zo geestig als u.' Anderson kreunde. 'Dat was lekker, doc.'

'Ik ben geen dokter.'

'U bent even goed.'

'Dank je,' zei Monroe.

Alex Pappas arriveerde in het verpleeghuis op Layhill Road. Hij trof miss Elaine aan in de eetzaal, niet ver van de ontvangstbalie waar hij zich had aangemeld. Een verpleeghulp wees naar een oude vrouw met dunner wordend grijs haar en een bril, die, samen met twee andere vrouwen van haar leeftijd, in een rolstoel aan een ronde tafel zat. Ze droeg een slab en werd gevoerd.

Alex ging zitten, stelde zich voor en kreeg als reactie alleen oogcontact. Onderweg had hij bij een kruidenier anjers gekocht. Hij zei tegen miss Elaine dat ze voor haar waren, maar hield op schoot.

Hij beperkte zich tot beleefdheden en probeerde niet om een gesprek met haar aan te knopen. Hij wilde niet over het incident praten in het bijzijn van de vrouw die haar voerde, een Afrikaanse, naar haar accent te oordelen. Hij wilde dat miss Elaine genoot van haar maaltijd, ook al zag die er onappetijtelijk uit. Bovendien was het een enorm kabaal in de eetzaal. Gesprekken werden herhaald, bestellingen en verzoeken aan het personeel geschreeuwd. En dan was er nog die ene vrouw, die vloekte als een rapper en genegeerd werd. In een aangrenzende ruimte zat een vrouw piano te spelen en zong er vals 'One Love, One Heart' bij.

Miss Elaine Patterson was er slecht aan toe. Een kant van haar door de tijd ingezakte en ingevallen gezicht was onmiskenbaar verlamd. Uit de verslapte linkerkant van haar mond droop kwijl. Haar linkerhand was een verkrampte klauw, haar linkerbeen opgezwollen en willoos. Ze sprak moeizaam en ietwat onduidelijk met lange stiltes tussen de woorden. Ze heeft vast kinderen en kleinkinderen, dacht Alex, en ze blijft leven voor hen.

Nadat het laatste beetje appelmoes van haar kin was geveegd, zei Alex tegen de Afrikaanse verpleeghulp dat hij miss Elaine naar haar kamer zou rijden. De verpleeghulp vroeg aan miss Elaine of zij dat goed vond, en dat vond ze.

Hij duwde haar in de rolstoel door een lange gang, voorbij de kamer van de verpleegkundigen. Toen ze langs kamers van bewoners kwamen, hoorde Alex spelletjesprogramma's op televisies die veel te hard aanstonden. Er hing een vage maar onmiskenbare geur van urine en uitwerpselen.

Miss Elaine had een eigen kamer, die uitzag op de parkeerplaats. Hij liet haar naast haar bed in haar rolstoel zitten en zette het geluid van haar tv zachter. Ze had Turner Classic Movies aanstaan en die zond een zwart-witfilm uit. Alex haalde een bos verlepte margrieten met bruine randen uit een vaas en deed er de anjers in. De met schoon water gevulde vaas zette hij op een plank waarop vele foto's uitgestald stonden van mensen van middelbare leeftijd, twintigers en baby's en kinderen. Hij zette een stoel naast haar neer en zei nogmaals wie hij was en waarom hij haar kwam opzoeken. Hij verzekerde haar dat hij niet lang zou blijven.

'Rodney... belde,' zei ze, om aan te geven dat hij zijn verhaal moest doen.

'Dan weet u dus dat ik een van de jongens was die naar Heathrow Heights kwamen.'

'Ja.' Ze bracht een vinger van haar nog functionerende hand naar zijn gezicht. 'Charles Baker.'

'Inderdaad. Ik ben de jongen die in elkaar getrapt werd.' Alex keek even van haar weg en toen weer in haar door de dikke brillenglazen vergrote, zwarte ogen. 'Ik lag op de grond, met mijn gezicht omlaag. Ik heb van het schieten niets gezien.'

'Ik... ook... niet.'

'Maar in de rechtszaal vertelde u over wat u wél hebt gezien.'

Miss Elaine knikte. Met haar goede hand verlegde ze de verlamde op haar schoot.

'Ik zag u op de veranda van de supermarkt staan,' zei Alex. 'En daarna liep u naar binnen.'

'Omdat... er narigheid... op komst was.'

'U keek toe door de winkelruit. En daarna liep u weg om de politie te bellen.'

'Om het... aan de... eigenaar... te zeggen.'

'Hem te zeggen dat hij de politie moest bellen. Maar wat zag u, voordat u wegliep bij het raam?'

Miss Elaine zette haar bril af en veegde met de rug van haar hand in haar ogen. Niet omdat ze van streek was. Niet omdat ze hem niet behulpzaam wilde zijn. Ze dacht na.

'Ik zag de... forse blanke jongen... uitstappen. Hij werd... geslagen. Kleinere... blanke jongen... u... probeerde weg te rennen. U werd... tegen de grond... geschopt. Een van de broers Monroe... had een revolver... in zijn hand. Die met de revolver...'

Ze zweeg abrupt.

Alex wachtte maar er kwam niets. 'Alstublieft, gaat u verder.'

'Droeg een T-shirt... met een 10 erop. Charles schreeuwde naar die jongen... Charles heeft... nooit gedeugd.'

'En wat gebeurde er toen?' Alex hoorde de lichte hapering in zijn stem.

'Ik haalde Sal... hij belde de politie. Verder... niets gezien. Iets later... klonk het schot.'

'Dit hebt u allemaal verteld in de rechtszaal?'

'Ja. Ik was... getuige. Ik wilde... niet. Jongens van Monroe... dat hele gezin... fatsoenlijk. Ik weet niet waarom die jongen deed... wat hij deed. Was... een tragedie. Voor jullie allemaal.'

'Ja, mevrouw, dat was het,' zei Alex en hij keek omlaag naar zijn tot vuisten gebalde handen. Hij ontspande ze en haalde diep adem.

'Waarom?' vroeg miss Elaine.

Daar had Alex geen antwoord op.

Raymond Monroe en Marcus kwamen terug van de Park View Elementary, waar ze in de schemer met een honkbal vangen en werpen hadden geoefend op het veldje vol onkruid naast deze lagere school. Marcus' moeder, Kendall, zat aan de keukentafel *The Post* te lezen, toen ze thuiskwamen.

'Fijn gespeeld?' vroeg ze.

'Het joch heeft me toch een arm!' zei Raymond met zijn hand op Marcus' schouder.

'Ga je opfrissen,' zei Kendall, 'en doe je leeswerk, voordat we gaan eten.'

'Het is vrijdag,' zei Marcus. 'Waarom moet ik lezen?'

'Als je het nu doet,' zei Raymond, 'heb je verder het hele weekend vrij.'

'De Wizards spelen vanavond,' zei Marcus.

'Eerst lezen en dan naar de wedstrijd kijken,' zei Kendall.

'Gilbert is toch geblesseerd,' zei Marcus.

'Maar ondanks dat gaan we ze toch wel aanmoedigen?' zei Raymond. 'Wat ik eigenlijk wil zeggen is, als je ze kon zien spelen, zou je dat dan afslaan omdat Gilbert niet op het veld staat?'

'Echt naar een wedstrijd gaan? Nee!'

'Jij gaat nu lezen,' zei Raymond. 'Wanneer je daarmee klaar bent, kom je naar mij toe. Ik heb een verrassing voor je, vent.'

Marcus ging op een holletje naar zijn kamer.

'Heb je de kaartjes?' vroeg Kendall.

'Drie,' zei Raymond. 'Neem je verrekijker mee, meid.'

'Dank je wel, Ray.'

Monroe waste zijn gezicht en handen aan de gootsteen en daarna liep hij naar boven, naar Kendalls slaapkamer. Hij ging aan haar bureau achter de computer zitten en klikte op het pictogram van Outlook. Hij ging naar zijn eigen e-mailbox, klikte op VERZENDEN EN ONTVANGEN en keek naar de berichten die binnenkwamen. Zijn hart ging sneller kloppen bij het zien van de onderwerpregel van een van de berichten.

Monroe las de brief. Hij las hem nog een keer.

De mobiele telefoon in zijn zak trilde. Hij haalde hem eruit, keek op het schermpje wie hem belde en nam op.

'Zeg het eens, Alex.'

'Raymond, ik ben blij dat je opneemt.'

'Gaat dit weer over Charles? Moet je horen, man. Ik weet dat het een probleem is, maar ik beloof je dat ik een manier zal vinden om het aan te pakken.'

'Het gaat niet over Baker. Raymond, kan ik...'

'Wat?'

'Kan ik jou en James vanavond zien? Het is belangrijk.'

'James werkt, man. Gavin heeft hem een late klus toegeschoven.'

'Dan zie ik jullie alle twee in de garage.'

'Ik zal toch eerst James moeten bellen om te zien of dat kan.'

'Het is belangrijk,' herhaalde Alex.

'Ik zal je zo dadelijk terugbellen,' zei Monroe en hij beëindigde het gesprek.

Hij zou James straks bellen. Maar eerst moest hij naar beneden om Kendall het nieuws te vertellen. Kenji was na een lange patrouille terug op de Korengal Outpost. Zijn zoon leefde nog.

26

Twee mannen zaten in een grijze Dodge Magnum, die met de motorkap naar het oosten stond, in Longfellow Street. Ze hadden die plaats gekozen, omdat ze zo niet onder een straatlantaarn stonden. De ruiten van de Dodge waren getint, maar niet in die mate dat het argwaan wekte. Ze kwamen uit Maryland, maar de oude huurauto had nummerplaten van DC. Er reed politie in patrouillewagens door de buurt, want het politiebureau stond hier vlakbij. Maar de politie zou zich niet druk maken om twee mannen die de middelbare leeftijd naderden en in de vroege avond met elkaar zaten te kletsen in een auto. Ze zagen er onopvallend uit. Ze oogden alsof ze hier thuishoorden.

Ze heetten Elijah Morgan en Lex Proctor. Ze waren achter in de dertig, breedgeschouderd, sterk, snel en iets te dik. Het hadden wegwerkers kunnen zijn of bedienden in een ijzerwarenwinkel. Morgan had een bijna vierkant hoofd, Aziatische ogen en tegen het hoofd geplakt, gepommadeerd haar. Proctor was donker en knap om te zien met zijn fijne gelaatstrekken, tot hij lachte. Hij droeg een goedkoop kunstgebit en dat was eraan af te zien ook. In hun eigen buurt, in een gedeelte van Baltimore bezuiden North Avenue en aan de oostkant van Broadway, kende men hen als Lijah en Lex.

Morgan zat achter het stuur en hield door de voorruit nauwlettend een flat in Longfellow in de gaten. Het was een bakstenen gebouw zonder balkons. De ramen hadden jaloezieën. Veel van de flats op de begane grond en op de eerste verdieping hadden getraliede ramen. Twee trappenhuizen boden toegang tot het pand. Boven de ingang van een ervan hing een bord waarop met witte drukletters LONGFELLOW TERRACE stond. Beide mannen hadden al een keer geplast in de plastic waterflessen die ze met dat doel hadden meegebracht. Ze zaten hier al sinds zonsondergang en ze hadden er de smoor in. Ze hielden helemaal niet van Washington.

'Hoe weten we of hij het is?' vroeg Proctor.

'We roepen zijn naam. Als hij reageert, is hij het.'

'Ik bedoel, hoe ziet hij eruit?'

'Als een provinciaal, vers uit Alabama,' zei Morgan. 'Hij is nog niet zo lang in de stad. Kleedt zich retro, 1975. Heeft een lang litteken op zijn gezicht.'

'En die blanke jongen?'

'Zie jij er hier veel?'

'Nee.'

'Hij is blank. Meer hoef je niet te weten.'

'Doe niet zo lullig.'

'Oké. De jongen zit onder de puisten.'

'Op zijn gezicht?'

'Nee, zak, op zijn reet.'

'Zie je wel,' zei Proctor. 'Jij probeert altijd de lolligste thuis te zijn.'

Proctor leunde voorover in de passagierskuipstoel. Hij had last van het ding dat onder zijn beige overhemd in een holster op zijn rug hing, want het drukte tegen de leuning. Hij hoopte dat het niet veel langer ging duren voordat de oude man of de blanke jongen naar buiten kwamen.

'Er ligt een steeg achter die flat,' zei Proctor. 'Dat is toch zo?'

'In deze stad ligt er een steeg achter iedere straat,' zei Morgan.

'De eerste van de twee die naar buiten komt, nemen we mee naar die steeg.'

'Goed,' zei Morgan en hij lachte diep om iets waaraan hij dacht.

'Wat is er zo leuk?'

'Op zijn gezicht,' zei Morgan hoofdschuddend. 'Shit.'

Charles Baker zat achter de computer te zwoegen op de brief aan Alex Pappas. Hij probeerde de juiste toon te vinden. Hij zat vast op een regel die niet correct klonk.

'"Geef me wat ik vraag en je zult nooit niet meer van me horen." Zeg je dat zo, Cody?'

'Zo zeg je het wel,' zei Cody Kruger. 'Maar je moet het anders schrijven.'

'Hoe dan?'

'Het moet "je zult nooit meer van me horen" zijn.'

'Verdomd, je bent een kei,' zei Baker en hij tikte de verbetering in. 'Dat komt er nou van; ik heb mijn school niet afgemaakt.'

'Ik ook niet.'

'Hoe komt het dan dat jij het wel weet?'

Kruger haalde zijn schouders op. Hij schoot zijn lichtgewicht Helly Hansonjack aan en stopte twee zakjes met dertig gram wiet in zijn binnenzakken. Hij had niet geïnformeerd naar het gaasverband op de hals van meneer Charles en evenmin naar de zwelling op zijn kaak. Kruger veronderstelde dat het gewoon weer een pechdag voor hem was geweest en hij wilde hem niet nog meer ergeren door erover te beginnen.

'Ik moet die laatste zestig gram afleveren,' zei Kruger.

'Heb je nog wat van je maat Deon gehoord?'

'Nee.'

'Nu neemt zijn moeder de telefoon ook al niet op. Maakt niet uit. We hebben ze toch niet nodig.'

'Maar wat gaan we doen? We hebben toch nog niets gehoord van Dominique en die andere gasten. Vindt u dat niet vreemd?'

'Die proberen nu gewoon te bedenken hoe ze met ons moeten

leren leven, meer niet. Maar weet je, zodra ik dat geld van Pappas krijg, hoeven we niks meer met marihuana. Van die business moet ik zelfs niets hebben, man. Ik heb zitten denken, als ik dat geld binnen heb, gaan we het delen. Niet fifty-fifty of zo, maar ik zal je een beetje geven. Je bent loyaal met me geweest, Cody. Je bent mijn maat.'

'Dank u wel, meneer Charles.'

'Je mag me Charles noemen. Heb je verdiend.'

'Zal ik doen,' zei Cody. 'En nu ben ik weg.'

Kruger verliet de flat en nam de trap naar beneden. Zijn borst zwol van trots. Oké, Baker met zijn plannetjes was een beetje dwaas en dom. Brieven schrijven, wanneer hij iemand iets recht in zijn gezicht kon zeggen. Met advocaten lunchen. Zijn poging om de handel in te pikken van de grootste wietdealer in het postcodegebied. Maar Baker had hem, Cody Kruger, hoog genoeg zitten om hem een gelijke te noemen. Geen fifty-fifty, maar toch. Het betekende iets om behandeld te worden als een vriend en een man.

Je mag me Charles noemen. Bij hem thuis en op school hadden ze dit respect nooit voor hem getoond.

Cody stapte vanuit het trappenhuis van het gebouw de nachtlucht in. Hij liep over het trottoir naar zijn auto. Er stapten twee oudere kerels uit een stationcar en ze kwamen zijn kant uit gelopen. Het waren stevige gasten maar ze leken niet op hem te letten. Toen ze vlak bij hem waren, kwam haalde een van hen een kleine revolver uit zijn jasje.

Niet vanavond, dacht Cody. Zijn knieën knikten. Hij wilde 'm smeren, maar dat ging niet. Ze waren hem te snel af.

'Laat het uit je hoofd om weg te rennen.' Een man stond zowat boven op hem en drukte de loop van de revolver in Cody's zij.

'Waar staat je auto?' zei de andere, die achter hem was komen staan, zacht in zijn oor.

'Breng ons erheen,' zei de man met de revolver. Hij had een

vierkante kop, Chinese ogen en gepommadeerd haar. 'Open de portieren allemaal tegelijk.'

Kruger bracht hen naar de Honda. Hij hoopte iemand anders op straat te zien, hoopte voor één keer in zijn leven dat er een politiewagen langs zou rijden. Maar er was niemand buiten en hij opende de portieren met de afstandsbediening, die hij uit zijn jeans had gevist. Hij kreeg opdracht om achter het stuur te gaan zitten, wat hij deed, terwijl hij onder schot gehouden werd. De man met de revolver stapte achterin. De andere kwam naast Kruger zitten.

'Handen op het stuur en je voorhoofd ertegenaan,' zei de man naast hem.

Kruger deed dit en onwillekeurig liet hij een scheet, waar de man op de achterbank om moest grinniken.

De man naast Kruger keek zijn maat vuil aan. Daarna fouilleerde hij Kruger, terwijl deze zo voorover zat. De oogst bestond uit een mobiele telefoon en twee zakjes wiet. Hij zei dat Kruger weer rechtop kon gaan zitten en gaf hem zijn telefoon en marihuana terug.

'Rijd naar de steeg,' zei Elijah Morgan vanaf de achterbank. Toen Kruger zich niet verroerde, zei Morgan: 'Vooruit, joh. We willen alleen maar met je praten.'

Kruger startte de Honda en reed naar de achterkant van het flatgebouw. Hij klappertandde. Hij dacht dat dit alleen bange figuren in stripverhalen overkwam.

'Doorrijden,' zei Proctor, die naast hem zat.

Kruger reed langzaam door totdat ze een plaats bereikten waar er geen licht vanuit de flatramen naar buiten viel. Het was er vrijwel pikkedonker.

'Stop hier,' zei Proctor. 'Zet de motor uit.'

Kruger gehoorzaamde.

'In welke flat woon jij?' vroeg Morgan.

'Op Tweehonderdtien.'

'Is die ouwe vent nu boven?'

Kruger knikte.

'Is hij gewapend?'

'Nee.'

'Is hij alleen?'

'Ja.'

'Ik wil dat je het volgende doet,' zei Morgan. 'Bel die ouwe op je mobiel. Zeg hem dat je iets bent vergeten en terugkomt naar de flat om het te halen. Zet je luidspreker aan, zodat we het gesprek kunnen horen.'

Kruger toetste Bakers nummer in en zette de luidspreker aan.

'Ja, jong,' zei Baker.

'Ik kom terug.'

'Zo snel?'

'Ik ben nog niet weg geweest. Ben mijn iPod vergeten.'

'Jij en je apparaatjes.'

'Ben er zo, meneer Charles.'

'Dacht dat ik je gezegd had om... doet er niet toe. Gebruik de code.'

'Zal ik doen.'

Kruger beëindigde het gesprek. Proctor pakte hem de telefoon af en liet die in de zak van zijn jasje glijden.

'Wat voor code?' zei Morgan vanaf de achterbank.

'Hij wil dat ik op een bepaalde manier op de deur klop, wanneer ik thuiskom,' zei Kruger. 'Voordat ik de sleutel omdraai.'

'Welke sleutel?'

Kruger haalde de sleutel uit het contact en liet zien welk van de sleutels aan de ring die van zijn flat was. Proctor pakte hem de hele sleutelring af.

'Hoe gaat die code precies?' zei Morgan.

Krugers lip trilde.

'Vertel maar,' zei Proctor vriendelijk. 'Wat er met hem gaat gebeuren, gebeurt toch.'

'Klop-pauze-klop-pauze-klop,' zei Kruger.

'Doe eens voor op het dashboard,' zei Morgan.

Kruger tikte de code met zijn knokkels.

'Net morsecode, Lijah,' zei Proctor glimlachend tegen de man op de achterbank.

Een van de mannen had de naam van de andere genoemd. Kruger wist wat dit betekende. Zijn blaas leegde zich in zijn boxershort. De urine maakte langzaam een donkere vlek in zijn jeans en in de auto begon het er doordringend naar te ruiken.

'Ah, shit!' zei Proctor.

'Ik zal niemand iets vertellen,' zei Cody Kruger. 'Echt niet!'

Morgan bracht zijn Colt Woodsman omhoog en gaf Cody een nekschot. De .22 kogel verbrijzelde Cody's C3-wervel en stuurde hem naar het land der vergetelheid. Hij viel opzij, zijn hoofd rustte tegen het raam aan de bestuurderskant. Er was weinig bloed en de klap van de klein-kaliberrevolver was niet tot ver buiten de auto te horen geweest. Krugers Nike Dunks met hun oplegsel van leer en hennepvezel trommelden zacht op de bodemplaat van de Honda.

'Maak je in orde,' zei Morgan.

'Is al gebeurd.'

'Zodra ik deze auto heb schoongeveegd,' zei Morgan, 'ga ik terug naar de wagen en wacht daar op je.'

'Maak wel een beetje voort. Ik ben zo weer terug.'

Proctor stapte uit de Honda en liep de steeg uit. Toen hij de hoek omsloeg naar de voorzijde van het flatgebouw, zag hij een patrouillewagen van districtsbureau nr. 4 met knipperende lichtbalk de straat in rijden. Nadat die voorbij was, haalde Proctor een paar latexhandschoenen uit zijn jasje. Toen hij het trappenhuis naderde, deed hij ze aan.

Raymond en James Monroe stonden in Gavins Garage naast een witte Ford Courier uit '78. De motorkap van het bestelbusje stond omhoog en over de rand van de spatborden hingen afschermdekens. Op een van de dekens stond een blikje Pabst Blue Ribbon. James Monroe pakte het en nam er een grote slok uit.

'Alex Pappas zal hier zo zijn,' zei Raymond. 'Waarom maak je die klus niet af?'

'Ik ben bijna zover,' zei James. 'Wat moet hij trouwens van ons?'

'Hij heeft met miss Elaine gepraat. Althans: ik heb Rodney gevraagd hem haar adres te geven.'

'Waarom dat?'

'Omdat hij heeft gedaan wat ik van hem vroeg. Charles Baker heeft Alex' gezin bedreigd, en hij heeft er geen politie bij gehaald. Dat deed hij voor jou, James!'

James krabde in zijn nek en nam nog een slok bier. 'Wat moeten we met Charles aan?'

'Nou, ik ben al bij hem geweest, in zijn groepshuis. Heb hem stevig aangepakt. Of hij slim genoeg is om te luisteren, dat weet ik niet.'

'Dat zullen we wel merken.'

Raymond deed een stap opzij. 'Ik heb hem zowat vermoord, James. Ik had die schroevendraaier bij me, waar papa met de slijpmachine ooit een punt aan heeft geslepen.'

'Dat weet ik nog.'

'Ik zweer je, het scheelde niet veel of ik had dat ding zo door zijn hals heen gedrukt.'

'Maar dat heb je niet gedaan.'

'Nee, dat niet.'

'Omdat je zo niet bent. Daarvoor rekenen te veel mensen op je. Dat jongetje en ook je eigen zoon. Om maar te zwijgen van al die soldaten in het hospitaal.'

'Ja. Ik heb veel redenen om op het rechte pad te blijven.'

'Charles hoeft trouwens niet vermoord te worden,' zei James. 'Die is allang dood.'

Raymond knikte.

'Pak 's een moersleutel voor me,' zei James. 'En als je toch bij de koelkast staat, neem een koud biertje voor je grote broer mee.'

'Waarom doe je dat niet zelf? Je staat er even dichtbij als ik.'

'Mijn heup.'

Raymond Monroe liep naar de werkbank en deed wat hem gezegd was.

27

Charles Baker las de brief die hij in zijn hand hield. Het was een goede brief. Hij had hem veiligheidshalve aan niemand in het bijzonder gericht, maar de tekst was niet mis te verstaan. Binnen het bestek van twee alinea's had hij 'familie' een paar keer genoemd. Zonder te zeggen wat hij dat gezin zou aandoen als hij het geld niet kreeg, was de bedreiging duidelijk zat. Hij had laten doorschemeren dat als hij, Charles Baker, genegeerd werd, de familie Pappas het zou voelen.

Baker had vaak gehoord dat 'familie' alles was. Hij veronderstelde dat dit waar kon zijn. Maar zijn eigen ervaring was geweest, dat familie en loyaliteit in het algemeen, niets betekenden.

Baker wist niet wie zijn biologische vader was. Zijn moeder – Carlotta, een alcoholiste – was in zijn leven niet wat je noemt een zorgzame ouder geweest. Ze had haar huis, dat twee slaapkamers telde, geërfd. Waar op het dak de houten dakspanen ontbraken, lag het teerpapier bloot. Ze verwarmden het huis met een oude houtkachel. Het dak lekte en wanneer er een ruit brak, werd dat niet gerepareerd.

Een keer was Ernest Monroe bij hen langsgekomen met zijn zoons James en Raymond. Ze hadden de ramen gemaakt met behulp van stopverf en stukjes metaal, die meneer Monroe 'glazenierspunten' noemde, toen hij poogde om Charles iets te leren.

Maar Charles wilde niets leren. Die Monroes dachten dat ze een christelijke daad verrichtten door in het huis van zijn moeder gratis de ruiten te repareren. Maar het was enkel om een goed gevoel over zichzelf te hebben dat ze minder bevoorrechte mensen in de wijk hielpen; het werk van God deden en meer van die onzin. De jongens wilden indruk maken, gaven hun vader zijn gereedschap en andere troep aan, zijn stopverfmes en die achterlijke puntjes. De vader met zijn baan, werkte aan bussen, droeg een uniform alsof het iets voorstelde, terwijl hij niet veel meer was dan een doorsmeerder. Charles vond het niks dat ze bij hem thuis kwamen en deden alsof ze beter waren dan een ander; en dat ze het krot zagen waarin hij woonde en medelijden met hem hadden. Hij had hun medelijden niet nodig.

Charles mocht dan geen vader hebben, mannen waren er wel in huis. Een in het bijzonder, Eddie Offutt. Hij beweerde in de bouw te werken, maar hij sliep tot 's middags zijn roes uit. Offutt was er in Bakers jeugd bijna altijd geweest. Vaak keek hij Charles 's avonds aan tafel met vochtige ogen veelbetekenend aan. Charles hoorde hem en zijn moeder 's nachts lachen en drinken, hoorde ze ruziën, hij hoorde de klappen die zijn moeder in haar gezicht kreeg, hoorde haar snikken en hoorde hen neuken in het bed van zijn moeder. Soms kwam Eddie Offutt 's nachts Charles' kamer binnen om heel zacht met hem te praten, terwijl zijn adem naar drank walmde. En dan raakte hij Charles' geslacht aan met zijn ruwe handen en stopte dat van hemzelf in Charles' mond. Hij zei tegen Charles dat dit heel gewoon was, maar dat anderen het misschien niet zouden begrijpen. Zei tegen Charles dat als hij het wel aan iemand vertelde, de andere jongens in de buurt het te weten zouden komen. Daarna lag Charles dan op zijn matras te luisteren naar het hondengeblaf in de omliggende tuinen en te kijken naar de zwarte schaduwen van de boomtakken, die net klauwen leken die houvast zochten op zijn slaapkamermuren. Dan lag Charles met stijf gebalde vuisten en vuile vegen op zijn gezicht te denken: waarom ben ik niet geboren in dat netjes geschilderde huis verderop in de straat? Waarom ken ik de namen van gereedschap niet en van de onderdelen onder de motorkap van auto's en weet ik niet hoe de spelers van de basketbalteams heten? Waarom word ik niet omhelsd door een man die van me houdt, in plaats van dat er zo een als Eddie aan me zit?

Het was niet alleen Offutt. Ook vrienden verraadden hem. In zijn jeugd was Larry Wilson zijn beste maat geweest. Maar Larry ging bij de luchtmacht, toen Charles zijn eerste vonnis uitzat. Tegen de tijd dat Charles vrijkwam, werkte Larry bij Natuurbeheer als een soort boswachter in West Virginia. Jaren later, toen Wilson als veertiger op bezoek was in Heathrow Heights, douwde hij zijn gezin vliegensvlug in hun auto toen hij Charles op straat zag lopen. Dat was dan Larry. En die broers Monroe, shit. Hij had voor ze klaargestaan, was met hen de bak in gedraaid. Nu keerden ze zich van hem af. Loyaliteit en vriendschap betekenden niets voor hen. Voor Charles zelf betekende het ook geen reet.

Wat deed het ertoe? De tweede helft van zijn leven werd anders. Binnenkort had hij geld. Hij had plannen.

Bij de voordeur hoorde hij sleutels rammelen. Daarna volgde een roffel op de deur: klop-pauze-klop-pauze-klop.

Dit was niet de code.

Charles Baker stond op van zijn stoel en liep naar de slaapkamer, naar waar Cody zijn revolver bewaarde.

Lex Proctor stond op de overloop van de eerste verdieping te luisteren. Hij had op de deur geklopt, zoals de blanke jongen had verteld dat het moest, en er kwam geen reactie. Hij hoorde alleen het schrapen van een stoel en voetstappen.

Proctor stak zijn hand in de binnenzak van zijn jasje en haalde er een .38 uit waarvan de kolf met isolatieband omwikkeld was. Hij stak de sleutel in het slot, draaide hem om en stapte naar binnen. Met de blik naar voren gericht, duwde hij met zijn rug de voordeur weer in het slot. Hij zocht in de woonkamer en de keuken. Niemand te zien. Maar hij wist dat de oude man er was.

Er was een gang. Proctor liep er voorzichtig doorheen.

Hij was zich aangenaam bewust van een mes dat onder zijn overhemd in een holster tegen zijn rug hing. Hij had er veel voor moeten betalen en het was zijn gekoesterde bezit. Het blad was ruim dertig centimeter lang met een vogel erin gegraveerd. De twaalf centimeter lange greep was van gelakt hout en er zat een dikke, zilveren plaat op. Het was een dolk die verzwaard was om ermee te kunnen werpen. Het was geen jachtmes, maar een mes voor het van-man-tegen-mangevecht. Het was gemaakt om mee te vechten en mensen te doden. Je kon ermee steken en er-mee houwen, zoals met een zwaard. De diepe wonden die het mes door zijn gewicht maakte, stelden forensische teams voor een raadsel. Een tegenstander hoefde het maar te zien en hij raakte in paniek. Dit was geen prullerig Rambo-mes. Het werd een Arkansas Tandenstoker genoemd en het was een wapen om mee te moorden.

Proctor kwam langs de openstaande deur van de badkamer en zag niets. Hij liep verder, tot hij achter in de gang voor een dichte deur stond. Hij probeerde de deurknop; op slot. Hij klop-te op de deur en hoorde dat hij hol was. Hij stapte achteruit, bracht zijn schouder omlaag en stormde op de deur af.

Charles Baker stond bij de kast en staarde dom naar een la waarin boxershorts lagen en verder niets. Cody had zich van zijn revol-ver ontdaan.

In ieder geval had de blanke jongen hem willen waarschuwen door de verkeerde code af te geven. Baker vermoedde dat Cody vermoord was. Degene die de jongen had gemold, kwam nu hem vermoorden. Baker hoorde voetstappen in de gang.

Hij keek naar het raam. Het was maar een sprong van de eerste verdieping naar de steeg. Alleen zaten er tralies voor het raam. Geen revolver en geen vluchtweg. Een leven van missers en hier stond hij dan. Als Baker het type was geweest om de humor in te zien van zulke dingen, had hij misschien gelachen.

De man klopte op de deur. Baker draaide zich om. De deur vloog met veel kabaal open. De man struikelde de kamer binnen maar stond meteen weer overeind. Hij was potig en zag er ondanks zijn gewicht lenig uit. Hij hield losjes een revolver langs zijn zij.

'Wie heeft je gestuurd?' zei Baker.

De man zei niets.

'Zeg me hoe je heet,' zei Baker, maar de man schudde zijn hoofd.

Baker stak zijn hand in de zak van zijn zwarte broek en haalde er zijn stiletto met het heft van imitatiepaarlemoer uit. Hij drukte op de knop en het lemmet schoot naar voren.

'Ga je het vanaf die afstand doen?' zei Baker. 'Of ben je een echte kerel en kom je hier?'

Lex Proctor glimlachte. Zijn grauwe tanden leken van plastic. Hij stopte de revolver terug in de zak van zijn jasje, bracht zijn hand onder zijn overhemd omhoog en trok het lange mes uit zijn holster.

Bakers ogen werden groot. Automatisch bedekte hij zijn gezicht met zijn onderarm.

Proctor kwam met snelle passen verder de kamer in. Hij sloeg het mes als een zwaard omlaag en de kling sneed diep in Bakers pols. Baker liet de stiletto vallen. Zijn arm was onbruikbaar en zijn hand zwaaide alsof er een scharnier aan zat. Heel even nam Proctor zijn prooi in zich op. Met een grommend geluid liet hij het lemmet in Bakers hals neerkomen. Het doorkliefde vlees, spier en slagader. In een rode nevel stapte Proctor naar voren toen hij nogmaals op Baker inhakte. Hij draaide het gevest in zijn hand om en hield het wapen nu zo vast dat hij er meer kracht mee kon zetten. En terwijl Baker in elkaar zakte tegen de muur, dreef Proctor het mes in zijn borst en draaide ermee in zijn hart. Hij stak op hem in als een blinde slager, toegewijd en almaar weer, nog lang nadat het licht in Bakers ogen gedoofd was. Baker viel neer op de houten vloer.

Proctor stapte naar achteren om op adem te komen. Hij was moe van de inspanning. Hij stopte het mes terug in zijn holster en liep de kamer uit. Nadat hij door een kier het trappenhuis ingekeken had, verliet hij de flat. Onder aan de trap bleef hij weer even staan om te zien of de kust veilig was.

Hij stak het grasveldje voor het flatgebouw over en stapte in aan de passagierskant van de stationair draaiende Magnum. Proctor trok zijn handschoenen uit en smeet ze op de vloer van de auto.

Elijah Morgan bekeek zijn partner. Proctors romp, overhemd en jasje waren glibberig van het bloed.

'Heb jij er effe een zooitje van gemaakt,' zei Morgan.

'"Maak het persoonlijk," zei de man.'

Ze reden de stad uit en vonden halverwege de 295 een radiozender die hun beviel.

28

Drie mannen zaten in een steeg in het licht van een veiligheids-lamp, onder een bord waarop met slordige verfletters GAVINS GARAGE stond. Alex Pappas en Raymond Monroe zaten elk op een omgekeerde kist. De derde, James Monroe, zat op een vouw-stoel die Alex uit de achterbak van zijn jeep had gehaald. Alle drie dronken ze bier. James zijn blikje stond in de daarvoor be-stemde houder in het canvas van de armleuning.

Raymond had Alex over Kenji's e-mail verteld, maar lette er-op dat hij er niet te lang op doorging, vanwege het lot van Alex' eigen zoon.

'Kenji moet nog een hele tijd, voordat hij naar huis komt,' zei Raymond. 'Zijn uitzending wordt verlengd, verwacht ik.'

'Moge God hem behoeden,' zei Alex, wat hij altijd zei wanneer de jonge mannen en vrouwen die overzees dienden ter sprake kwamen. Dit, terwijl hij best wist dat God geen partij koos in de menselijke dwaasheid van oorlogsvoering.

James nam een grote slok bier en veegde wat gemorste drup-pels van zijn kin. 'Dit is allemaal goed en aardig. Lekker in de frisse lucht zitten met een koud biertje. Maar ik moet de riemen en slangen van die Courier nog vervangen.'

'Jij zei dat het belangrijk was,' zei Raymond tegen Alex om Ja-mes' gedachte af te maken.

'Ja,' zei Alex.

'Is er iets wat je ons wilt vertellen?' zei James.

'Dat het me spijt,' zei Alex. 'Dat wil ik allereerst zeggen. Het viel me opeens in dat ik dat nooit tegen jullie twee heb gezegd. Ik vond dat het hoog tijd werd.'

'Waarom?' zei Raymond.

'Grappig,' zei Alex. 'Miss Elaine vroeg me vandaag hetzelfde. Ik wist niet helemaal zeker wat ze bedoelde, maar het laat zich raden. Waarom deden we het? Waarom moesten we die dag zo nodig jullie wijk in rijden?'

'Nou?'

'Het antwoord is eenvoudigweg dat we een stel domme pubers waren. High van het bier en de wiet op een zomerdag, met niets beters te doen dan rottigheid uithalen. We hadden niks tegen jullie. We kenden jullie niet. Jullie waren de mensen aan de andere kant van de stad. Net als dat je een steen in een wespennest gooit, zoiets. We wisten dat het verkeerd en gevaarlijk was, maar we dachten niet dat we er iemand mee zouden krenken.'

'Niet krenken?!' zei James. 'Die vriend van je schreeuwde "nikker" uit het raam van zijn auto. Het had tegen mijn moeder of mijn vader kunnen zijn. Niemand krenken, noem je dat?'

'Je hebt gelijk. Je hebt gelijk! Billy was...' Alex probeerde op het woord te komen. 'Billy was in dat opzicht verknipt, man. Zijn vader had hem zo gemaakt. Het was geen haat, want dat had Billy niet eens in zich. Hij was een goede vriend. Hij beschermde me, tot op het laatst zelfs. Ik denk eerlijk dat hij uiteindelijk bijgetrokken zou zijn. Als hij was blijven leven, als hij aan zijn ouders was ontsnapt, de wereld in was gegaan, zelfstandig... het zou best in orde gekomen zijn met hem. Dan had hij hier vandaag met ons een biertje zitten drinken. Echt. Als hij die dag maar had overleefd.'

'Hoe zit dat met jou?' zei James. 'Wat is jouw verhaal?'

'Wat mijn broer bedoelt, is: waarom was je met die jongens?'

zei Raymond. 'Want we hadden het erover. En allebei herinneren we ons dat jij alleen maar op de achterbank zat. Je riep niets en je gooide niets. Dus waarom was je erbij?'

'Ik deed er niet actief aan mee,' zei Alex. 'Dat klopt. Maar dat pleit me nog niet vrij. Ik had sterker kunnen zijn en had tegen Billy kunnen zeggen dat hij het niet moest doen. Ik had kunnen uitstappen bij het stoplicht waar je afslaat naar jullie wijk. Als ik dat gewoon had gedaan en naar huis was gelopen, zou ik dat rotlitteken niet hebben. Maar ik heb dat niet gedaan. De waarheid is, ik ben altijd een passagier geweest die meereed op de achterbank. Dat is geen excuus. Zo ben ik, ik zweer het jullie.'

James knikte. Zijn blik was onpeilbaar.

Raymond staarde naar het plaveisel van de steeg.

'En jullie?' vroeg Alex. 'Is er iets wat jullie willen zeggen?'

Raymond keek James aan, die imponerend en onverzoenlijk op zijn stoel zat.

'Oké,' zei Alex, 'dan praat ik gewoon door. Weten jullie nog, de vorige keer dat we in de garage waren? De avond dat ik jou leerde kennen, James. Jij en je broer stangden elkaar, zoals jullie waarschijnlijk je leven lang al doen, over wie de beste was, Earl Monroe of Clyde Frazier. Raymond, toen jullie het daarover hadden, zag ik opeens je gezicht betrekken.'

'Een heel klein beetje,' zei James met een geforceerde glimlach. 'Dat kwam door dat opdondertje Gavin, die de garage binnenkwam om mij het leven zuur te maken. Van die man wordt iedereen somber, toch, Ray?'

Raymond Monroe reageerde hier niet op.

'Dat is wat ik ook dacht,' zei Alex, 'op het moment zelf. Maar daarna stond ik er wat langer bij stil. Nou heb ik het over heel ver terug, toen ik een tiener was. In de jaren zeventig kon je geen replicashirts kopen, zoals nu. Misschien dat rijke kinderen dat indertijd wel konden, maar ik herinner me niet dat ooit gezien te hebben. We maakten die shirts zelf, met een watervaste viltstift.

Zetten de naam en het nummer van onze favoriete speler op de voor- en de achterkant van onze witte T-shirts, en we basketbalden erin alsof wijzelf die speler waren. Ik weet dat jullie hetzelfde deden. Ik had er een gemaakt met Gail Goodrich' naam erop. Kleine verdediger bij de Lakers.'

'Blanke jongen van de UCLA,' zei James. 'Hij werd Stompie genoemd. Kon ook goed springen.'

'Ja,' zei Alex. 'Goodrich droeg nummer 25. Ik maakte ook een Earl Monroetruitje. Hij was nummer 15, toen hij bij de Knicks speelde.'

'Dat weten we,' zei Raymond. 'Waarom zeg je ons niet waar je heen wilt?'

'Ik heb deeltranscripties van het proces te pakken gekregen,' zei Alex. 'Ik herinnerde me er niet veel van en ik was er ook niet aldoor bij. Dus ik was nieuwsgierig. Het enige wat ik me herinnerde was dat jullie met zijn drieën waren. Twee van jullie liepen met bloot bovenlijf en de ander droeg een T-shirt. In de transcriptie las ik dat de schutter een T-shirt droeg ten tijde van de moord.'

'Nou en?' zei James. 'Ik droeg het shirt toen ik werd gearresteerd. Dat is geen geheim.'

'Ik ben nog niet klaar,' zei Alex. 'Miss Elaine vertelde me dat de jongen met de revolver een T-shirt droeg met een met de hand geschreven nummer erop. Ondanks haar beroerte is haar langetermijngeheugen erg goed. Ze zei dat het een 10 was.'

'En waar zit je nou mee?' zei Raymond.

'Jij droeg dat shirt dan wel ten tijde van je arrestatie, James, maar echt... Jij zou van je leven geen Clyde Fraziershirt aangetrokken hebben toen je die ochtend opstond. Jij was door en door een fan van Earl Monroe. Je noemt hem nog steeds Jesus.'

'Zeg wat je te zeggen hebt,' zei James.

'Jij hebt Billy Cachoris niet doodgeschoten,' zei Alex. Zijn blik gleed naar Raymond. 'Dat deed jij.'

'Dat klopt,' zei Raymond Monroe effen. 'Ik heb jouw vriend gedood.'

29

'Het gebeurde allemaal heel snel,' zei James Monroe.

'James had illegaal een revolver gekocht,' zei Raymond. 'Ik had hem net de avond ervoor gevonden. Charles had me de hint gegeven. Die ochtend had ik hem in mijn broekband gestoken en het Frazier-T-shirt over de kolf gehangen. Vindt een jongen een revolver, dan moet hij hem vasthouden. Om die reden had mijn vader er nooit een in huis. Hij wist dat het zo ging.'

'Toen jullie de straat in kwamen rijden,' zei James, 'en Charles de tanden uit je vriend zijn mond sloeg en daarna jou tegen de grond stampte, toen sloegen bij Raymond de stoppen door.'

'Ik was jong en opvliegend,' zei Raymond. 'En omdat ik nog jong was én een jongen, keek ik op tegen Baker. Hij was gevaarlijk en gehaaid. En in die fase van mijn leven, wilde ik precies zo zijn als hij. Ik trok de revolver en richtte hem op je vriend. James wist niet eens dat ik hem had. Hij smeekte me om daarmee op te houden. Maar Charles bleef me opjutten, man. Hij won en ik schoot je vriend in de rug.' Raymond beet op zijn onderlip om de tranen tegen te houden, die in zijn ogen waren gesprongen. 'Toen ik zag wat ik gedaan had, werd ik helemaal beroerd van-binnen. James pakte me de revolver af en trok me weg. We ren-den met zijn allen naar het huis van mijn ouders, want zij waren op hun werk. In onze slaapkamer bedachten we wat we moesten doen. Ik was radeloos...'

'Ik niet,' zei James. 'Ik wist wat ons te doen stond. Raymond was te jong om naar de gevangenis te gaan. Ik wist dat hij dat niet zou redden, zelfs de jeugdgevangenis niet. Mijn vader had me opgedragen om voor Ray te zorgen, en dat deed ik. Ik veegde de revolver goed schoon en zorgde ervoor dat alleen mijn eigen vingerafdrukken erop zaten, voordat ik hem teruglegde in mijn la. Ik liet Raymond dat bebloede T-shirt uittrekken en trok het zelf aan. Zo trof de politie me aan, toen ze ons huis binnenvielen.'

'En Charles Baker wist van het plan,' zei Alex.

'Uiteraard,' zei James. 'Het pakte goed voor hem uit. Hij verlinkte me en sloot een deal met de aanklager. Zodoende kreeg hij maar een jaar.'

'Daarom zegt hij dus dat je hem iets verschuldigd bent,' zei Alex. 'Daarom blijft hij maar terugkomen.'

'We raken hem niet kwijt,' zei James.

'Jij ging erin mee,' zei Alex tegen Raymond.

Raymond knikte. In het schijnsel van de lamp was te zien dat zijn ogen vochtig waren.

'Ik was overtuigend,' zei James. 'Zoals een oudere broer zijn kan.'

'Hoe hebben jullie het geheim weten te houden?' vroeg Alex.

'Was niet moeilijk,' zei James. 'Miss Elaine was de enige die Raymond met de revolver gezien had. Maar onder ede kon ze niet precies zeggen wie van ons twee het was. "Het was een van de broers Monroe," zei ze in de getuigenbank. Indertijd, zelfs met ons leeftijdsverschil van drie jaar, leken we zowat een tweeling. Even lang. We hadden precies hetzelfde afrokapsel. Ze getuigde dat de schutter een T-shirt droeg met het nummer 10 erop. Maar niemand, behalve wijzelf, wist wat dat betekende.'

'En jullie ouders?' vroeg Alex.

'Ja, die wisten het,' zei James. 'Toen ik in voorarrest zat, hebben mijn vader en ik het uitvoerig besproken. Hij vond het verschrikkelijk om de zaak zo voor de rechtbank te brengen, maar ik wist hem ervan te overtuigen dat dit het allerbeste was.' James keek naar Raymond. 'En dat was ook zo, Ray. Heus. Ik bedoel, moet je kijken hoe goed het met je gaat.'

'En moet je zien hoe het voor jou is afgelopen,' zei Raymond.

'Dat moet je jezelf niet aanrekenen,' zei James. 'Als ik mijn opsluiting beter had gehanteerd, dan was er met mij misschien niets aan de hand geweest. Ik dacht dat ik een paar jaar zou zitten en wegens goed gedrag vrij zou komen. Maar de gevangenis, daar wordt zelfs een goed mens verrot. Die harde jongens wilden me belazeren, en als ik daar niet aan kapot wilde gaan, moest ik voor mezelf opkomen, vond ik. De ene afschuwelijke beslissing volgde op de andere. En toen ik vrijkwam, liet ik me opnieuw in met Baker. Ik heb grote stommiteiten begaan. Maar goed, het is zoals het is. Ik kan dat niet meer ongedaan maken.'

'Je praat erover alsof je er nu een punt achter hebt gezet,' zei Alex.

'Nog niet helemaal,' zei James. 'Maar ik kan je wel vertellen dat ik de eindstreep zie.'

'Voordat dit allemaal gebeurde,' zei Alex. 'Ik bedoel, toen je achttien was. Was er toen iets wat je wilde bereiken?'

'Heb je het over, zeg maar, een doel?' zei James. 'Ik had wel dingen op het oog, ja. Maar het heeft geen zin om het daar nu over te hebben.'

'En nu je al deze informatie hebt,' zei Raymond. 'Wat ben je van plan ermee te doen?'

'Niets,' zei Alex. 'We hebben allemaal wel genoeg geleden.'

Door de halfduistere steeg liep een langharige kat. James keek ernaar terwijl hij van zijn bier dronk.

'Dat was het?' zei Raymond.

'Niet helemaal,' zei Alex. Hij draaide zich om naar de dikke man op de stoel. 'Heb je zin om een ritje te maken, James?'

'Waarheen?'

'Dat laat ik je zien wanneer we er zijn.'

'Gaat er een meisje uit een verjaardagstaart springen, of zo-iets?'

'Iets veel beters,' zei Alex. 'Kom mee.'

Ze stonden in het lege, bakstenen gebouw aan Piney Branch Road. Alex had binnen alle tl-buizen en buiten de schijnwerpers op de parkeerplaats aan gedaan. Hij maakte opmerkingen met veel gebaren en praatte op James in. Hij liet James erover naden-ken, liet het hem voor zich zien.

'Pak aan,' zei Alex en hij maakte de aan zijn broekriem ge-klemde Craftsmanmeetlint los. 'Meet zelf maar op. Het is breed genoeg voor twee auto's en bewegings- en werkruimte voor twee monteurs.'

'Twee monteurs?' zei James, die het meetlint aanpakte en licht hinkend naar de linkermuur liep.

Raymond liep met hem mee. Hij hield de ene kant van het meetlint op de betonnen vloer tegen de muur van B-2-blokken, zodat James ermee naar de rechtermuur kon lopen.

'Ja,' zei Alex. 'Je zult hulp nodig hebben. Een leerling, zeg maar. Jij kunt niet aan twee auto's tegelijk werken.'

'Oké,' zei James tegen Raymond, nadat James de breedte had opgemeten. Raymond liet het meetlint los en kwam bij zijn broer staan.

'We kunnen twee bruggen installeren,' zei Alex. 'Zorgen voor krachtstroom. Jou op het gebied van gereedschap bij de tijd brengen. Zorgen dat we, hoe heet zo'n ding, een diagnostische machine krijgen, waarop auto's tegenwoordig worden aange-sloten.'

'Zoals een computer, James,' zei Raymond. 'Ik heb inmiddels monteurs met laptops in de weer gezien.'

'Ja, ik weet wat ze doen.' James wreef over zijn wang. 'Maar ik kan al die dingen niet. Al die Jappen waarmee ze tegenwoordig rijden, die Duitse en Zweedse auto's. Ik kan ze niet repareren. Die ervaring heb ik niet.'

'Ik ga je naar cursussen sturen,' zei Alex. 'Je moet ontslag nemen bij Gavin en je gaan voorbereiden. Zelf zit ik in een overgangsperiode, ik trek me geleidelijk aan terug uit de coffeeshop. Dus het zal zes maanden, misschien wel een jaar duren voordat we kunnen openen. Ik zal je per direct salaris uitbetalen.'

'Wat voor salaris?'

'Dat gaan we uitzoeken,' zei Alex. 'Het gangbare loon voor monteurs. O, ja, muziek. Ik wil voor hier een satellietradio aanschaffen. Daar krijg je een station op dat je zal bevallen. Soul Street. Daar draaien ze het goeie spul dat je op de gewone radio niet meer hoort. Wordt gepresenteerd door Bobby Bennett.'

'The Mighty Burner?' zei James met opgetrokken wenkbrauwen.

'Die, ja,' zei Alex.

'Ik hoop dat je het niet erg vindt dat ik het vraag,' zei Raymond, 'maar waar komt al het geld hiervoor vandaan?'

'Geen zorgen, ik heb het,' zei Alex. 'Toen mijn vader overleed, liet hij mijn broer en mij verzekeringsgeld na, van een polis die hij had afgesloten bij ene Nick Kambanis. Ik heb het belegd in steraandelen, zoals mijn vader ook gedaan zou hebben, en heb het met rust gelaten. Ik had het bestemd voor mijn zoons later, als erfenis. Nu is Gus gesneuveld en de zaak heb ik net aan Johnny overgedragen. Dus ik ga mijn beleggingen hier voor aanspreken.'

'Je zei "voordat we kunnen openen",' zei Raymond. 'Wat wordt jouw rol in het geheel?'

'Van auto's heb ik absoluut geen verstand,' zei Alex, 'maar ik weet hoe ik een klein bedrijf op de markt moet zetten en leiden. Dat is mijn specialisme. Ik ga ervoor zorgen dat er hier mensen binnenstappen, dat ze blijven terugkomen en dat ze van mondtot-mondreclame maken in hun kennissenkring; vanwege jouw goede werk, James, en omdat we goede service leveren. Ik draag zorg voor het verspreiden van folders in de omliggende buurten en het plaatsen van advertenties in de kranten die hier in de stad gelezen worden, zodat we van start kunnen. Zulke dingen. Mijn vrouw Vicki zal de boekhouding voor ons doen.'

'Maar wat voor afspraken gaan er gemaakt worden?' vroeg Raymond. 'Vergeef me dat ik een gegeven paard in de mond kijk, maar ik heb het welzijn van mijn broer op het oog.'

'We worden partners,' zei Alex. 'Jij en ik, James. Ik bezit het bedrijfspand en dat zal ook altijd in eigendom blijven van mij en mijn familie. Jij krijgt je salaris en de winst die we maken delen we fifty-fifty. Het actief vermogen van de zaak delen we op dezelfde manier.'

'Nou heb je dik dertig jaar in dat eettentje gestaan,' zei Raymond.

'Waarom zou je dan aan iets beginnen dat nog opgebouwd moet worden?' zei James, die met deze vraag de gedachte van zijn broer afmaakte.

'Omdat de broodjeszaak nooit van mij was,' zei Alex. 'Die was van mijn vader en zijn liefde ervoor heb ik nooit gehad. Voor mij was de zaak een middel om voor mijn gezin te zorgen. Maar dít, dit wil ik aanpakken en er iets van maken.'

'De man heeft pit,' zei Raymond tegen James.

'Kom mee naar buiten,' zei Alex.

Raymond en James wisselden een blik met elkaar, voordat ze Alex volgden naar het door schijnwerpers beschenen terrein voor het gebouw.

'Hier kunnen we auto's neerzetten,' zei Alex. 'Mijn vorige huurder heeft het groter gemaakt, zodat zijn klanten konden parkeren. En ik dacht dat we hier een basketbalring konden ophangen. Had ik bij mijn zaak ook graag willen hebben.'

'Zie ik eruit alsof ik kan ballen met die heup van me?' zei James.

'Je zou het kunnen, als je de oefeningen die ik je heb geleerd maar deed,' zei Raymond.

'Daarvoor is die heup veel te ver heen, dat weet je best,' zei James.

'Vanaf nu heb je een ziektekostenverzekering,' zei Alex. 'In de toekomst, als het hier eenmaal loopt, kun je je er misschien aan laten opereren.'

'Mooi dat er niemand met een kettingzaag in mijn heup gaat hakken!'

'Die operaties worden uitgevoerd door een chirurg,' zei Raymond, 'en niet door een stelletje tuinmannen.'

'En kijk,' zei Alex, helemaal enthousiast nu. Hij wees naar de ruimte boven de schuifdeur. 'Daar gaan we het bord ophangen. Ik heb nagedacht over hoe de zaak moet gaan heten. Ben je er klaar voor? Monroe de Monteur.'

'Klinkt aardig,' zei Raymond.

'Dat komt doordat er twee M's in zitten,' zei James. 'Daarom klinkt het goed. Dat heet "alliteratie", Ray. Heb ik over gelezen in een boek.'

'Wist ik heus wel,' zei Raymond. 'Waarom moet je altijd zo belerend tegen me doen?'

'Omdat je dom bent.'

'En, wat denk je?' zei Alex.

James keek naar de muur waar het bord kwam te hangen. Hij keek door de openstaande schuifdeur naar binnen.

'Ik denk dat je nu een knuffel of zo wilt,' zei James.

De lijnen rond Alex' litteken werden dieper toen hij grinnikte.

'James en ik moeten even praten,' zei Raymond, die Alex met een hoofdknikje bedankte.

'Ga je gang,' zei Alex.

Hij sloeg hen gade toen ze het gebouw in liepen. Ze stonden in het tl-licht te schertsen, te bekvechten, op elkaars schouder en arm te slaan, terwijl elk zei wat hij te zeggen had.

'Die man is een fantast,' zei James met een glimlach.

Hij heeft het over mij, dacht Alex. John Pappas' zoon. De dromer.